狂おしき夜に生まれ

「言祝ぎを、貴将。我らが生み出す呪われし血統に」
世界を白く満たす雪は、この世の穢れをすべて覆い隠すかのようだ。
狂おしい愛に溺れた一夜が明け、この雪の朝、何もかもが生まれるのだ。

狂《くる》おしき夜《よる》に生《う》まれ

和泉《いずみ》 桂《かつら》

ILLUSTRATION
円陣《えんじん》 闇丸《やみまる》

CONTENTS

狂おしき夜に生まれ

狂おしき夜に生まれ

「清潤寺《せいかんじ》」

その三文字を書こうとした暁成《あきなり》は文箱の角に指をぶつけ、思わず顔をしかめる。存外深く切ってしまったらしく、指先から滴り落ちた血でその三文字を紙に書きつける。

――清潤寺。

新しい寺を建てるために名を賜《たまわ》りたいと、先日から関白《かんぱく》に乞《こ》われていた。思い浮かんだ名は想像以上に収まりがよいが、清潤《せいかん》とは清らかな流れの谷川という意味で、あの老獪《ろうかい》な関白に相応《ふさわ》しくはない。たかだか寺の名前であったとしても、あんな男にくれてやるには惜しい。この名はもっと、涼やかで美しい男にこそ似合うはずだ。

そう、誰よりも麗しいあの男がいい。彼の顔を思い描き、暁成は痛みを忘れて嬉《うれ》しさに笑みを零《こぼ》す。

今も彼との密会を待ち侘《まわ》びているところだった。

「……あ」

暁成はふと面《おもて》を上げる。

朝議の始まる時刻だと近侍《きんじ》が呼びにくる頃合《ころあ》いだが、そろそろ彼との約束の刻限だ。彼に見せようと紙を丁寧に畳み、懐に入れた。

寺の名はまたあとで考えることにしよう。

蔵人《くろうど》たちの目を盗み、暁成は静かに部屋から抜け出した。

朝から続く霧にも似た冷えた秋雨が、内裏《だいり》の屋根を濡《ぬ》らしている。

空気は湿った匂いを孕《はら》み、そうでなくとも重く豪《ごう》奢《しゃ》な衣が躰《からだ》に纏《まと》わりつくようだ。

早足で廊下を歩きながら、暁成は思い人の姿を探して視線を巡らせた。

「貴将《たかまさ》。貴将、どこだ」

いない、のか。

もしかしたら忘れてしまったのだろうか。

「貴将!」

「こちらに」

太い柱の陰から、吉水《よしみず》貴将が音もなくその華やかな姿を見せる。

暗がりでさえ輝くような、艶《なま》めかしい美貌《びぼう》。

感嘆からため息をつきたくなるのを堪《こら》え、暁成は平静を装いつつ彼に数歩近寄った。

「よかった……来て、くれたのだな」

眩《まぶ》しげに瞬《まばた》きし、暁成は彼の麗容に見惚《みほ》れた。

数多くの公達《きんだち》を知るこの目であっても、貴将の娟《けん》麗《れい》な容貌は殊《こと》に素晴らしく映る。

「あなたの思《おぼ》し召《め》しとあらば」

貴将がどこか硬い声音なのは、秘密の逢瀬《おうせ》に緊張しているせいだろうか。

「今日はもう会えぬかと思った」

淋《さび》しげに俯《うつむ》いて暁成がそう呟《つぶや》くと、貴将はそっと暁成の頬《ほお》に触れた。

「約束したから、参内したのです。そのようなことはおっしゃらないでください」

宥《なだ》めるような声は甘く、そして優しい。

ひやりとした指先で撫《な》でられ、感情が一気に昂《たかぶ》った。己はこの国の主《あるじ》。大抵のことは堪《こら》えなくてはいけないのに、忍ぶ思いが溢《あふ》れそうになり、我慢できなくなってしまう。

「貴将」

手を伸ばした暁成が彼の濃き色の衣の裾を摑《つか》むと、貴将は目を瞠《みは》った。

「どういたしましたか」

「一人に、しないでくれ」

喘《あえ》ぐように言い募る暁成の髪を撫で、貴将が「わかっています」と穏やかに告げる。

触れてほしい。もっと強く、抱いてほしい。

これほどまで強く焦がれているのに、暁成は未《いま》だに貴将と膚《はだ》を重ねた経験がない。その事実に暁成はひどく焦《じ》れていた。

自分ばかりが貴将に執着し、欲しているのではないか。

臣下に抱くこの強すぎる思いが、我ながら怖い。

まだ十八の暁成にとって、十も年上の美しい公達に募らせる道ならぬ思いは、心身を回る毒のようなものだ。

「これは？　指をいかがなさいましたか」

「切ったんだ」

「いけませんね」

囁《ささや》いた彼が暁成の手を持ち上げ、そっと指先に舌を絡《から》める。朱唇《しゅしん》から覗《のぞ》く赤い舌がちろりと動き、暁成の指に巻きついた。それだけでつんと頭の奥が痺《しび》れ、全身が火照《ほて》ってくるようだった。

貴将に触れられると、いつもこうなる。

この美貌の男は麗しい声は勿論《もちろん》、実際に舌や指を微かに動かすだけで人を虜《とりこ》にできるという、そんな不可思議な手管《てくだ》を持ち合わせているようだ。加えて彼が纏う空気は時に甘く気怠《けだる》く、暁成の五感を刺激してやまない。

「……止まったようだ」

貴将が低い声で囁く。

「うん……」

「結構です。——それでは」

「待て」

縋《すが》ろうとする暁成を「いけませんよ」と軽く制止し、貴将は蠱惑的《こわくてき》な笑みを口許《くちもと》に浮かべる。

年少の君主の熱情をいなそうとする貴将の気持ちもわかるが、これだけでは物足りない。

せめて唇だけでも重ねられればいいのに、貴将は慎重だった。

けれども、まだここにいたい。

あとほんの少しだけでいいから。

「でも」

あまりにも儚《はかな》い逢瀬に、暁成は不満顔になった。

「忠峰《ただみね》様が探しに来てしまいます」

「……うん」

何かと貴将には風当たりの強い蔵人頭《くろうどのとう》の名を出され、暁成は目を伏せた。

二人の関係が朝廷を牛耳る関白の耳に入れば、貴将は暁成の心を惑わす奸臣《かんしん》として遠ざけられかねない。そうでなくとも、藤原《ふじわら》氏はこのところ台頭し始めた謎《なぞ》めいた男に神経を尖《とが》らせているのだ。

誰もが見蕩《みと》れる魅惑的な容姿を持つ、優秀な医師。暁成に目をかけられても野心など一片も見せない、権謀術数が渦巻く朝廷に身を置く者には、およそ理解し難い男。

「どうぞ」

促す声に渋々頷《うなず》き、暁成は名残惜しげに貴将から目を背けた。

貴将は冷たい。

人目を忍んでいるとはいえ、彼の反応は冷静すぎて、暁成にはつらくてたまらない。

身分が違うせいなのだろうか。

貴将がどれほど医師として優れていたとしても、下級貴族の出では所詮は御主《おんしゅ》への目通りすら叶わぬ身の上。国主たる暁成とは天と地ほどの隔たりがある。

だが、暁成には貴将が必要なのだ。

寂寥《せきりょう》を隠しきれぬまま、肩を落とした暁成が廊下を歩いていると、せかせかとした足取りで忠峰が近づいてきた。

「こんなところにいらしたのですね！」

忠峰は息を切らせており、相当長く暁成を探していたようだ。

「ん」

「さあ、早《はよ》う大極殿《だいごくでん》に。皆様がお待ちかねです」

暁成の身なりに問題がないかを一瞥《いちべつ》し、忠峰はほっとしたような顔になった。

「……わかった」

この国を統べる至上の存在でありながら、愛《いと》しい人にわずかな時間会うのすらままならない、籠《かご》の鳥。

それが暁成の正体だ。

触れた指のぬくもりを、彼の残した唾液を味わうように、暁成は自分の指先にそっとくちづけた。

いったいいつになれば、自由に羽ばたけるのだろう。愛する男との逢瀬《おうせ》を果たせるようになるのか。

歩きだした暁成の胸元でかさりと音を立てるのは、貴将に見せようと思った先ほどの紙片だった。

白い紙に血の赤で書かれた『清潤寺』の三文字はやけに鮮烈で、そして禍々《まがまが》しく見えた。

一

「千寿《せんじゅ》の兄君！」

　ぱたぱたと走ってきた五、六歳の幼子は、千寿丸《せんじゅまる》の従弟《いとこ》である桔梗《ききょう》だった。

「どうした、桔梗」

「お帰りを待っていたのです」

　里の入口に佇《たたず》んでいた桔梗は目がくりっとし、齢《よわい》十一の千寿丸にとっては可愛い弟分だ。

「ありがとう。ほら、たくさん十薬《じゅうやく》が取れた。これで来年まではこと欠かないだろう」

「すごいです！　兄君は、どこに薬草が生えているか知ってるのですね」

「うん。ところで、松王丸《まつおうまる》は？」

「先ほどお師匠《ししょう》の……」

　桔梗が言葉を切ったところで、里の中央のほうから、わあっという大きな叫び声が聞こえた。

「何だ？」

　眉を顰《ひそ》めた千寿丸は、思わず桔梗を抱き寄せる。

　騒乱の声は、二人が住む木津《きづ》の里《さと》の中心に近い人家が林立したあたりから聞こえてくる。血縁ばかりが固まった小さな里は諍《いさか》いなど殆《ほとん》どなく、これまで平和に暮らしていた。

　最初は小さかった悲鳴が大きくなるまで、そう時間はかからなかった。

　いったい、何が起きたのか。

　千寿丸が一歩踏み出そうとしたそのとき、脇の茂みががさりと揺れ、少年が飛び出してきた。

　桔梗の兄――松王丸だった。

「せ、千寿……」

　息を切らせた松王丸の額は、汗で濡《ぬ》れている。

「どうしたのだ、松王」

「逃げるぞ」

　ぐいと腕を摑まれ、千寿丸はぎょっとした。その力強さにではない。ぬるりとした手指の感触が、松王丸が浴びた血のせいだとわかったからだ。

「二人とも、行くぞ」

「待て。母君が……」

「よいから、来るのだ！」

何が起きたのかわからぬが、母を放《ほう》ってはいけない。躊躇《ちゅうちょ》する千寿丸を睨《にら》みつけ、松王丸が忌々しげに舌打ちをする。

「来い、千寿。生き延びたければ」

「松王……」

「見ろ、検非違使《けびいし》だ！」

松王丸が指さした先には、都の治安を司る検非違使たちの姿があった。ものものしい出で立ちで刀を持った連中が、我が物顔で歩き回る。

なぜ検非違使がここにいるのかという疑問は生じたが、彼らが里を襲ったのは間違いないはずだ。

そう、彼らが殺したのだ。

貴将《たかまさ》の父と母を獣のように屠《ほふ》り、生まれるはずだった子供を殺した。やつらは里に火を放ち根絶やしにし……絶対に許すものか！

七度《ななたび》生まれ変わってでも、絶対に復讐《ふくしゅう》してやる。

幾度《いくど》生まれ変わろうとも、この思いは消えぬ。

それが我がさだめなのだから……。

「！」

一瞬躰《からだ》を大きく震わせた吉水《よしみず》貴将が身を起こすと、

「よう寝ておられましたなあ」と同僚の医師が明るく声をかけてきた。

――夢、か……。

全身に汗が滲《にじ》んでいる。

千寿丸と名乗った日々は、既に遠い。

なのに、貴将の胸中では、そのときに刻んだ憎悪がなまなましく脈動しているのだ。

「申し訳ありません。宿直《とのい》でしたのに……」

当番が終わりそうだと気が緩みかけていたとはいえ、曲がりなりにも職場で寝てしまうとは。

居住まいを正す貴将に、同僚は優しい目を向けた。

「よいのですよ。昨日は三条《さんじょう》の大納言《だいなごん》のお屋敷に行かれたと伺いました。疲れるのも無理はない」

「お恥ずかしい話です」

朝陽《あさひ》が大内裏の西南にある典薬寮《てんやくりょう》の建物に入り込み、貴将が枕にしていた円座《わろうだ》のあたりまで照らしていた。

典薬寮に所属する医師はすべて官吏で、官人の診察を請け負う。典薬寮での診察のみならず、五位以上の貴族の役宅に往診する務めや、昨晩のような宿直の当番もあった。

「すっかり陽《ひ》が高くなりましたね」

「ええ、本当に」

長閑《のどか》だった。今し方の夢のなまなましさとは対極にある日常には現実感がなく、こちらのほうがまるで作りもののように思える。

尤《もっと》も、里での日々で貴将が思い出せる内容は限られていた。大方の記憶が拭《ぬぐ》い去られ、虫に喰われたように断片しか残っていないからだ。それで不自由したことはないが、一族が滅ぼされた原因すら人づてに聞いただけなので、時折ひどく歯痒《はがゆ》くなる。

「では、私はそろそろ失礼します」

「はい、また明日」

同僚に挨拶《あいさつ》をすると、貴将は帰り支度をして典薬寮を後にした。

宿直のあとはかなり時間があるので、帰宅前に所用を済ませるつもりだった。

この広大な平安《へいあん》の都でも随一の規模の私設の市場として賑《にぎ》わう葛葉小路《くずのはこうじ》は、粗末な小屋が立ち並ぶ。立ち売りや莚《ござ》を敷いて商う者もいる一角に足を踏み入れた貴将に、行き交う人々の多くがちらちらと視線を向けてきた。

貴将がこの猥雑《わいざつ》な都で暮らすようになって、幾年《いくとせ》か。何度となくここを訪れているのに、連中は常に貴将にこんな不躾《ぶしつけ》な視線を向ける。なるべく地味な狩衣《かりぎぬ》を身につけても、持って生まれた容姿のせいで目立ってしまうのは、致し方なかった。

「先生！」

髪を振り乱して駆け寄ってきたのは、幼子をひしと抱いた、痩《や》せこけた女性だ。貧しさはその粗末な格好から見て取れた。

「どうした？」

「この子の熱が下がらないんだよ。もう三日も！」

目に涙を溜めた女の顔も手足も泥に塗《まみ》れ、細い腕に抱かれた赤子は弱々しく呼吸をする。

「わかった。日陰で診よう」

診たところ熱以外は問題がないようで、貴将は解熱に効く薬を渡してやった。

「三日後にここに来る。それまでに熱が下がらなければ、またおいで。典薬寮を訪ねてもよい」

「必ず！」

「それから、おまえもだ」

貴将は子供を抱いた女を引き留め、やわらかな微笑を浮かべて相手の双眸《そうぼう》を覗き込む。

「え？」

「痩せすぎだ。子供の世話もよいが、おまえが倒れては看病もできぬ。もっと養生せよ」

頬を撫でる春風のような調子で優しく告げると、女はぽうっと目許《めもと》を染め、照れ隠しに俯いた。

「わ、わかってるよ」

「次は、二人揃って元気なところを見せておくれ」


そんなやり取りをしているうちに、いつしか貴将の周りには人だかりができていた。病人は勿論、足を捻《ひね》った娘、目を腫《は》らした男……町医者は高いので、皆、貴将が来るのを心待ちにしていたのだろう。全員の診察が終わる頃には、夕方になっていた。

「相変わらず馬鹿《ばか》みたいに人がいいねえ、先生は」

「おまえか」

最後の患者を診終えた貴将に人懐っこく声をかけてきたのは、このあたりでも顔役の魚売りの鈴虫《すずむし》という女性だ。

当初、鈴虫は貧乏人を診察すると言う貴将を警戒し、市場から追い出そうとした。妙薬があるから医者は不要と主張する彼女は、腹痛薬の陀羅尼助《だらにすけ》を見せた。さては産地の一つである吉野《よしの》の出だろうと貴将が吉野の桜の話をすると、鈴虫は唐突に涙ぐみ、ぽつりと郷里の思い出を語った。あとから聞くと、一面の桜が脳裏に浮かんで話さずにはいられなくなったそうだ。ずるい男だとぼやきつつも、彼女は貴将に市場への出入りを許してくれた。

「おまけに、また新しい女を惚《ほ》れさせて。あいつの旦那《だんな》は嫉妬《しっと》深いから気をつけたほうがいい」

「惚れさせたつもりはないが」

「気づかないとは、生まれついての女誑《おんなたら》しだね」

彼女はわざとらしい言い回しで慨嘆する。

「そうそう、このあいだはありがとよ。おかげでうちの人、すっかり元気になってね。先生には頭が上がらないって、繰り返してるんだ」

一月ほど前、たまたま貴将がこの市場を訪れた折り、ひどい食中《しょくあた》りで衰弱しきっていた鈴虫の夫を診察した。幸い、貴将の持ち合わせていた薬草で何とかなり、夫は一命を取り留めたのだ。もともと顔見知りではあったが、彼女の貴将に寄せる信頼はその一件でますます強くなった。

「貧乏人からは金を取らないなんて、つくづく物好きだよ。綺麗《きれい》な顔で医者なのも意外だけどさ」

「典薬寮の医師でも、庶民の診察を拒まない決まりだ。それに私は顔で治療するわけではない」

「あんたの顔を見たら、女御《にょうご》様なんて熱が上がるんじゃないのかい」

「私如《ごと》きの身分では、後宮への出入りはできぬ」

貴将は穏やかな笑みを浮かべ、首を横に振った。

「へえ！　こんなに腕利きなのに？」

信じられないと言いたげだが、世襲と先例の重視ですべてが進む貴族社会では珍しくもない。

「腕ではなく血筋がすべての世だ。それに礼を言うのはこちらのほうだ。おまえの夫の件は新しい薬を試せてちょうどよかった」

「怖い怖い。そんな蕩《とろ》けそうな顔で、嘘《うそ》か本気かわからないことを言わないでおくれよ」

「嘘なものか。下手に貴族を死なせれば、こちらの首が飛ぶ」

変わらずに笑みを湛《たた》えたままの貴将に、鈴虫は「嫌な冗談だねえ」と明るく笑い飛ばした。貴将が照れ隠しで言っていると思ったのだろう。

人の好《い》い連中だ。彼らは貴将が貧者を無料で治療をしてくれる篤志家《とくしか》だと頭から信じ込んでいる。己の治療法が正しいか知りたいとあらかじめ伝えているのに、彼らは貴将を勝手に慕っていた。

「おまえたちも懲《こ》りたなら、古い魚は金輪際食べぬことだ。次の薬も効く保証はないからな」

「あんなに覿面《てきめん》だったのに、何でだい？」

「次があれば、また新しい薬を試したいのだ」

貴将が温和に告げると、何を読み取ったのか、鈴虫はぶるっと身を震わせた。

「あ、ああ……わかったよ。——で、今日は？」

それでも気を取り直したらしく、彼女は無理に明るい声を作る。

「注文していた薬草を取りにきたんだ。さすがに今日はもう帰るよ」

「ここの連中は恩を忘れない。金は無理でも手助けが必要なときはいつでも呼んどくれ。力になるよ」

「有り難いが、腕っ節は今のところは必要ない」

「消してほしいやつの一人や二人、いるんだろ？　貴族様は出世が大変だって言うじゃないか」

「消すのではなく、生かすのが私の仕事だよ」

消すことはいつでもできるのが、医師の利点だ。


「はいよ。またね、先生」

あくまで社交辞令として優美に唇を綻ばせた貴将に、彼女はぶっきらぼうに別れを告げた。

ここには殿上《てんじょう》とは無縁で、泥臭くなまなましい庶民の生活がある。賑《にぎ》やかな場所は時には貴賤《きせん》を問わず人が出入りし、買い物を楽しむ。

買い物を済ませて市場から出ようとした貴将の視界に、道に倒れ伏す老婆が飛び込んできた。

「大丈夫か」

近寄り、道端に避《よ》けさせようと手を貸した貴将の顔を見やり、老婆は突然ひいっと声を上げた。

「触らないでおくれ！」

「どうした？」

唐突に拒まれ、貴将は眉を顰める。

「なんと恐ろしい……そなたは凄《すさ》まじき凶相の持ち主じゃ！」

がたがたと瘧《おこり》のように震える老婆に驚いたとはいえ、斯様《かよう》な反応は初めてではない。

「そうか。だが、おまえを手当てしなくては」

「ええい、寄るな！　おぬしのような穢《けが》れに触れられては呪われる！」

苛烈な反応にさすがの貴将も呆気《あっけ》に取られたが、すぐに我に返った。

「それは悪かった。養生するがよい」

貴将は艶《あで》やかな笑みを浮かべ、すっと立ち上がる。

「先生、平気か？」

また物狂いの老女が騒いでいると人々は冷ややかな視線を投げ、貴将には同情めいた声をかけていく。

「怪我《けが》はないかい」

騒ぎを聞きつけたらしく、再び鈴虫が寄ってきた。

「平気だ」

「あの婆さん、気が触れてるのさ。昔は玉主《ぎょくしゅ》の観相《かんそう》をしたって噂《うわさ》なのにねえ」

「そうなのか？」

「今の玉主が春宮《とうぐう》の時分だ。それで関白様の逆鱗《げきりん》に触れたらしくて追い出されたんだよ」

「御主を？　いったい何を言ったんだ？」

彼女は「さあ」と不思議そうに首を傾《かし》げる。

「御主は優しく穏やかなお方だって話だし、そんな妙な結果にはならないと思うけどねえ」

この国の主は、玉主や御主と呼ばれている。

年若い国主――暁成《あきなり》の話には興味があった。あの老女がどのような観相をしたのか気になったが、道端で寝転んでいたはずの女の姿はない。おそらく、どこかに運ばれたのだろう。

貴将の視線の意味を誤解したらしく、鈴虫は慰めるように声をかけた。

「あんたも気にしなくていいよ。そりゃ、私も最初はあんたの目的を疑ってたけどさ」

「疑っていたとは、酷《ひど》いな」

貴将がちらと視線を流して問うたので、彼女は頬に朱を走らせて続けた。

「ごめんよ。けど、あんたは妙なんだ。お綺麗すぎて胡散臭《うさんくさ》いのもあるけど、妙に心を騒がせる」

貴将が「私が？」と甘い声で尋ねると、鈴虫は生《き》娘《むすめ》のように羞《は》じらい、身を捩《よじ》った。

「悪かったよ。そんなに優しく聞かれると困っちまう。もしかしたら、その薬草臭さは血の臭いを隠してるんじゃないかって思っただけだよ」

「それは面白い考えだな」

警戒は怠らぬつもりだったのに、行きずりの老婆に鮮やかに心根を見抜かれた。

貴将の麗しい面差しに男も女も見惚れるが、それも表向きのもの。名前を変え、過去を捨てても尚《なお》、貴将の心に巣喰う悪《あ》しき本性は消し去れない。胸中で燃え盛る憎悪の狂焔を感じ取る者はいるのだろう。

今のこの地位と下級でも貴族の称号を得るために、貴将は多くの屍《しかばね》の山を築いてきた。貴将が直接手を下してはいないが、自身につき纏う不吉な匂いが、人を死に追いやるのだ。

あの老婆は、どんな言葉を吐いて関白を怒らせたのだろう。貴将の心性を完璧に見透かした以上、彼女の言葉に間違いはないはずだ。

「ふふ」

鈴虫と別れた貴将の唇が自然と綻び、艶然《えんぜん》たる笑みが秀麗な面に浮かぶ。たまたまそれを目にした物売りの女が、ぽかんと口を開いて貴将を見つめた。

一幅《いっぷく》の絵のような立ち姿を、禍々しいほどに赤い夕陽《ゆうひ》が照らし出していた。


昼下がり、都にある薬園《やくえん》は陽の光が満ちる。

普段は雑色《ぞうしき》が働く畑には、常にない緊張感が漂っていた。それもこれも己のせいに違いないと、暁成は唇を軽く嚙《か》む。

「へえ……御主はお可愛らしい方だな……」

前方から傘を差しかける舎人《とねり》が暁成の顔を隠そうとしても、動けば見えてしまうのだろう。

ひそひそと噂し合う声が聞こえ、新緑の濃い薬園を歩く暁成は値踏みされる不快感に顔を強張《こわば》らせた。

「まあ、所詮は依光様の一の人《いちのひと》のお人形さ」

「違いない。利発そうなのに勿体《もったい》ないねえ」

心ない揶揄《やゆ》が暁成の胸に矢のように突き刺さるが、暁成は口許に貼りつけた笑みを消さない。

それが消えたら最後、お疲れだから帰りましょうと近侍に言われるのは目に見えていたからだ。

空気すら澱《よど》んだ内裏に戻るくらいならば、薬草の匂いが立ち込める薬園に留《とど》まるほうがましだ。

「さあ、もうよいでしょう。そろそろ戻らなくては」

暁成と最も近しい藤原忠峰《ふじわらのただみね》が窘《たしな》めるように声をかけてきたのは、雑色たちの発する悪口を聞かせたくないためだろう。忠峰の気遣いは嬉しいが、せめて昼のあいだはささやかな自由が欲しい。

十五で即位して、既に三年。

関白の圧力と権力に耐えかねて政《まつりごと》に対する意欲を失った亡父の譲位を契機に、暁成は誰にも望まれぬうちに即位した。そんな暁成に対して世間の目は厳しく、とりわけ庶民は貴族以上に口さがない。今更、耳を塞《ふさ》ぐまでもなかった。

「もう少し、ここにいたい」

同腹の妹である露草宮《つゆくさのみや》が長患いより快癒《かいゆ》したとの報《しら》せがあり、寺社に参詣《さんけい》した。帰路にこの近くを通ると知った暁成は、露草の病気が平癒《へいゆ》したのはこの薬園で育てられた薬草のおかげだから、ここに立ち寄りたいと珍しく主張したのだ。ここならば関白である外祖父の目も届かずのびのび過ごせるだろうと思ったし、陰陽師から気になる忠告をされていた。

曰《いわ》く、近々面白い出会いがあるだろう——と。

それがこの薬園で起きるとは思っていなかったものの、たまには新しい風を感じてみたかった。

「あなたはこの国の主なのですよ。自覚を持っていただかなくては、皆を困らせてしまう」

仮にも一国の主である暁成が出歩くとなれば、護衛の手配に道の整備と、多くの人の手を煩わせる。さすがに道路に関しては間に合わなかったが、薬園の者たちには迷惑な話に違いなかった。

「国主であればこそ、市井《しせい》の人々の様子を知らなくては。偏った政治を行ってはいけないだろう？」

暁成が聡慧《そうけい》な光を宿す瞳で見つめると、五つ年上の忠峰はどこか悲しげに首を振った。

「それでも、なりません」

忠峰は頭がよく口うるさいが、基本的に人は悪くない。立ち回りが下手で、暁成の側近である蔵人頭の役目を押しつけられたのがその象徴だ。

晩成の外祖父――つまり母方の祖父は、時の関白の藤原依光《ふじわらのよりみつ》。彼の娘の良子《りょうし》と先主統義《のりよし》のあいだに生まれたのが、晩成と妹の露草宮だった。同じく依光の娘である英子《えいし》の子で、晩成の異母弟に当たる元《もと》恒《つね》は春宮、すなわち世嗣《せいし》として擁立されている。

左右の大臣を藤原北家《ふじわらほっけ》が牛耳り、大納言の一人も依光の子。関白をはじめ、帝に最も近い家臣たちは全員晩成より年上で、血の繋《つな》がった親族だった。尤も、血縁とはいえ、彼らにとって国主はただの傀儡、晩成自身を案じる者などいはしない。

政は嫌いではないが、頭脳明晰《めいせき》で他人との軋轢《あつれき》を望まぬ晩成には、依光に抗《あらが》ってまで己の意地を貫くのは不可能だった。自尊心が強いがゆえに、晩成は政を半ば放棄していた。何度となく依光に己の意思を妨げられるのは、苦痛でしかなかったからだ。

「薬園など熱心に見たところで、医者になるわけではないのですから」

「何であれ知識は有用だ。これから先、どこで必要になるかわからぬであろう？」

「そんなことは……」

忠峰は言いづらそうに言葉を切った。

如何《いか》に晩成が公務に熱を入れたところで、何も生かされぬと思ったためかもしれない。

真面目《まじめ》な彼に心労の種を与えるのは晩成の本意ではなかったが、ささやかな息抜きをもう少しだけ引き伸ばしたかった。

「とにかく、急いでくださいませ」

「わかった…」

言葉を切ったのは、一際目立つ長軀《ちょうく》の青年の存在に気づいたからだ。相手の顔は見えないが、その居住まいに際立った存在感を覚えた。

だが、青年は晩成の視線に気づいているのかいないのか、こちらには目もくれない。好奇心を覚えた晩成は、さりげなく彼に近寄った。

「ほ、ほかには何か足りぬものはありませんか？」

青年に問う水干《すいかん》の男は、晩成に見られている緊張に声を上擦らせている。雑色の反応こそ普通なのに、必要青年はまるで違った。

「特にない」

涼やかな風のように、爽然《そうぜん》とした気配を漂わせる声に暁成は思わず聞き惚《きほ》れる。暁成の突然な訪れにも動じていないらしい。青年は暁成の存在をまったく気にかけずに言葉を続けた。

「あとは硫黄が必要だが、ここでは手に入らぬからな。今日はこれでよかろう」

その淡泊《たんぱく》な態度に、ますます興味が募った。

青年が身を動かした拍子に、ちらとその横顔が垣《かい》間《ま》見える。

「……！」

なんて綺麗な男なのだろう……。

端整な顔貌に惹《ひ》きつけられ、暁成は呼吸すら忘れかけて彼に見入ってしまう。

まなざしを縫い止められたまま、目を離せない。

切れ長の目は冷たい光を湛え、目許は涼やかだ。すっと尖った鼻梁《びりょう》に、血管までもが透けるのではないかと思えるほどの雪膚《せっぷ》、生き血を啜《すす》りでもしたかのようにぬめぬめと光る紅《あか》い唇。

身につけた狩衣こそ質素だが、青年は装束とは不釣り合いなほどに典雅な風情を醸《かも》し出している。あの青年と比べれば、普段周囲にいる公卿《くぎょう》など、凡庸《ぼんよう》の一語に尽きた。

「忠峰、あの背の高い男は何者だ？」

忠峰の名を呼ぶ暁成の声は、期せずして掠《かす》れた。

「おや…」

小さく呟いた忠峰は、自身が感嘆の声を上げたのを恥じるように一度咳払《せきばら》いし、あえてゆったりとした様子で口を開いた。

「…誰でしょう。随分目立つ男だ」

「そなたも知らぬか」

青年は舎人と話しながら、次第に遠ざかっていく。

「あのような者、まるで見覚えがありません」

遠目でもあれほど目立つ容姿なのだから、近くでは目が眩《くら》むかもしれない。それほどまでに鮮烈な印象を与える、人を魅了せずにはいられぬ容貌だった。

「調べさせましょうか」

「ん……いや、いい」

急に現実に引き戻され、暁成は声を落とした。

陰陽師の予言めいた言葉が、彼を指しているのかもわからない。仮にそうだとしても、侍医《じい》ならばともかく、薬園師《やくえんし》では暁成との接点がない。名前がわかったとしても、好奇心から内裏に召せば相手の迷惑になるだろう。

「かしこまりました。さあ、早う戻りましょう。今宵《こよい》は大納言たちがお見えになるお約束です」

「……そうだな」

暁成は苦い面持ちで呟き、未練がましく振り向く。

視界の中心に捉えたのは、青年の背中だった。

彼が、こちらを向いてくれればいいのに。

見つめてくれればいい。

子供のようにぎゅっと手を握り締めてそう念じる暁成の視線に気づいたのか、ふと、男が振り返る。

「！」

目が合った刹那、会釈《えしゃく》と共に微《かす》かに笑んだ男の相貌が一際輝いた気がした。


ああ……。

心臓を、まなざしの矢で真《ま》っ直《す》ぐに射貫《いぬ》かれたような錯覚に包まれる。

互いの視線が絡み合ったのはほんのわずかな時間で、彼はすぐに目を逸《そ》らした。

「では、行きましょう」

「うん」

彼の美貌を表すに相応しい言葉を探し、暁成は一瞬、考え込む。

「あ」

そうか——禍々しいというのだ。

あたかも人外の魔物のように、彼はあやしいまでに暁成の心をざわめかせる。

あの青年が自分の心に点した熱は、いつまでも消えなかった。

二

みしり。

廊下の床板が軋《きし》み、一瞬、心臓が止まるのではないかと思った。

「しっ」

振り返った松王丸《まつおうまる》が、唇に指を当てる。

千寿丸《せんじゅまる》は唇だけを動かして「すまぬ」と伝えた。

足音を忍ばせて廊下を進むと、またも大きく床板が音を立てた。千寿丸は足を止めかけたが、背後からは騒々しい鼾《いびき》が聞こえるばかりだ。

夜明け前の空気は冷涼で、鳥も人もまだ塒《ねぐら》で休んでいる。

「じゃ、そろそろ俺は行くぞ、千寿」

二人の稚児《ちご》が密《ひそ》かに戸口から出たのに気づく者は、一人としていない。

山際に月が沈んだ空は、次第に白み始めている。

「松王《まつおう》……」

長いあいだ助け合ってきた従兄の松王丸の決断に、反対はできない。

千寿丸の煌《きら》びやかな水干《すいかん》は稚児の身分を示し、髷《まげ》もいわゆる稚児髷という頭上で二つの輪を作る結い方をしていた。昨日までは松王丸も同じ衣を着ていたくせに、今日はどこで手に入れたのか、着古した蘇芳《すおう》色の水干を身につけている。彼には千寿丸が持ち得ぬ力強さとふてぶてしさとが備わっていた。

「一緒に行こうぜ、千寿。おまえが一服盛ったおかげで、あいつらはまだ当分寝てるだろうし」

「私にはまだ、慈春《じしゅん》様に習いたいことがある。共に行くのは無理だ」

歳《とし》に似合わぬしっかりとした千寿丸の発言を聞いた松王丸は、目を吊《つ》り上《あ》げた。

「あの脂ぎった和尚《おしょう》から何を習うって？　できることなんて、薬を煎《せん》じるくらいじゃないか」

そうした技能にあまり重きを置いていない松王丸

は、言葉の端々に侮蔑《ぶべつ》を込めている。

「薬草に関して、慈春様は優れた知識をお持ちだ」

「薬だったら、おまえだって詳しいだろ」

「おまえも知ってのとおり、私の知識は偏っている。私は死する薬ではなく、生かす薬を知りたいのだ」

千寿丸の言葉に、松王丸はぐっと黙り込んだ。

「昔、吉水《よしみず》様に薬学を教えたのは、慈春様のご先祖と聞く。あの方の知識は、都の薬園師にも引けを取らぬとか」

「吉水？　あんなの、昔、侍医だったたっていう落ちぶれ一族だろ。近づくだけ無駄だよ」

侍医とは国主の主治医で、医業に就く者にとってその座に任じられるのが最大の栄誉となる。二人が世話になる寺のある山の麓《ふもと》には、かつて侍医を輩出した貴族の吉水家の別業《べつごう》がある。薬草を育てているため、時折当主や家族が訪れると聞いていた。

「だが、私には必要だ」

「俺にだって……おまえは必要だよ」

松王丸が吐いた息はあたりを覆う朝靄《あさもや》と同化し、仄白《ほのじろ》い。彼は上がりかけた太陽に照らし出された千寿丸の顔を見やり、華奢《きゃしゃ》な顎を無造作に摑んだ。

「千寿」

千寿丸を見つめる松王丸の瞳には、熱い情が宿っていた。その目を見返し、千寿丸は一度だけゆっくり瞬きをする。それから、再び彼を射貫くように凝視した。

「……どうした松王」

千寿丸の静かな声に、松王丸はびくっと身を震わせてその手を放す。

「あ、いや……つまり心配なんだよ、おまえが」

「私のどこが？」

少女と見紛《みまが》うばかりの千寿丸の美貌は、この界隈《かいわい》でもつとに有名だ。殊に、血を含んだように紅くぬめらかな唇がゆるゆると蠢《うごめ》く様に僧侶や下人が見惚れていると感じることはままあった。

一方で松王丸は厳《いか》つく成長し、本当に血が繋がっているのか不思議になるほど対照的な容姿だった。

「おまえは木津《きづ》のことを何にも覚えてないだろ」

「覚えていなくても、今まで特に問題なかった」

「俺が助けてきたからだよ。それに、おまえはまだ身も小さいから平気だろうけど、あと半年もすりゃ、本当に稚児にされちまう。あの生臭坊主がそれを狙ってるのくらい、わかってんだろ?」

こういうところが、さも彼らしい。

松王丸は野心家で意欲的だが、千寿丸が慈春にたびたび私室に呼びつけられる理由を解していない。慈春は曲がりなりにも住職だから、千寿丸に淫《みだ》らな真似《まね》はしないとでも考えているようだ。

しかし、それこそ心得違いで、男とは我慢が利かぬ生き物なのだ。

千寿丸のように何の後ろ盾もない美しい稚児は、男色の道具に使われるのが常だった。

十四になる千寿丸は男を受け容《い》れた経験こそないが、慈春の欲望を手や口で解消する務めをしばしば求められていた。いずれ己が、慈春に身を捧《ささ》げざるを得なくなるのはわかりきっている。また、寺を訪れる僧の中には、慈春に千寿丸を大金で譲ってくれまいかと持ちかける輩《やから》も多いと聞く。

「このままじゃ、本当に危ないぞ」

「気をつけよう。だが、私は勘がいいほうだ。心配をするな」

千寿丸は笑みを湛えて年嵩《としかさ》の従兄を見つめた。

「ただの勘じゃないぜ。おまえは人を誑《たぶらか》す力がある。慈春のときもそうだったろ?」

高熱を発し魘《うな》される千寿丸は、様子を見に来た慈春の手を握って「斯様に徳の高いお方がお迎えに来てくださるからには、思い残すことはありません」と囁いたのだ。慈春はそれに気をよくして、千寿丸と松王丸を稚児として寺に置くと決めたが、それくらいで人を誑す力などと言われるのは大袈裟《おおげさ》だ。

そもそもあのときは、千寿丸は高熱でろくに意識がなかったのだから。

「二人でいれば、百人力だ。よけいに惜しくなるよ」

「悪いな、松王」

「まあ、仕方ないさ。これもきっとさだめだ」

説得を諦《あきら》め、松王丸は白い歯を見せて笑った。

「だけどな、千寿。おまえは木津の人間だ。それを忘れるなよ」

「忘れたりするものか。里のことは何もかも、おまえが繰り返し教えてくれた」

この期に及んで心配する彼がおかしくて、千寿丸は破顔する。

「おまえが寺に押し込められて生きるのなんて、らしくない。だから……」

濁された先の言葉は、千寿丸にもわかる。千寿丸は口許を引き締め、厳しい面持ちで頷いた。

「忘れるものか。あの焔《ほのお》の夢を見る限り、私の願いは一つだ」

物言いたげに松王丸の唇が動き、言葉の代わりに紙を差し出した。手作りの呪符《じゅふ》で、何やらまじないが書かれているらしい。

「有り難い」

「またな、千寿」

笛の音で送ってやりたかったが、そんな真似をすれば、僧坊で眠るほかの連中が目を覚ましかねない。


大丈夫だ、松王丸。まだ胸の焔は燃えている。

過去を失った千寿丸が夢に見るのは、父、母、幼い弟妹、叔父、叔母……数十人という木津の一族を焼き尽くした昔日《せきじつ》の火焔《かえん》。

それしかない。

行けども行けども、己の記憶にあるのは焔だけだ。

里を焼かれて浮浪児となった二人は一年ほど野山を彷徨《さまよ》い、二年前にこの吉野山《よしのやま》の寺に流れ着いた。夜盗に襲われて家族を亡くしたと嘘をついたが、深く追及されなかった。

はじめは松王丸の弟の桔梗《ききょう》との三人での旅だった。しかし、途中で弟が高熱を出し、看病の甲斐《かい》もなく死んでしまった。

痩せた躰は骨と皮ばかりで、手首は千寿丸が親指と人差し指で作った輪にすっぽりと収まった。松王丸は泣きながら、屍体をできるだけ深く埋めた。

松王丸は繰り返し、繰り返し呟いた。

野垂《のた》れ死《じ》にはできない。死んだら、怨《うら》みは晴らせなくなる——と。

あの囁きが鼓膜から消えない。

なぜ、殺した？　なぜ、滅ぼした？　我ら一族は惨《むご》たらしく滅ぼされねばならぬほどの、どんな悪事を働いたというのか。

血と焔に彩られたあの夜の出来事を松王丸が語るたび、千寿丸は新たな復讐を誓った。

復讐心こそが、すべてをなくした千寿丸を生かす原動力だ。なのに、凄惨《せいさん》な殺戮《さつりく》の詳細を思い出せぬ己が呪わしい。

それほど強烈な体験なのだから、己を守るために記憶を封じたとしても仕方がないと松王丸は慰めてくれたが、一族の悲憤を忘れた自分が惨めだった。

だから、松王丸から暫《しば》し離れるのもいいのかもしれない。一人で何ができるのか、試してみたかった。

「松王丸を逃がしたとな」

慈春の言葉に、千寿丸は答えようとしなかった。

「あやつが逃げれば、その分おまえの仕事がきつくなるぞ。なのに、なぜそのような真似をした？」

問い詰める慈春の口調にも、千寿丸は怯《ひる》まない。

松王丸は己の信念でここを出たのだ。それを止めることなど、千寿丸にはできなかった。いざとなれば、彼は力尽くでも出ていくとわかっていたからだ。

「松王丸は、僧には向いておりませんゆえ」

「……ほう」

慈春は顋に手をやり、その鬚《ひげ》をゆったりと撫でる。

「どうかあれを追わぬと約束をしてくださいませ」

流民の子など追う必要はないはずだが、彼らがどんな気まぐれを起こすかわからない。

「……構わぬぞ」

慈春は手を伸ばし、千寿丸の二の腕を摑む。

熱い掌《てのひら》だった。

汗ばんでいて、不愉快さに吐き気がしそうだったが、千寿丸はすんでのところで耐えた。

「おまえさえ手許《てもと》に残れば、松王丸など」

うって変わって慈春は猫撫で声になり、千寿丸の秀麗な容貌《ようぼう》をうっとりと見つめた。

「ただ、松王丸がいないと、水仕事が増える。おまえのこの美しい手が荒れてしまうのは忍びない。新たな稚児を入れねばならぬな」

「はい」

強い力で手を引かれたために、そばにあった几帳《きちょう》が音を立てて倒れる。千寿丸は反射的にどきりとしたが、抗いはしなかった。

千寿丸が胸の内に抱いた大望に比すれば、目前のことなど何もかもが些事《さじ》にすぎない。

「おまえは本当に、美しい」

「今暫《しばら》くお待ちくださいませ」

腥《なまぐさ》い息が頬にかかり、顔を背けたくなるのを千寿丸は堪えた。その代わりじいっと慈春を見つめ、もの言いたげに睫《まつげ》を震わせる。

「あと三年は私を抱いてはならぬというのが、御仏のお告げだったのでしょう?」

稚《いとけな》さには似合わぬ甘ったるい声で告げ、千寿丸は彼の肩にそっと顔を埋めた。千寿丸の発する独特の気配が、空気を淫蕩《いんとう》な色に変えていく。


「そうだ……今でも信じられぬ。斯様な山寺の住職の前に、観世音菩薩《かんぜおんぼさつ》が現れたのだ」

「慈春様の高潔なお人柄にお応えになったのです」

千寿丸はふわりと微笑《ほほえ》んだ。

と、いきなり慈春が咳《せ》き込《こ》みだしたので、千寿丸は「今、薬を煎じます」と身を起こした。

慈春に各種の薬を処方するのは、いつしか千寿丸の役割になっていた。咳、頭痛、腹痛、そして——愉悦のために。

「おまえは本当に覚えがいいな、千寿丸。私が薬草の知識を授けた者は何人もいたが、おまえほど才能がある者はいなかったぞ」

「慈春様の教え方が素晴らしいのです」

「いや、それだけではなかろう。まるでおまえは、昔から薬草の扱い方を知っていたような……時々そんな気がするのだ」

千寿丸は笑みを浮かべたまま、特に何も言わなかった。無言でいれば相手が適当な解釈をしてくれるのが、わかっていたからである。

確かに慈春は千寿丸の師であったが、それは真っ当な薬学においてだ。時に千寿丸が煎じる秘伝の妙薬は、呪禁《じゅごん》の家系に伝わるもの。幼少の頃の記憶はなくとも、処方は躰に染《し》みついている。

それを慈春の閨《ねや》で使うと、彼は殊のほか悦《よろこ》び、浅ましい姿を晒《さら》すのだった。そのときに耳打ちしてやった言葉を観世音菩薩のお導きと信じているあたり、つくづくおめでたい老人だ。

日頃から慈春は千寿丸に心を許し、様々なことを問わず語りに語った。おかげで知りたくもないのに、彼の出自から通じた稚児の数まで知っている。

本当に、人というものはくだらない。

愚かしく、卑小で、世俗の欲に満ちている。

それでも、慈春はまだ利用できる。彼の薬学に関する該博《がいはく》な知識を学びきるのに、あと二月はかかる。欲しいものを手に入れれば、慈春に用はない。そのあとに寺を出るきっかけがあればいいのだ。

夕刻、医生《いしょう》たちのざわめきは漣《さざなみ》のように広がり、屋外からは、城内を行き交う人々の話し声が聞こえてくる。務めを終えた貴族を迎えに来た牛車《ぎっしゃ》を引く牛の鳴き声、家人《けにん》の声。

講義を終えた室内も、共に医学を学ぶ仲間が思い思いにおしゃべりに興じている。

「……どうやら、譲位をお考えらしい……」

「依光《よりみつ》様は春宮を嫌っておられるが、弟宮様はまだ八つか……」

世間は譲位をしそうだという今上の話題で持ちきりで、仲間たちも同じ話題に興味があるようだ。とはいえ、春宮は十五の暁成《あきなり》と八つの元恒《もとつね》なのだから、いずれにしても幼すぎる。ほかにも親王の数は多かったが派閥闘争で敗れたり外戚《がいせき》の力が弱かったりと、国主の位に就くには不足らしい。

今はまだ、それらは己に関係のない話だ。

——今、このときだけは。

荷物をまとめた貴将《たかまさ》が背筋を伸ばして音もなく立ち上がると、「もし」と声をかけられた。

「吉水《よしみず》殿。これから皆で集まるのですが、よかったら一緒にいかがですか？」

五つは年下であろう医生仲間に対し、貴将は微かな笑みを湛えて首を振った。

「お誘いは嬉しいのですが、結構です」

「しかし」

貴将の白皙《はくせき》の美貌に浮かんだ蠱惑的な表情に目を奪われ、相手は頬を染めてしまう。

「今日は遠方より、珍しい薬草が届くのです。またにしていただけませんか」

「また、葛葉小路《くずのはこうじ》に？　あちらは屈強な者であっても、夜になれば歩くのを恐れるところでしょう」

人の好い青年は心底不安げだったが、貴将は忠告を聞き入れるつもりはなかった。

「陽が落ちれば恐ろしいですが、この時間はまだ大丈夫ですよ」

これから医者になる以上、薬の知識が不可欠だ。

典薬寮には様々な薬草が全国から集められているが、それでも漏れがある。欲しい品があれば、市場で買うのが手っ取り早かった。

「本当に熱心ですな、吉水殿は」

「人よりも後《おく》れを取っている分、努力で補わなくてはいけませんから」

松王丸と別れてから、十年あまりが過ぎた。

今や二十五歳になる貴将が医生を志した時期は、同年代の者よりも随分遅れていた。そのため、自分より遥《はる》かに年下の人間と共に学ばねばならないが、成績優秀な者は修学前でも医師になれる。貴将は次の試験を受けるつもりだった。

「年齢など関係ないでしょう！　貴将殿ほど優れた医生はいない。このままいけば、先は侍医にまでなれるはずだともっぱらの噂だ」

それでも頂点の典薬頭《てんやくのかみ》になれない理由があるのなら、原因は家柄の悪さだと言外に示されている。

「噂などあてになりません。素質があるかは、また別の問題です」

貴将の言葉に、相手は表情を曇らせた。

「もしや、あの観相家《かんそうか》の言葉を気に病んでいるのですか？」

　先だって、断りきれずに医生仲間の屋敷を訪れたときの話だ。たまたま別件で招かれていた観相家が、貴将を見るなりがたがたと震えだしたのだ。

　——そなたは世にも稀《まれ》なる恐ろしき凶相の持ち主。世を、国を、人の心を乱す。絶対にその血を残してはならぬ。

　挙《あ》げ句《く》の果てに観相家は泡を吹いて倒れてしまったため、その後の酒宴はひどく白け、すぐにお開きになった。

「あれが真にならぬよう、修養に努めたいのです。また誘っていただけますか」

「はい」

　貴将は一礼すると、典薬寮のそばにある東門から都で一番の大通りである朱雀大路《すざくおおじ》に出た。

　有力な貴族と違い、牛車や馬を持たぬ貴将は徒歩《かち》でこの街を行き来するほかない。尤も、華麗な外見に反して山育ちの貴将にとって、徒歩での移動はさしたる苦難もなかった。


「もし！」

　背後から聞き慣れぬ野太い声をかけられたが、都で自分を知る者など医生仲間しかおらぬと、貴将は無視を決め込んだ。

「おい、無視をするな」

「——何ですか、藪《やぶ》から棒に」

　話しかけられるのが面倒だったので、貴将は振り返って相手を軽く睨む。

　男の造作は整っているものの、目鼻立ちは大ぶりで、ぎょろりとした目が特徴的だった。

　力のある瞳は、爛々《らんらん》と光っている。

　まさか、と思うより先に言葉が出ていた。

「松王丸…か？」

「千寿だろう？」

　二人がほぼ同時に互いの幼名を呼んだ後、一瞬黙り込む。

「生きていたんだな！」

「それはこちらの言葉だ、松王丸」

　あまりの偶然に、日頃は冷静な貴将であっても、驚かずにはいられなかった。

「確かにそうだ。おまえ、今はどうしてるんだ？　その格好、一端《いっぱし》の官人のようだが」

「吉水貴将という名で、今は医生だ」

「やはり、おまえが！　俺は賀茂俊房《かものとしふさ》という名で、陰陽寮《おんようのつかさ》に仕えている」

賀茂家といえば、陰陽師《おんみょうじ》を家業としている一族だと、貴将は眉根を寄せた。

「おまえ、勝手に賀茂を名乗っているのか？」

「まさか。そんな真似をして呪われたらどうする」

にこりと笑う松王丸——俊房の表情は、かつてと同じくどこか人懐っこい。

「弟子になったんだ。おまえこそ、狙いどおりに上手《うま》くやったようじゃないか」

あの賀茂一族に認められて姓を与えられたのであれば、俊房の才覚は生半《なまなか》なものではないだろう。

「先ほど、やはりと言ったな。私のことが、噂になっていたのか？」

「いや、前に典薬寮に吉水家の跡取りが入ったと聞いたんだ。それも、とんでもない美貌の持ち主だとな。おまえは昔から美しかったし、吉水といえば覚えのある名だ」

そこで俊房は一度切ったが、滔々《とうとう》と流暢《りゅうちょう》な語り口は貴将に言葉を挟ませない。

「確かめようにも、俺はまだ修行中の身だし、後宮の怨霊《おんりょう》騒ぎもあってずっと忙しかったんだ」

それだけの手がかりで自分と吉水家を結びつけたとは、松王丸は鋭い洞察力を身につけたようだ。

「千寿、今日はこれからどうするつもりだ？」

「葛葉小路に行くところだ」

「なら、一人じゃ不安だろう。つき合ってやるから、酒でも買って帰ろう。どこに住んでる？」

「左京《さきょう》の外れだ」

懐かしい従兄の声に、十年以上の空白さえもすぐに埋まってしまう。貴将は久しぶりに己の心が晴れるのを実感した。

「積もる話もある。おまえがどうやって吉水家に潜り込んだかも知りたいしな」

「べつに、大したことはない。教わっていた薬学が役に立った」

　松王丸が出ていって数か月後。

　慈春の寺の近くで、吉水家の一の姫が腹痛に倒れたのだ。たまたま行き会った貴将が彼女を看病し、僧の反対を押し切って自分の煎じた薬を与えたところ、見る見るうちに回復した。薬効に驚いた下人が都にいる当主の吉水雅延《まさのぶ》にそれを送ると、雅延は独学で薬を煎じた貴将の才能をすぐに見抜いた。当時の吉水家は人材に恵まれずに、衰退の一途を辿《たど》っていた。雅延は鮮烈な才能を持つ貴将を庶子と偽って養子にし、典薬寮に送り込んで医学界で復権しようと目論んだのだ。

　直々《じきじき》に寺を訪れた雅延に乞《こ》われ、貴将はまずは吉水家の下働きになった。それだけでも慈春は相当渋ったものの、試しに一月だけでも働きたいという貴将の願いを渋々聞き入れた。結果的に慈春はそのあいだに茸《きのこ》に中《あた》って死んだため、貴将は二度と稚児に戻らなかった。

　雅延は貴将に医学の知識を惜しみなく与え、頃合いを見て貴将を養子として都に送り込んだ。医生としては仲間より大幅に後れての出発になったが、医業は血筋と能力が重視されるので、年齢は問題視されなかった。祖父の代から医師でなくては信用されぬ風潮が幸いしたのだ。

「あれから、慈春の寺におまえを捜しに行ったんだぜ。まさか、廃寺になっているとは思わなかった」

「私が養父《ちち》の許《もと》へ行ってからすぐにそうなった」

　何でもないことのように、貴将はさらりと流す。

「皆、死んだのか？」

「らしいな」

「どうあってもおまえは……屍の山を築くのか」

「人聞きの悪いことを言うな」

　私のせいではないぞと、貴将はくすりと笑った。

　一族が何故に滅ぼされたのかを知るため、都に出るべく努力しただけだ。

　その顛末《てんまつ》を知ったのは、最近のことだ。

　もともと木津家は代々至尊に仕えた咒禁《じゅごん》師で、貴将はその末裔《まつえい》に当たる。

呪禁師はまじないで物の怪《もののけ》などを追い払うのを生業《なりわい》にし、かつては典薬寮に属し、医師の下で医療に携《たずさ》わった。しかし、まじないと呪いは表裏一体のもの。いつしか呪禁は邪《よこしま》な存在として恐れられ、呪禁師は廃絶を余儀なくさせられた。

その後も木津家は代々官吏を務めたが、女孺《にょじゅ》として後宮に仕えた貴将の叔母が、女御に頼まれて軽い気持ちでまじなったのがいけなかった。最初は他愛のないまじないが、女御の求めのままに次第に大がかりになっていった。それが関白に知れ、女御のために今上の寵姫《ちょうき》を呪詛《じゅそ》しようとしたとの嫌疑をかけられたのだ。

おまけになぜかそれが一族に謀叛《むほん》の疑いがある証《あかし》だと決めつけられ、里は検非違使に襲われたのだ。貴将は下人の手で逃されたが、幸いにも追討らしい追討は行われず、逃げ延びた慈春の山寺で成長した。

かねてより木津氏が藤原氏、中でも依光たちに忌み嫌われていたのは有名な話で、当時の検非違使の別当《べっとう》——責任者である藤原依正《ふじわらのよりまさ》は今は亡いが、彼の兄に当たる依光が影で糸を引いていたとの噂も残っているそうだ。藤原氏にとっては、人を呪うも殺すも思いのままの呪禁道は恐ろしいものだったに違いない。

都に来てから調べたのはそこまでだが、一族を滅ぼした元凶がわかっただけでも十分だ。関白の依光こそが、貴将の敵《かたき》だ。

改めてそう思い定めたときに俊房と再会したのも、神の思《おぼ》し召《め》しかもしれなかった。

三

「貴将《たかまさ》！　貴将、支度はできたか？」

どたどたと足音を立ててやってきた俊房《としふさ》に言われ、支度を済ませた貴将は顔を上げた。

「俊房、早かったな」

「おお、よいな！　どこをどう見ても一流の公達だ。その装束もなかなか様になる」

貴族の正装である衣冠姿の貴将から目を逸《そ》らさず、彼は感慨深げに何度も頷く。

「里の義父《ちち》が支度してくれた」

養父という呼び方に俊房は片方の眉《まゆ》をぴくりと動かしたが、すぐに首肯した。

「それにしても、相変わらずの荒屋《あばらや》だ。先ほど、透《すき》渡殿《わたどの》の床が抜けたぞ」

「それは有り難い。先に踏み抜いてもらえば、いつ床下に落ちるか、はらはらしなくていい」

「まったく、麗しい顔に似合わず剛胆なやつめ。ほら、そこにも狐《きつね》の子が」

木立が揺れる音がしただけでは嘘か本当かわからぬが、都では狐など珍しくはない。

「狐ぐらい、どこにでもいる」

「にしても、このあたりは尋常ではない数だ。おまえと再会して三年……折角医師になったのに、このようなところに住んでは出世した意味がないぞ」

「家を立派にしたくて出世したわけではないからな」

都は中国《ちゅうごく》の都城に倣《なら》って造営され、北方の中央に大内裏が、その中に玉主のおわす内裏がある。

大内裏の正門である朱雀門《すざくもん》から都の南端に位置する羅城門《らじょうもん》まで一直線に延びる朱雀大路が、都を南北に貫いていた。

朱雀大路から左右対称に街区が整然と分割され、都は計画的に整備された。

しかし、政府の思惑に反して西の京は早くから荒廃し、『人家漸く稀疎《きそ》にして、殆ど幽居に幾《ちか》し。人は去るあつて来るなく、屋は壊るるあつて造るなし』とものの書に記されるほどであった。

貴将の屋敷は、西京の鴻臚館《こうろかん》の近くにある。荒れ果てているうえ、時に野盗まで出るが、暮らし向きに不自由はない。

「おまえはそういうところが無欲で、薄気味悪いくらいだぞ。人にあらざる者のようだ」

「大袈裟《おおげさ》だな。私は徒人《ただびと》にすぎぬ」

貴将は口許を歪めて笑うが、俊房は厳つい肩を竦《すく》めるばかりだった。

「本当のことだからな。――さあ、出かけよう」

貴族を診療すれば、次第に名も売れてくる。更に己の存在を知らしめるため、依光《よりみつ》の宴《うたげ》に顔を出すべきだと言ったのは俊房だ。幸い貴将は木津《きづ》一族には似た顔がいなかったらしく、都に出ても既に滅んだ一族と結びつけられた経験はない。なればこそ、今が世に打って出る好機だと踏んだのだ。

門前に停めてあった俊房の牛車に、二人は連れだって乗り込む。俊房は普段から羽振りがいいが、牛車まで所有するのだから相当なものだ。牛車を持つには金も資格も必要となる。貴族や女房相手にちょっとした相談に乗るだけで謝礼がもらえると言っていたし、要領よく立ち回っているのだろう。

「気が進まぬな」

貴将の独言を聞き咎《とが》め、俊房が顔を上げた。

「らしくないぞ。今宵はおまえのお披露目だ」

「何となく、胸騒ぎがする」

自分の気持ちを、上手く表現できなかった。

「おまえは勘が鋭いから、心が昂っているのではないか？　管弦の宴は御主がお見えになる」

「憎悪に心が逸《はや》ると？　あの方に対し、そこまでの情はないつもりだ」

十も年下の主君に対し、今のところ憎悪の念はない。敵か味方か。そして己の復讐のために利用できる相手か見極めたいという、そんな気持ちだけだ。

「御主にはもう会ったんだろう？」

「このあいだ、薬園ですれ違った」

「どうだった？」

「可愛らしい人だった。目が合うと真っ赤になって……あれでは関白も御しやすかろう」

齢《よわい》十八にしては未だ晩成《あきなり》の外見は幼く、まだあどけなさは抜けきらない。

この国を統べる君主の地位は、有名無実と化していた。これで晩成にもう少し胆力があれば、事態は別だったかもしれない。だが、摂関家《せっかんけ》の操り人形に成り果てた御主に、何ができるというのか。

関白に飼われた憐れな籠鳥《ろうちょう》。一枚一枚羽を毟《むし》ってやりたくなるほどに、晩成は可愛らしかった。

「………」

随分らしくない発想だ。こんな凶暴な思いに駆られるとは妙なものだと、貴将は訝《いぶか》しむ。

「そりゃ、おまえの顔を見て反応せぬやつはいない。御主は、もう誑《たら》されたのかもしれんな」

「そう簡単に物事が進むものか」

まるで貴将を万能のように思っている俊房の言いぐさに、思わず苦笑する。

「おまえがその気になれば、誰の心だってこじ開けられるさ。あの慈春《じしゅん》だって、おまえには何から何まで話してたじゃないか」

「そういう気分だったのだろう」

「ま、とにかく頑張れよ。おまえが御主に上手く取り入れば、これから先やりやすくなる」

「そうだな」

高貴な少年の姿を思い描く貴将の脳裏に、不意にある考えが閃《ひらめ》いた。

あの凜《りん》とした少年を、利用できないだろうか。

己の復讐の道具にこの国の君主を使う――このうえなく贅沢《ぜいたく》で面白い趣向ではないか。

そもそも晩成の外祖父こそが、木津一族を滅ぼした元凶なのだ。仮に晩成に咎《とが》がなかったとしても、血縁なだけで十二分に罪深い。

己の孫の手で破滅に追いやられるのは、依光への最大の復讐になるはずだ。

貴将の胸を常に焦がし続ける復讐の焔《ほむら》が、一際大きく燃え上がった気がした。

「おまえもお目にかかったことはあるんだろう?」

「修法《ずほう》の席で、何度か。その際にお言葉を賜った」

「そうか」

「ともかく、宴席では楽にしていればいい。おまえは素晴らしく見目がよいからそれだけで得だ」

俊房は昔から、貴将の容姿に対しては思い入れがあるようだ。今夜もひどく自慢げで、彼のほうが浮き足立っているように見えた。

「今日もおまえの笛を披露できぬか、それとなく頼んでみたのだが……」

「難しいのだろう？　潜り込めるだけで十分だ。正式な宴席は初めてだし、知己《ちき》を作っておきたい」

「やれやれ、相変わらず慎重だな」

からかう俊房に対し、貴将は笑みを作る。

「俊房、おまえが焦りすぎなのだ。私とおまえを足して半分にすればちょうどよさそうだ」

「俺とおまえ、二つの才を合わせれば凄まじいものになるぞ。やってみるか？」

不意に真顔になった俊房に言われ、貴将はゆっくりと首を横に振った。

「私はおまえとは違う。少し勘が鋭いだけだ」

「謙遜《けんそん》するな。おまえは己の真価を知らぬだけよ。第一、ただ出世したいだけではないだろう。このようなやり口、間怠《まだる》っこしいのではないか」

笑いながらも、俊房の目には探るような光が宿る。わずかに目を眇《すが》め、貴将を試しているかのようだ。

「力なき者には、己の望みを叶えられぬからな。まずは真実を探るのが先決だ」

どうせなら依光の口からなぜ一族を滅ぼしたかを聞きたいが、老獪な関白への手出しは至極難しい。真実を探るためにも依光を追い落とすためにも、それなりに力が必要になる。

権力への近道の一つは後宮に入り込むことだが、今はまだそのときではない。策もなく入れば容赦なく餌食にされるはずだ。後宮は内裏よりも遥かに複雑で、七面倒臭い場所だった。

最も御しやすい相手は、やはり暁成だろう。

その直感が正しいかどうかを、できれば今夜の宴で確認したかった。

「大納言の時広《ときひろ》様のお屋敷は、依光様の屋敷から目と鼻の先だ。おまえの家から歩くのも難儀《なんぎ》だし、宴と両方に出られて一石二鳥だな」

「ああ」

休日ではあるものの、大納言家の長子の怪我を診るようにと典薬寮からの命令が来ている。当然、それが職務なので拒絶は許されなかった。

「本当は俺だって、お貴族様の宴なんて御免だよ。だが、連中の中に潜り込まないと始まらん」

木の根をしゃぶり、草の葉《は》を食んで飢えを凌《しの》いだ俊房と貴族連中とでは、その心胆の強さが違う。雅《みやび》男《お》に見えて芯が強い貴将も、俊房には負けないしぶとさを備えていた。

「それに……俺もおまえも、あの焔を消せぬ限り自由にはなれぬはずだ」

「そうだな、俊房」

今でも夜ごと、夢を見る。

あの焔は、貴将と俊房の希望を焼き捨て、未来を葬り去ってしまった。輝くような美しい明日を求める心など絶やしてしまった。

残されたのは、血腥《ちなまぐさ》い野望だけだ。


鴨川《かもがわ》から引いた水を湛えた池の光景は素晴らしく、暁成の目線はしばしば煌めく水面《みなも》に向けられた。御簾《みす》を上げられていたが、公卿たちの顔を見るのが嫌だったからだ。

久しぶりに訪れる依光の屋敷は、啞然《あぜん》とするほど豪奢《ごうしゃ》さを増していた。

暁成が行き来する道筋に従い、透渡殿から簀子縁《すのこべり》、寝殿の内部に至るまで錦の織物が敷き詰められている。階《きざはし》を上がってすぐのところにある階隠《はしがく》しの間に通された暁成は、そこに設《しつら》えた御座《ぎょざ》に腰を下ろしていた。階隠しの左右の廂《ひさし》は御簾が下ろされ、そこから女房《にょうぼう》の衣装《いしょう》の裾《すそ》や袖口《そでぐち》を覗《のぞ》かせる出《いだ》し衣《ぎぬ》という遊び心から生まれた装飾も絢爛《けんらん》、目にも鮮やかだ。

「楽しんでおいでですか、御珠《おんしゅ》」

関白の依光に問われ、束帯を身につけた暁成は薄く微笑んだ。

玉のように美しいと喩《たと》える呼び名も、彼に呼ばれるとぞっとするが、本心を押し隠すことはできた。

「ええ、お祖父様《じいさま》」

このような場所にあたかも見世物のように引き出されるのは不愉快だが、立場上は仕方ない。

おまけに朝から熱っぽく、背筋がぞくぞくする。出かける間際になって少し落ち着いたのだが、また具合が悪くなりそうだ。

晩成にとって、関白の依光は母方の祖父に当たる。

依光は晩成に対して愛情など一片も抱かず、彼の情愛はすべて晩成の弟である元恒《もとつね》に注がれていた。従って、晩成に対する彼の態度はいつも厳しい。

二人の父である梁麗院《りょうれいいん》が、せめて元恒が即位できる歳になるまで国主の座に留まってくれればよかった。しかし、父は依光の策謀で寵臣《ちょうしん》を左遷された件で深く傷つき、政に対する気力を失ってしまった。

失意の父は晩成が元服すると同時に出家し、長男の晩成にその地位を譲った。

父の時代と同じく、政治の実権を握るのは御主ではなく関白だった。

無論、関白といえども独裁者ではない。

関白は臣下では最高の権力者ではあるが、御主にとっては共同統治者といえる存在だ。

晩成にもそれなりの発言権はあり、依光は表向きは君主を立ててくれた。そうでなくては、依光が世間から専横の誹《そし》りを受けるからだ。

だが、重大な政策に関しては、晩成も関白の意向を無視し得ない。強引に己の意志を通そうとすれば孤立し、政を行えなくなる。下手をすれば、譲位を迫られる可能性もあった。

とはいえ、晩成には政に対して父ほどの情熱はない。従って譲位自体は構わなかったが、元恒を幼くして籠の鳥にするのは憐《あわ》れでならない。そのため晩成は不満を呑み込み、じっと我慢し続けていた。

梅の花片《はなびら》が散る池には、一度に十数人もの楽人を乗せられる、壮麗な竜頭鷁首《りゅうとうげきす》の一対の船が浮かべられていた。

「じつに華やかですな、依光様の宴は」

「まったくだ！　あの船の見事なこと」

聞こえよがしに公卿たちが囁く声が耳に届き、暁成はいっそう小さくなった。

「おや？　あれはどこの家の者だ？」

「何とも美しい。まるで化生のようではないか」

どうやら見かけぬ者が紛れ込んでいるようで、客はやけに落ち着きがない。生憎《あいにく》暁成からはその者が見えないが、ここまで人々を騒がせるとは、いったいどういう人物なのだろう。

公卿たちは思い思いに華やかな束帯を纏い、華麗な衣装の競演に女房たちも目を奪われているはずだ。あたかも天上の宴と思《おぼ》しき見事さは、依光の権勢を示すかのようだ。

つい一月ほど前、暁成も弄月《ろうげつ》にかこつけて宴を開き、臣下を労《ねぎら》うことにした。だが、公卿たちは様々な言い訳をし、一人も内裏に足を向けなかった。後宮の女官たちも同様だ。

忠峰《ただみね》と二人で笛や箏《そう》を奏《かな》でる宴はあまりにも虚《むな》しく、味気ないものだった。

依光が管弦の宴を開いたのも、それを知っての嫌味なのだろう。自分が一声かければ、貴族たちはひれ伏して馳《は》せ参《さん》じると暁成に示し、牽制《けんせい》するための。

自分は元恒が元服するまで、出来のいい人形でありさえすればいいのだ。

けれども、人形にも心はある。

押さえつけられ、歪《ゆが》められ、軋むばかりの心は悲鳴を上げかけている。

なのに、誰もそれに気づかない。

日々そばに仕える忠峰でさえも、耳を塞ぎ、孤独に喘ぐ暁成の煩悶《はんもん》から目を背ける。外出の際に薬園に立ち寄るくらいの気遣いはしてくれるが、忠峰もまた、暁成と必要以上に心を通わせぬよう、周囲から厳しく誡《いまし》められているようだった。

結局、自分には味方など誰もいないのだ。

淋しくて、淋しくて、たまらない。

一人は、つらい。つらくて、悲しい。

「ところで、御珠。我ら臣下のために天上の箏の音色をお聞かせくださいませんかな」

　薄ら笑いを浮かべた依光に言われ、暁成はさっと表情を曇らせた。このような席で狼狽《ろうばい》してはならぬとわかっているのだが、自分はそこまで場数を踏んでいない。一瞬にして、緊張に躰が強張った。

「私如《ごと》きの筝では、皆を退屈させてしまうだろう」

　断る声が微かに震えるのは、緊張のせいだ。

「左様なことはありますまい。爺《じじ》の寿命を延ばすため、霊験《れいげん》あらたかな音を聞かせてくださらぬか」

　六十を越えたとはいえ依光の皮膚にも声にも張りがあり、寿命など延ばす必要はないくせに。

「そうですとも！」

　公卿たちに囃《はや》し立てられれば、固辞するのも無粋だ。一段上にいる暁成の顔は貴族たちには見えぬはずだが、声音に躊躇《ためら》いが滲《にじ》むのは知れているのだろう。

　体調が悪いと言えずに、無理を押してここに来たのを後悔せずにはいられなかった。今更言いだしたところで、演奏を避ける口実と思われるに違いない。


それでは、依光に屈するようで口惜しい。

　ここで関白を止められるのは彼の息子たちくらいだが、それは期待できそうにない。ほかの公卿にしても依光に単に迎合《げいごう》しているだけではなく、純粋に暁成を物笑いの種にしたいだけなのだ。

　無力であるのは、そんなにも罪なのか。

　心を押し殺し、孤独に耐えても尚、隙を見せれば更に嬲《なぶ》られる。

「……ならば、そうしよう。そなたに早死にされては困るからな。楽器を運ばせてくれるか」

　自虐的な軽口を交えて暁成が承諾すると、依光は家人に筝を運ぶように命じた。

　既に左大臣の時興《ときおき》――依光の弟に当たる――一門が素晴らしい演奏を披露したので、それこそ妙《たえ》なる音色を奏でなくては、恥を掻《か》くのは目に見えている。

　公卿の忍び笑いが起きる中、暁成は運ばれた筝を前に一呼吸する。あらかじめ近侍に用意させていたのか、暁成が愛用している父譲りの楽器だった。

　緊張を解けぬまま弦に触れた、そのときだ。

ぱん！

「ッ」

乾いた音がし、掌に鋭い痛みが走った。

あたりに鮮血が散り、暁成の白い衣にも降りかかる。織り込まれた蝶が、刹那のうちに赤く染まった。

「御主！」

目立たぬように背後に控えていた忠峰が、小さく悲鳴を上げた。

弾《はじ》けた弦が右の掌を打ち、切り傷を作ったのだと認識するのに、わずかな時間を要した。

咄嗟《とっさ》に手を押さえたが、指の隙間《すきま》から血が滴り落ちる。張り替えたばかりと思しき真新しい簀子に、血痕が転々と飛び散った。

想像以上に掌がざっくりと切れたのに驚いたが、これで演奏から逃れられそうだと安堵も覚えた。

「御珠、どうか奥へ。手当てをいたしましょうぞ」

依光に促され、暁成は主殿の奥へと向かった。依光の私室に置かれた調度も見事だが、しげしげと鑑賞する気力もない。腰を下ろした暁成が脇息《きょうそく》に凭《もた》れたところに、足早にやって来た忠峰が「典薬寮の医師が来ているそうです」と告げた。

「呼んでくれ」

「かしこまりました」

ややあって、衣擦れの軽やかな音が耳に届く。

「恐れながら、吉水《よしみず》貴将にございます」

鼓膜を擽る魅惑的な声に聞き覚えがあるように思えたが、気のせいだろうか。

「近《ちこ》う」

「は」

垂纓冠《すいえいのかんむり》を被《かぶ》った男は顔を上げずに、膝行《しっこう》で音も立てずに躙《にじ》り寄ってきた。外と隔てられた几帳の陰から、縹《はなだ》を基調とした袍《ほう》がちらと覗く。貴族が身につけられる衣の色には厳然とした決まりがあり、縹といえば身分はかなり低い。

「御主。お手をお借りできますか」

「……ん」

几帳をかたちづくる幕と幕のあいだから右手を差し出すと、思ったよりも大きな隙間ができた。その狭間《はざま》から下を向いた男の顔が覗き、暁成ははっと目を見開いた。

この医師は薬園で見かけた者ではないか？

「失礼を」

こちらの動揺になど気づかぬ様子で、男は暁成の手をやわらかく受け止める。

「っ」

まるで心の臓に直《じか》に触れるような仕種《しぐさ》で、途端に掌にどっと汗が滲む気がした。

全身を甘い痺《しび》れが貫く。

ただ触れられただけなのに、いったいどういうことなのだろう？

「痛みますか？」

涼やかな声音で問われ、暁成は即座に「いや」と掠れ声で返す。

間違いない、あのときの男だ。

公卿たちが噂していたのも、彼に違いない。

顔貌《がんぼう》は流麗な線で描かれ、額から鼻筋にかけてはどこか官能的ですらある。どうか顔をよく見せてほしいと、暁成の心はざわめいた。

「申し訳ありませんが、治療に邪魔なので、几帳はこのままでお願いいたします」

その代わりに、俯いたまま暁成の顔を見ないとでも言いたげな口調だった。

「か、構わぬ。そなた、貴将と申すのか」

箏を演奏せよと言われたときよりも、暁成は遥かに緊張していた。神経がぴんと張り詰め、指が震えぬように己を叱咤《しった》するのがやっとだった。おかげで声が上擦り、無様な発音になってしまう。

「はい」

短く答えた貴将がふと顔を上げたので、はっきりとその麗容を目にし、暁成は思わず息を呑んだ。

間近で見ると、その迫力はいやます。

なんと美しい男なのだろう……！

斯様に麗しい人物に触れられているのかと思うと、躰が芯から震えてくるようだ。

なぜこんなにも心が乱れているのか、自分でもわからなかった。ただただ、心の臓が破裂しそうなくらいに激しく脈動している。

「先だって、薬園でそなたを見かけたが」

身動《みじろ》ぎする彼の衣からふわりと不思議な香りがして、暁成は目を瞬《しばた》かせた。貴族とは袖の香がするのが通例だが、貴将からは薬の匂いがするのだ。だが、それも不快ではなかった。

「私もあのとき初めて御身を拝見しました」

貴将と会話が続いているという幸運が信じられぬまま、暁成は震え声で相槌《あいづち》を打つ。

「覚えていてくれたのか！」

「御主を忘れるわけがありません」

「そなたは薬園師か？」

もっと長く話をしたいのに、もどかしいほどに言葉が思い浮かばない。宮中のどんな美姫《びき》と話すときでも、ここまでの醜態は見せないのに。

「薬園師ではなく医師ですが、時折薬園を訪れ、薬草の生育状況を見ております。足りぬ薬草があれば、各地に依頼して入手せねばなりませんので」

触れた貴将の手は、まるで血が通っていないのではないかと思えるほどに冷たい。だが、その手が暁成の熱に呼応してすぐにあたたかくなる。生身の肉と肉が触れ合っているのだと否応なしに意識し、暁成は陶然となった。

このまま、己の体温が貴将の手を溶かしてしまうのかもしれない。そして二つの熱が混じり合うのではないか——そんなことさえ想像してしまう。

「貴将とは、どのような字を書くのだ？」

「貴《とうと》いに中将《ちゅうじょう》の将です」

「それは美しい名前だな」

上品でありながら、それでいてしなやかさも感じられる。響きもよく、舌の上で踊るようだ。

「有り難き幸せにございます。持ち合わせがありますので、薬を塗ってもよろしいですか」

「持ち合わせとはどういう意味だ」

それまで黙って傍らに控えていた忠峰が、怪訝《けげん》な顔で口を挟んだ。確かに、ここに薬を持っているのは準備が良すぎる。

「このあと、大納言様のお宅に出向く手筈《てはず》になっております」

「ああ、そうだったのか」

大納言である藤原時広の幼い子息が蹴鞠《けまり》の稽古《けいこ》の際に転び、酷《ひど》い怪我をしたと暁成も聞き及んでいた。ならば、治療薬を持っていても、おかしくはない。

ちらりと忠峰の様子を窺うと、彼は自分の左手を小刀でいきなり傷つけた。そして、血の滴る手をずいと貴将に差し出し、「まずはこちらへ」と言う。

「忠峰……」

「お手を拝借します」

忠峰の大胆な行為にも顔色一つ変えず、貴将は彼の左手を取って軟膏《なんこう》をゆるやかな手つきで塗った。

刹那、忠峰の唇から吐息が漏れる。普段は真面目な彼が、どこか陶然としたような顔になったのが意外だった。暫く待っても何ごともないようなので、彼は「よいでしょう」と不承不承頷いた。

「では、お手を」

「ん」

軟膏を纏った貴将の指が、傷口に触れる。

それは、暁成の肉体の深部への入り口だ。皮膚という薄皮の中にある、暁成の本質を探られている。

ああ、と抑えきれずにため息が漏れそうになる。

「沁《し》みますか？」

「いや」

貴将の手指の動きはゆるやかだった。確かに軟膏はひりひりしたが、それ以上に感じるのは熱だ。貴将の冷たい指がぬくみを帯び、互いの膚と膚が擦れるところから、この気怠くも甘い熱が生じて徐々に体内に入り込む。

薬でさえもこの男の手にかかると、甘葛《あまづら》に変わる。

彼は暁成の患部に裂いた布を巻きつけ、「これでよい」と薄く笑んだ。彼の冷たい面差しがわずかに和み、その変化に暁成は目を奪われる。

視線に気づいたのか、貴将がふと顔を上げた。

「…………」

言葉もなく見つめられて、うなじのあたりまでちりちりと熱くなるようだ。

この男はいったい何者なのだろう。どんな術を使

い、暁成の心を揺るがしているのか。

「おまえ、御主を……無礼であろう！」

「失礼をいたしました。目が潤んでおられるので、痛いのかと」

「い、いや、痛くない」

「結構です」

ふいと目を逸らした貴将は淡々と告げ、治療に使用した薬壺《やっこ》やら何やらを片づけていく。

医師といえば、従七位下《じゅしちいのげ》。典薬寮そのものが重要な部署ではなく、君主の主治医である侍医であってもせいぜい正六位下《しょうろくいのげ》、殿上は許されない。侍医が診察するときでさえ、離れたところから主の顔色を見る決まりだ。つまり、貴将と暁成のあいだには、天と地ほどの隔たりがあるのだ。

それだけに、彼が暁成と相対するのに気絶しそうなほどに畏縮《いしゅく》してもおかしくはなかった。なのに、貴将は暁成に対して追従《ついしょう》を言うでもなく、阿《おもね》って作り笑いを浮かべるわけでもない。媚《こ》びる様子も皆無で、普段と何ら変わらぬであろうその態度に、かえって貴将への関心が高まってくる。

思えば、薬園で一方的に顔を見たときから、貴将の態度は一貫していた。

美しく優雅で、そして冷たい。

暁成には一片の興味も抱いていないという態度を、貴将は隠そうともしない。

「これから、堀河《ほりかわ》へ行くのか」

「はい」

貴将はそう告げ、もう一度暁成を見つめ返した。

どきりとする。

このまま魂ごと引き摺り出されて、彼の内側に取り込まれてしまいそうだ。そんな眩惑《げんわく》さえもたらす、神秘的な輝きを放つ瞳だった。

見つめないでほしい。そんなふうに真っ向から見据えられたら、躰だけでなく心が震えそうだ。

「——熱がおありのようですが」

「少し、疲れているだけだ」

「そうなのですか、御主」

狼狽《うろた》えたように忠峰が声を差し挟んだので、暁成は渋々「うん」と首肯した。

「今日は安静になさったほうがよいでしょう」

簡単に言われたが、宴は今暫く続く。たとえ演奏を免れても、主賓《しゅひん》である暁成が退出するのは、許されそうになかった。

「わかりました。ありがとうございます、貴将殿」

「これが職務ですから。——それでは」

優麗な笑みを浮かべ、貴将は退出しようと腰を浮かせる。

「あ！」

無意識のうちに、暁成は貴将の裾を摑んでいた。

「御主？」

「す、すまぬ。これは、その……」

急いで手を放したものの、訝《いぶか》しげな貴将の顔に、何かしら理由を言わなくてはと暁成は焦った。

折角再び会えたのに、まだ離れたくはない。

けれども、その一言を口に出してはいけない気がして、結局、暁成は無言のまま手を放した。

——また、お目にかかりましょうぞ。

代わりに貴将が唇を動かさずにそう告げたようで、暁成はぱっと顔を上げる。そのときには貴将の姿はなく、薬草の匂いのみが仄かに漂っていた。

「……驚きましたね。偶然もあるものだ」

あのとき薬園にいた男だったとは、という忠峰の声の調子に、暁成は素直に頷いた。

「美しい男だな」

衣冠は大した品ではなかったが、一流のものを着せれば、さぞや素晴らしい貴公子に見えるだろう。

「ですが……何やらあれは、見る者の心をぞっとさせるような……」

忠峰は言い淀《よど》む。

「あれなどと言ってはならぬ。私を手当てしてくれたのだ」

確かに貴将は、一種独特の空気を纏っている。だが、それは決して恐ろしくはなく、寧《むし》ろ、暁成の心を揺さぶるものだった。

「——はい、かしこまりました」

何やら物言いたげな忠峰の様子は変わらなかった

が、暁成はそれ以上の発言を許さなかった。

——熱い……。

内裏でも暁成が暮らす清涼殿《せいりょうでん》は、夜ともなればいっそう静けさが増す。

必要最低限の人数の近侍と女房がいるのみで、この御所の本当に華やかな部分は後宮のほうだ。しかもその後宮も、暁成の足を遠ざけるため、すこぶる居心地が悪いのが常だった。

暁成が管弦の宴から帰ってきたのはすっかり陽の落ちた時刻で、夜更《よふ》けになると、今度は躰が火照ってきた。もともと微熱があったから、疲労で悪化したのだろう。

汗で湿った躰に、衵《あこめ》が纏わりついて不愉快だ。

「お加減はいかがですか」

神器《じんぎ》を頭上に据えた夜御所《よのおとど》は神聖な場所で、国主といえどもそこで休むのは滅多にない。暁成が別の局《つぼね》で横になっていると、外から忠峰が遠慮がちに問いかける。

「少し熱っぽいだけだ。帰ってもよいぞ、忠峰。今夜は宿直《とのい》の支度をしていないのだろう？」

燈台《とうだい》の灯《あか》りが、隙間風に頼りなく揺れる。

「やはりあの医師が藪なのです」

「貴将を悪く言うな。熱はその前からあったのだ」

精一杯の元気さを装う暁成の弁明を聞いていた忠峰が、不意に背後を振り返った。

「どうかしたのか？」

「蔵人の声がしたようです。見てまいります」

——嫌だ。

連中は、頼みもしないのに伺候《しこう》してきたのだろうか。暁成の肉《しし》を喰《く》い散らかすために。

今宵は、何もしたくない。

なぜなら、今尚《いまなお》貴将の美しい声が鼓膜の奥底にじんわりと残っているからだ。その余韻《よいん》を胸に眠りに就きたいのに、それすらも許されないのか。

躰を強張らせ、諦念とやるせなさを抱えて褥《しとね》に身を投げ出す。暫し暁成は横になっていたけれども、待てど暮らせど忠峰は戻らない。

いったい何があったのかと、不審が募る。

「御主」

漸く戻ってきた忠峰の声はひどく硬く、暁成の躰は緊張に強張る。やはり、彼らが来たのだろうか。

「どうした？」

「……昼間の医師が、薬を持ってまいりました。熱が出ているであろうから、飲むようにと」

迷っているのか、忠峰は躊躇いがちな声を出す。

「貴将が？」

その名を口にした瞬間、心がふわりと軽くなる気がした。言霊《ことだま》の力だろうか、自分の中に彼の優しい声が満ちるような錯覚に襲われる。

貴将。もう一度、その名を呼びたい。

——貴将、と。

「ええ。本来ならば侍医の指示がなければ、御主に薬を飲んでいただいてはなりません。ですが、今宵は……」

「何かあったのか」

「確認のため、安福殿《あんぷくでん》に人をやったのですが、折悪しく誰もおりませんでした。連絡が行き違い、皆、帰ってしまったようです」

安福殿とは、内裏にある侍医たちが駐在する建物を指す。彼らはここに昼夜交代で詰めるので、宿直も置かずに全員帰宅してしまったのであれば、確かに今までに聞いたことがない失態だ。

「帰してもよろしいでしょうか」

「いや、薬をもらおう」

暁成が発熱しているのに気づき、貴将は大納言家に行ったあと、深夜なのも厭《いと》わずここを訪れたのだろう。その気遣いを無にしたくない。

「では、先にこの者に服薬させ、その後に私が試します」

「貴将に飲ませるのは構わぬが、そなたまで試す必要はないだろう」

「あなたに何かあらば、いずれにしてもこの忠峰は死罪。毒味は欠かせませぬ」

「……そうだな」

別段、仮にそれが毒であったとしても恐れるような理由はなかった。暁成が死んだところで、嘆く者はいない。代わりの傀儡が玉座に据えられるだけだ。

それに、誤った薬を処方した医師は死罪になる場合もあるし、そこまで警戒する必要もないだろう。

「話をしてきます。お待ちください」

「私も行こう」

もう一度だけ会いたい。

否《いな》、一度と言わず、二度でも三度でも彼と会って言葉を交わしてみたい。

先ほど摑んだ衣の感覚を思い出そうと、暁成は己の単衣《ひとえ》の袖のあたりをぎゅっと握り締める。

「——いけません」

意に相違し、忠峰はぴしゃりと叱った。

「どうして」

「お加減が悪いのでしょう？　そのような格好で人に会ってはなりません」

「御簾を下ろしていれば……」

「それでも、なりません」

忠峰は、常になく頑《かたく》なだった。

「侍医以外が煎じる薬を飲むなど、本来はあってはならぬこと。よそに知れれば、あの者の立場も悪くなります。私がこっそり受け取ってまいりましょう」

忠峰の言うとおりだと、暁成は黙り込んだ。

夜更けに密かに訪れたのは、差し出がましい真似をしているのに悪目立ちしたくないとの配慮かもしれない。それでも薬を届けてくれるのだから、貴将も少しは自分を気にかけているのではないか。

「待て、忠峰」

乾いた唇が動き、貴将の許へ向かおうとしていた忠峰が足を止める。

「はい」

言葉にしては、関わりを持っては、いけない。

何かを望めば裏切られるのは必定だ。

どうせ貴将も、暁成が気に入ったと知られれば依光に取り上げられてしまうに決まっていた。

これまで何年も、暁成は依光に虐《しいた》げられ、希望と名のつくものは悉《ことごと》く奪われてきたのだ。

今更他人に期待などしても、何も得られはしない。

なのに、この衝動は何なのか。

貴将に出会ったときから胸の中に脈打つ、この抑え難い感情は……！

「どうなさいましたか？」

暁成は深呼吸をし、己の情動を御そうとした。

「――薬が効いたら、改めて、あの者に礼を伝えたい。そのときは機会を作ってはくれぬか」

「ですが」

宥《なだ》めるために声が挟まれたが、もう止まらない。

「無理は承知だ。だが、己の言葉で労ってやりたいのだ。私にその程度の自由もないのか？」

所詮、忠峰は蔵人にすぎない。

暁成の要求を押さえきるには力不足だ。

「……かしこまりました。効いた場合にのみ、考慮いたしましょう」

「頼んだぞ」

忠峰が出ていく足音が耳に届き、暁成は地敷《じしき》に座したまま息を吐いた。


冷静になり、一人きりで改めて、己の口走った言葉を反芻《はんすう》する。

普段は忠峰が相手でもあまり自分の意思を表に出さぬ暁成だけに、それは大いなる冒険だった。

貴将の声。物狂おしさすら呼び起こす、あの美貌。

熱のせいで思考が乱れているのだろうか。

一目で心を奪われてしまった。

ただ美しいだけの男ならばほかにも出会ったことはあるが、貴将は何か特別な輝きを放つ。

凄艶《せいえん》な美しさと色香を纏うが、その奥底には触れてはならぬ何かを秘めているような気がした。

こんなにも心を掻き乱される相手に出会うのは、きっと生まれて初めてだ。

交わした言葉は形式的でしかないのに、そのひとつひとつが胸の奥にまでずしりと響く。

そしてあの、胸の疼《うず》きすら呼び覚ます指先。

暁成はそっと、己の心の臓のあたりを押さえる。

それから、横になったほうがいいだろうと衾《ふすま》に潜り込む。

「たかまさ」

その名を微かに呼んでみると、自《おの》ずと胸が震えた。

「貴将……」

頭から衾を被ってもう一度呼ぶだけで、甘い幸福が押し寄せてくる。

もしや、貴将こそが暁成の探し求めてきた相手ではないのか。

幼い頃から暁成を苦しめてきた呪いを打ち砕く、伴侶なのかもしれない。

そう考えると、熱と昂奮に頭がくらりとした。

期待しすぎてはいけないとわかっている。自分は彼に再会できた喜びで、舞い上がっているのだ。

しかし、この直感が正しいかどうか知るためにも、何としてでも彼にもう一度会いたい。とにもかくにもまずは薬を飲んで熱を下げなくてはいけないと、暁成は固く決意した。

四

「御主におかれましては、ご機嫌麗しゅう」

淀みなく挨拶する貴将《たかまさ》の面差しは、御簾越しにもそれとわかる艶麗な輝きを放つ。惜しむらくはその衣で、参内するには些《いささ》か古ぼけている。これでは取り次ぎの蔵人たちの失笑を買ったはずだ。

暁成《あきなり》としては彼を御簾の内側に入れたかったが、そばに控える忠峰《ただみね》が決して許さなかった。

朝になり改めて典薬寮に人をやった忠峰は、貴将が吉水雅延《よしみずまさのぶ》の庶子で、相当曰《いわ》くつきの人間だと結果は報告した。数年前の話だが、医生たちと酒を飲んだとき、観相家に不吉な予言をされたのだという。

不穏な予言をされた過去があるのは暁成も同じで、依光《よりみつ》が殊更《ことさら》に暁成を嫌う理由もそこにあった。

似た境遇ゆえに疎まれるのだと暁成は貴将に親近

感を覚え、彼をもっと知りたくなった。そこで、熱が下がったからと貴将を呼ばせたのだ。

御簾の狭間から見える秀麗なその面にうっとりと見惚れ、暁成は心中で何度もため息をつく。

おかげで、口上を終えた貴将が平伏し、暁成の言葉を待っているのにも気づかなかった。

沈黙を不審に思ったらしい忠峰に「御主」と小声で呼ばれ、暁成は漸く我に返る。

「呼びつけてすまぬ」

つい謝ってしまった暁成に驚いたのか、貴将がぴくりと肩を震わせるのがわかった。これでは威厳も何もないと咳払いし、暁成はせめて今からでも重々しく振る舞おうとゆっくり口を開いた。

「昨晩のそなたの薬、よく効いたぞ」

「勿体ないお言葉でございます」

主に褒められたのに、声を上擦らせることも喜びを露《あらわ》にすることもない。鼓膜を撫でる声色さえも凍えるように麗しく、指の先まで美しい男の自制心は完璧《かんぺき》だった。


「玉主？」

「あ、ああ……何でもない」

ぼんやりと彼の声に聞き入っていた己に気づき、暁成は仄かに頬を紅潮させる。

「時に貴将、そなたに褒美をやりたいのだ」

「褒美など必要ありません」

貴将の態度は、宴の晩と同じだった。揺るぎない答えは、貴将が十歳は年上だとはいえ、主君を相手にしているとは思えぬほどで、傍らに控えていた忠峰が「無礼な」とでも言いたげに渋面を作っている。

「褒美が欲しくないとは、何故《なにゆえ》に？」

「私は医師として、当然の行いをしただけです」

貴将の答えは端的だった。

「ならば、欲しいのは賛辞だけか？」

「医師の望みは、人を助けることにほかなりません」

あまりのつれなさに皮肉を込めてしまったが、貴将はすらすらと言葉を紡ぐ。

「そなたは栄達を望まぬのか」

「中身が伴えばこそ、栄達も喜べます。私はまだまだ修行中の身の上です」

名目だけの国主とはいえ、暁成にもそれなりの力はある。なのに、決して媚びようとしない貴将の態度に、暁成の好奇心は擽《くすぐ》られるばかりだ。

不思議な男だ。よもや、この野心の欠片《かけら》もない言葉が本心とでもいうのだろうか。たとえ嘘であるにしても、御主の前で堂々と嘘をつくのであれば、それは見上げた心がけだ。

貴将がどのような顔で自分を欺《あざむ》くのか、どうしても見たくなった。

「御主」

小声で鋭く忠峰に注意され、御簾を上げようと手を伸ばしかけていた暁成は我に返る。

まただ。

完全に無意識の行動だった。

込み上げてくるのは、御し難い衝動だ。

貴将の裾を摑んだ、あの日と同じもの。

「いかがなさいましたか？」

怪訝そうな貴将の声に、己の気持ちが一方通行であると即座に読み取り、暁成は左手に持っていた笏《しゃく》を両手で握り直した。

手の中で、笏が撓《たわ》む。

御簾越しでは不満だった。真っ向からその美貌を見たい。少しでも長く、話をしたい。何にも隔てられたくはない。それらの思いが一度に込み上げてきて、混乱してしまいそうだ。

「……いや」

惹かれていくことに、理屈はないのかもしれない。

彼が目の前にいると思うだけで気持ちが昂り、喉がからからになる。心の臓が凄まじい勢いで脈打ち、どうにも落ち着かなくなるのだ。

「あ、あの……また来てくれぬか」

「恐れながら、御主。私は一介の医師にすぎません。理由もなく伺候できる身分ではないのです」

やんわりと断られ、心が一気に沈み込む。

「貴将、あの……」

「そろそろお時間です」

無情にも忠峰によって、対面の中断が宣告された。

名残惜しかったが、このあとは宮中での行事があるため、暁成は素直に従った。

暁成にしか届かぬよう唇を動かさずに貴将が囁いたため、暁成は思わず顔を跳ね上げる。

「またのお召しを」

要は、呼んでくれれば参内すると言っているのだ。御簾越しだが、その瞬間だけ貴将の双眸《そうぼう》は暁成に真っ直ぐに向けられていた。彼の口許がふわりと和み、蠱惑的な笑みが浮かぶ。

刹那、熱い思いが怒濤《どとう》のように込み上げてきた。

この男だ。貴将こそが、暁成の待ち侘びていた相手に違いあるまい。

抱いていた疑念は、最早《もはや》確信に変わっていた。

そう思えば、ここまで激しく彼に惹かれる理由に合点がいく。

たとえそれが同性であったとしても、大した問題はなかった。もとより暁成は、跡取りを望まれない身の上だ。それに、思いを懸ける相手と子をなす相手が別なのは、よくある話だ。

貴将こそが、己のさだめを変えるのだ。


なまあたたかい風が頬を撫で、几帳を揺らす。

「嵐になりそうだな、千寿《せんじゅ》…いや、貴将。山の端《は》に黒雲がかかっているぞ」

高欄《こうらん》に寄りかかって山を眺めていた俊房《としふさ》に言われ、簀子に腰を下ろしていた貴将は、かたちのよい眉を顰める。互いに立烏帽子《たてえぼし》に直衣《のうし》の貴族らしい姿も板についたが、俊房は直衣よりも狩衣がいいとしばしば零していた。

「幼名《おさなな》で呼ぶのはよせと言っているだろう」

「なぜ嫌なのだ？」

「昔を思い出す」

「昔？　里についてか!?」

途端に俊房は見るからに表情を強張らせ、緊張を隠した声で勢い込んで尋ねる。

「里……」

生まれ育った木津《きづ》の里については、もう殆ど覚えていない。

屋敷が燃やされたのも朝だったか、昼だったか……そんなことすら定かではないのだ。

脳裏にあるのは焔。泣き叫ぶ人々の声。

自分の腕を引いて走る、松王丸《まつおうまる》の必死の形相。

……裏切ったな！

誰かの声が脳裏に谺《こだま》し、貴将は目を閉じて記憶を手繰《たぐ》り寄せようとする。

「そんなわけがないか」

俊房の明るい声が思索を打ち破る。

「——ああ、寺だ。慈春《じしゅん》の許にいた頃の話だ」

瞼《まぶた》を上げた貴将は、咄嗟に誤魔化した。なぜだろうか、言わないほうがいいように思えたのだ。

「だろうなあ」

乾いた笑いを上げた俊房は、円座《わろうだ》も敷かずに床に腰を下ろし、盃《さかずき》の中身を呷《あお》る。

粗末な盃を満たすのは、この陋屋《ろうおく》に不釣り合いなほどに上質な酒だ。こちらは、右京《うきょう》の市場に出向いた俊房が土産《みやげ》に買い求めてきたのだ。

「この鮎《あゆ》、旨《うま》いな。どうしたんだ？」

失われた貴将の過去は、どれほど血塗られて悲惨なのだろう。俊房は貴将の記憶を刺激するのが嫌なのか、あからさまに話題を変えてきた。その不器用な配慮が、さも俊房らしくて微笑ましい。

「届けてくれた者がいる」

「ということは、女だろ？　どこの姫君だ？」

「好きなように想像しろ」

葛葉《くずのは》小路《こうじ》の鈴虫《すずむし》が折に触れて届けてくれるのだが、面倒なので説明はしなかった。

「それにしても、腥《なまぐさ》い嫌な風だなあ。かなり酷い嵐になりそうだ」

「おまえの術ではないのか？」

「そこまで暇ではないぞ。それに、御方は殊のほかお優しい。下手に都に嵐など呼べば、民の家は壊れておらぬか、怪我人はおらぬかなどと気に病まれてしまうさ」

冗談に対して返ってきた俊房の言葉に微かな侮蔑を感じ、貴将は皮肉げに微笑《ほほえ》んだ。

「斯《か》くも気が優しうて、国を統べられるのか」

「治めるのは、ほかのやつらの仕事だからな」

お飾りの御主と仄めかして低く笑った俊房は、ちらと貴将に視線を投げかける。

「あのお方は、関白をどう思っているのだろう」

「今のところ素直に従っているな。即位してからずっと、従順にしているのが信じられん」

「表立って不仲ではなさそうだ」

「そりゃあな。管弦の宴で見ただろ？　真っ青になっても関白を立てようとしていたじゃないか」

あそこまでの辱めを与えられても、関白の意向に沿おうとした暁成の健気《けなげ》さを思う。

「御主の目を覚ますためには、やはりおまえの嵐が必要だな」

貴将の揶揄を聞きながら、俊房は手酌《てじゃく》で提子《ひさげ》から酒を注《つ》いだ。

「何をしても、目など覚めまい。あのお方はただの傀儡《くぐつ》。この三年、関白に都合のいい存在でしかなかった。何があろうとも変わるわけがない」

「御座《ぎょざ》は居心地のよい揺籃《ようらん》か。いいご身分だ」

鋭い棘《とげ》を含ませつつ、貴将はこの国を統べる少年を脳裏に思い描く。

暁成の本音がどうであれ、他者に押さえつけられるのに慣れきった相手を目覚めさせるには、荒療治が必要になりそうだ。

尤も、暁成が俊房の言うとおりの気弱なだけの繊細な人物とも思えなかった。

暁成の顔立ちは凛々《りり》しくも愛らしく、受け答えは明哲そのもの。時にあの年代に相応しい皮肉を口にもしたがじつに無邪気で、複雑な立場にある己を抑える術を知っている。

暁成にも矜持《きょうじ》はあるはずだ。その証におとなしくはしていても、依光に媚びてはいなかった。彼は自尊心を守るために、あえて本心を隠しているのではないか。

それにしても、忘れ難いのはあの目だ。

暁成は、あの熱いまなざしで貴将を射竦《いすく》める。

多くの言葉を交わさずとも、彼の真っ直ぐな視線は千万《ちよろず》の言葉にも値する。

貴将の中に何かを見出したとでもいうかのように、暁成は幾度も強い視線を向けてきた。

だからこそ、こうも胸が騒ぐのだろうか。

それが彼の無垢《むく》さへの苛立《いらだ》ちか、それとも、別の感情かまではわからない。

ただ、彼の視線の意味を知りたい。

暁成は貴将に何を見つけたというのか。

隠しきれぬ復讐心の片鱗《へんりん》か。あるいは――。

「おや、貴将。玉主はおまえの好みではなかったのか？」

「……あ、うん、そうだな。あそこまでお可愛らしいと、何やら情が湧きそうで困る」

「何だと？　では、宴に誘ったのは失敗だったな」

冗談を真に受けて顔をしかめる俊房に、貴将は朱唇《しゆしん》を艶然と綻ばせる。

「何を言う、おまえがあのお方に近づけるように仕組んだくせに」

あの宴で、ほかならぬ俊房が密かにかまいたちを呼んで暁成の箏の弦を切ったのだ。それで、まさか気に入ったのではあるまいな」

「手助けのつもりだった。それで、まさか気に入ったのではあるまいな」

貴将が他者に興味を示すことなど殆どないせいか、俊房はどこか困惑した調子だった。

「可愛いお方だ。まるで子犬の如く懐いてくる」

「一国の主を子犬呼ばわりか」

両手で撫でたくなるくらいに、愛くるしかった。今もこうして彼の面影をつぶさに思い出せる。

「あのお方は使えそうだ。人を疑うことを知らぬようだった」

「では、そろそろ動くとしようぞ！」

貴将の返答に、勢い込んだ俊房が前のめりになる。

「いや、今は状況を見たい。それに、御主が関白をどう思っているのかはわからぬ。下手に動けば足を掬《すく》われかねないだろう」

「何とも焦れったいやつだ。そんな様《ざま》では復讐もできまい」

「まだ私には、力が足りぬ」

篝火《かがりび》だけが、あたりをぼうと照らし出す。

貴将は暫し無言で、虚空《こくう》を見つめる。

一族の屍体と同じように、あのとき、貴将の記憶も焼き払われてしまった。

なのに、魂には刻み込まれているのだ。

一族の怨みを晴らせ、復讐をせよという強く邪悪な願いが。

憎悪よりも濃いその邪念が、貴将を衝《つ》き動《うご》かす。

その呪縛はあまりにも強すぎて、貴将自身の意思とは関係ないかのようにも思えてしまう。

「つくづく吉水では分が悪い。知ってのとおり、典薬寮では和気《わけ》か丹波《たんば》でなくては出世できぬ。どうせならそのどちらかを狙えばよかったのだ」

「そうではない、俊房。医療と言えばあの二つの家のどちらかだ。しかしそんなところは、既に優れた人材がいる。並大抵の策では潜り込めぬだろう」

そもそも医療の秘技は大体口伝《くでん》なので、医師は世襲が主となる。従って、典薬寮という組織はあの強欲な藤原氏《ふじわらし》でさえも食い込めない。現に役所の長官《かみ》である典薬頭《てんやくのかみ》の地位は、和気家と丹波家の世襲となっていた。今ならばまだその両家につけ込めると、義父の雅延は狙っているのだ。

なるほど、と俊房は感心したように唸《うな》る。

「俺に手伝えることなら、何でもしてやるぞ。実際、陰陽寮の仕事は縛りが多くて退屈だ」

「頼もしいな。何かあれば、私を守護する式神《しきがみ》でも飛ばしてくれ」

「なに、おまえを守る必要などなかろう」

俊房は貴将の言葉を笑い飛ばした。

「どういう意味だ」

「おまえは身も心も冷えているくせに、希代《きたい》の人誑《ひとたら》しだ。何があっても、必ずおまえを助けてくれるやつがいる。そういう星まわりなんだ」

「そんなに愛嬌《あいきょう》があるつもりはないが」

貴将が茶化すと、俊房は真顔になって口を開いた。

「愛嬌があるから、人を誑《たぶら》かせるってもんでもないだろうが。おまえは毒……いや、毒というよりも闇だな」

俊房は柄にもなく、滔々と続ける。

「虚《うつ》ろで冷たくて、おまえの中はくろぐろとした闇だけが広がってる。そいつは怖いが、見ようによっちゃ美しい」

さすがに長い時間を共に過ごした従兄だけある。普段は陽気さが表に出るが、彼は貴将の根幹を占める部分を確実に見抜いていた。

「おまえの総身から少しずつ、その闇が滲《し》み出《だ》してる。それは人を酔わせ、見る者を否応《いやおう》なしに引き摺《ず》り込む。ゆえに人誑しなんだ」

「おまえも私の闇に引き摺り込まれているのか？」

揶揄すると、俊房はぎくりとした顔になった。

——何だ？

しかし、貴将が相手の態度に違和感を表明するまでもなく、彼はいつもの飄《ひょうひょう》々とした顔になって大きく首を振った。

「俺は少しは慣れているつもりだぞ。何しろ、おまえとは古い仲だ」

「そうか。ならば依光も誑し込もうか？」

「それでは面白くなかろう。あの一族は誑し込まずに、破滅に導いてやれ」

そこで俊房が懸盤《かけばん》にやった手を止めたので、貴将は肴《さかな》がなくなったと気づいた。

「——肴が足りぬな。待っておれ」

立ち上がった貴将が家人に酒肴《しゅこう》を命じてまた簀子に戻ると、俊房は目を閉じ、横になっている。

寝てしまったのであれば、起こす理由もない。

再び腰を下ろした貴将は、胸元に入れておいた文の存在を思い出した。養父からの文には、『くれぐれも躰を厭《いと》うよう』と震える筆蹟で記してあった。

貴将はそれを一瞥《いちべつ》し、手近な篝火に投げ込む。

紙片は燃え上がり、あっという間に灰になった。

こんなふうに、あの可愛らしい君主を焼き尽くしてみたい。復讐の劫火《ごうか》で炙《あぶ》ってやれば、澄み切った瞳は恐怖に濁るだろうか。

……見たい。その恐怖の様を。

あの可憐な人をもっと絶望させてやりたい——。

気持ちがいやに昂り、貴将は心の儘《まま》に龍笛を摑ん

でいた。

心の赴くままに龍笛を演奏していると、何もかも忘れてしまえる。

曲を終えて一息つく貴将の背後から、声が響いた。

「――相変わらず、人にあらざる者の音色だな」

「何だ、起きていたのか。驚かせるな」

横になった俊房は片肘《かたひじ》をついて自分の頭を支え、淡々と続けた。

「おまえの笛は人には奏でられぬ音色だ。技巧は誰よりも優れてるが、演奏に心がない」

心だと？　そんなものが、あっただろうか。最初から、貴将の中には復讐しかないというのに。

「私に心などないさ、最初から」

「では、何を聞いても心が動かないか？」

「ああ」

「十五年ほど前だ。吉野山《よしのやま》のさる山寺で、僧侶たちが集団で茸に中《あた》った事件があったとか。住職から稚児に至るまで、寺の者は全員死んだそうだ。おまえ、心当たりはないのか」

「さて、心も心当たりもないな」

貴将は薄い笑みを浮かべ、提子から酒を注ぐ。

「だが、残念だな。もし私がそこにいれば、彼らの命を助けてやることもできただろうに」

「……そうだな」

頷く俊房は身を起こし、無表情に盃を干した。

――絶対に手放さぬ。おまえを吉水になどやるものか！

慈春の嗄《しわが》れた声が、まだ耳にこびりついている。

――どうかお気を静めてくださいませ。私は慈春様の役に立つため、吉水の技術を学びたいのです。この寺がある限り、絶対に戻ってまいります。

皺だらけの手を取り軽くさするだけで、慈春はだらしない顔になった。貴将に触れられると魂ごと撫でられる心地になるというのは、慈春の弁だ。

貴将の懐柔に、慈春は渋々許してくれた。いや、許さざるを得なかったのだ。

「ほんにおまえは恐ろしい男だな、貴将」

「そうでもないさ。おまえは何ごとも考えすぎだ」

真に恐れるべき底知れぬ悪意は、余人には理解すら叶わない。そんな邪《よこしま》な化け物を、人は誰しも己の身のうちに飼っている。

「新入りの稚児に、旨い茸を教えてやっただけだ。慈春を喜ばせようと茸汁を作ったのだろう。茸は見分けが難しいからな」

酒に濡れた紅唇で、貴将は艶めいた笑みを象《かたど》る。

「それで死んだのなら、連中の功徳《くどく》を御仏《みほとけ》がお認めになったのだ。何しろ、誰よりも早く往生できる」

「心がないからこそ、おまえは人を操れるのだろうな。よけいなことを考えずに、他者を籠絡できる」

「買い被るな、あれは連中が勝手に死んだのだ」

仮に彼らが人の言うとおりに徳の高い僧侶なのであれば、いち早く極楽浄土へ行けたはずだ。

それは彼らにとっても、喜ばしい事態であり、嘆くような問題でもないだろう。

五

卯月《うづき》。

上賀茂《かみがも》・下鴨《しもがも》神社の祭礼である賀茂祭《かもまつり》の当日は快晴で、一条大路《いちじょうおおじ》は物見のための人で大層な混雑ぶりだ。

都を囲む山々の新緑が鮮やかで、折からの陽光に映えて目映《まばゆ》いほどだった。

賀茂祭において一番人が集まるのは路頭の儀で、賀茂社に参詣する斎院《いつきのいん》・勅使《ちょくし》の行粧《ぎょうそう》が一条大路を練り歩く行事だ。

見物にやってきた庶民も貴族も押すな押すなの大騒ぎを繰り広げている。貴将《たかまさ》はこういう狂騒を好まなかったが、医師の出番もあろうとの上司の判断で、祭り見物に出向くように命じられたのだ。

牛車の前簾《まえすだれ》から覗く女房たちの衣の袖口は、目にも麗しい。彼女たちはこうして出し衣《いだぎぬ》で牛車を飾って襲《かさね》の色合いを競い、その色合わせの妙で己の優れた感覚を誇示しているのだ。

牛車に馬、徒歩《かち》の人々などがひしめき合い、どこで一触即発の喧嘩《けんか》が起きてもおかしくないほどの盛況ぶりだ。

大路の一角の最も祭を見やすい場所に、依光《よりみつ》の設《しつら》えた桟敷《さじき》がある。

「おや、狐がおるぞ」

甲高い声に貴将がつい面を上げると、立派な身なりの公達がその桟敷からこちらを眺めていた。

「臭《くそ》う、臭うてならん」

これ見よがしの大声に、見物に来ていた連中がぱっと貴将を見やる。

先日、貴将は医師の身で従六位下《じゅろくいのげ》へと異例の昇進を果たしたうえ、昇殿の許可まで与えられた。目敏《めざと》い連中には、それが面白くないのだろう。

本来ならば従六位下では、昇殿して暁成《あきなり》の許に伺候するのは到底許されない。しかし、蔵人は六位でも昇殿できるからと、暁成は強引に己の意向を通したのだ。昇進の表向きの理由は暁成の怪我を手当てした褒美だが、それだけではこの厚遇にならない。異例の出世に様々な憶測が飛び、暁成は貴将の美貌に誑かされたのだと、人は悪し様《あざま》に言った。

そもそも暁成は見かけは愛くるしい少年だが、人に打ち解けない一面を持つと聞く。依光から宛《あて》がわれた忠峰《ただみね》以外は誰にも心を開かなかった。暁成が初めて贔屓《ひいき》したのが、貴将なのだ。身分といい役職といい、暁成を補佐するための政治的な協力者ではないのは明白だ。となれば、純粋に暁成が貴将を慕っているのだと余人にも知られてしまう。

「ほんに、臭いのう。嫌じゃ嫌じゃ」

「狐狸《こり》の臭いでもするのではないか」

「そういえば、昨日は内裏に狐の親子がやってきたとか。浅ましき臭いを嗅《か》ぎつけるのであろうよ」

狐如きを貴将を論うための口実にしようとは馬鹿馬鹿しいし、貴将が薬草臭いのは事実だ。貴将が処方する薬はすべて自らの手で作り、秘方《ひほう》を他者に知られないように重々注意しているからだ。必然的に躰にはその匂いが染みついていた。

この程度の当《あ》て擦《こす》りで傷つくほど、貴将は繊細ではない。ふくふくと育った公家《くげ》たちとは端《はな》から違う。己の出自さえ知られなければいいのであり、何を言われようと気にしていなかった。

「黙らぬか。斯様な場で人を悪し様に言うな」

凜とした声が耳に届き、貴将はその方角に視線を向ける。見れば、桟敷には依光と時広《ときひろ》に挟まれた暁成が座していた。その近くには時正《ときまさ》の姿もある。

斎院は内裏から出発するので、暁成はこの桟敷まで来る必要はない。だが、依光は国主すら意のままにできると世に知らしめるべく、あえて彼を呼びつけて衆目に晒しているのだろう。

暁成は蒼褪めていたが、背筋を伸ばし毅然《きぜん》とした態度を変えようとはしない。

ざわめきは消え、あたりはしんと静まり返った。

「もうよい、そこをどけ」

足早に貴将に近寄ってきた男の声に、覚えがある。蔵人頭の忠峰だった。

「私のことですか」

「ほかに誰がいる」

忠峰は苛々しているらしく、声が尖《とが》っている。

暁成は離れた場所から二人を見守っているが、どちらに加勢をしてもまずいと自覚しているのだろう。細い指で笏を握り、血の気が失せるほどにきつく唇を嚙《か》み締《し》めている。

「かしこまりました」

貴将は目礼し、身を翻した。

やはり、忠峰は貴将の存在を警戒している。ここで忠峰の信頼を損なうのは愚かな行為だった。

「行列が見えてきましたぞ！」

下人たちがそう叫んだので、人々の視線はそちらに向かう。牛車の前を通りかかったところで、「お待ちなさい」とやわらかな声が響き、前簾の狭間から扇が差し出された。扇には折り畳まれた紙が載せられており、貴将は一礼と共にそれを受け取る。

文からはふわりと甘い香の匂いがした。

不意に強い視線を感じた気がして振り返ると、暁成が斎院には目もくれず、強張った顔で貴将を見つめている。

——何だ？

食い入るような目で見られる謂《いわ》れはない。貴将は訝しみつつもそこを離れた。

「……先生。先生ってば」

直衣の裾を引かれ、貴将ははっと顔を上げる。

人混みからぬっと顔を出したのは、鈴虫《すずむし》だった。

「おまえ、来ていたのか」

ここまで来ればもう彼の視野からは出ただろう。暁成の鋭いまなざしはまるで杭《くい》だ。

「そりゃあ、お祭りだからね。こんな日は市場も上がったりだよ。一緒に楽しむほうがいいのさ」

行列はまだ続いており、人々はそちらに気を取られている。彼女は歩きながら声を潜めた。

「さっきのあいつ、嫌なやつだねえ」

「蔵人の藤原忠峰様のことか？」

「忠峰っていうんだね。威張り腐ってたじゃないか」

「蔵人頭でとても偉い人だ。私があやしげに見えたせいで、あのお方のせいではない」

鈴虫が官職に興味があるかは知らないので、貴将は噛んで含めるような物言いになった。

「へえ、偉いんだ。あんたと仲が悪いのかい」

「悪くはない。ただ、私が邪魔なのだろう」

「そんな偉い人に邪険にされたら、仕事に差し支えたりするだろ？」

「それは……」

言い淀む貴将の真意を感じ取ったらしく、彼女は一旦は黙り込み、それからふっと破顔した。

「まあ、元気出しなよ。きっとそのうち、いいことがあるからさ」

「ありがとう。また市場に行こう」

「はいよ！」

いったい何を思いついたのか、鈴虫は弾むような足取りで駆け出した。

賀茂祭が終わって三日ほど経過した。

今夜は宿直で、貴将は同僚と二人で典薬寮の建物にいる。相手は貴将の出世が気に入らないらしく、さんざん絡《から》んだ末、持ち込んだ酒を飲み始めた。

その不真面目《ふまじめ》さに心中で眉を顰めつつも、貴将は暇つぶしに仕事の記録をまとめていた。

賀茂祭以来、暁成とは顔を合わせていない。

立場上、当然だが呼ばれなければ、貴将から暁成の許へは行けないせいだ。それに、彼が己の中で感情を熟成させてくれたほうが背中を押しやすい。要は、もっと思い詰めてくれたほうが好都合だ。

本当は、もっと顔を見たい。暁成の物言いたげな顔つきの愛らしさなど、どこぞの姫君も顔負けだからだ。

姫といえば、かねてより抱く疑問があった。暁成に世継ぎができないのはなぜだろうか。それどころか、即位して三年になるのに、先の主の薨去《こうきょ》や飢饉《ききん》、疫《えやみ》という事情はあれど、まだ立后《りっこう》していないのは異常な事態だ。それどころか有力貴族たちは、仕方なく娘を入内《じゅだい》させてあえて女御に留《とど》めている節がある。己の娘を后にし、子をなさせて次の玉主の外祖父になるのが貴族たちの望みのはずだが、彼らはお互いに様子を窺《うかが》っているかのようだ。いくら暁成が嫌われているとしても、子は別ではないのか。

そろそろ、後宮に手を広げて情報を得る時機かもしれない。色と欲が絡み合って蠢《うごめ》く女の園は、貴将が入り込むに相応しかった。

だが、何をするにしても忠義面した忠峰が煩わしい。貴将が後宮に手を伸ばせば、ほどなく蔵人頭の忠峰に知れる。そうすれば、彼は貴将の野心を疑うだろう。忠峰を排除するか、籠絡《ろうらく》するか、そのどちらかを選ばなくてはならない。

こんな手間をかけるよりは、いっそ時広や時正を誑かしたほうが近いのではないのか。

「忠峰、か……」

貴将は小さく呟く。

独言が背後の医師に聞こえないかとひやりとしたが、彼は高鼾《たかいびき》を掻いて眠っている。

と、そのときだ。

「……誰か！」

激しい足音を立てて、何者かが走ってくる。

「医者を……あっ、貴将様！」

息を切らせて顔見知りの舎人が飛び込んできた。

「どうした？」

「藤原忠峰様が、内裏を出たところで何者かに襲われました！」

まさか、あの忠峰が!?

忌々しく思い返していた矢先の偶然に、貴将でさえも驚かずにはいられなかった。

部屋の隅に視線を投げると、同僚はだらしなく眠りこけており、これは使い物にならないだろう。

「ご覧のとおり、和気《わけ》様は休んでいる。私が行こう」

貴将は急いで薬草や布をしまった箱を手に取る。

「忠峰様はどこだ？」

「近かったので蔵人所《くろうどどころ》にお運びしました」

「いったい誰に襲われたのだ？」

慌ただしく問うと、胡乱《うろん》な答えが返ってきた。

「わかりません。水干の破落戸《ごろつき》としか……」

水干を着た男など、都にいれば数え切れない。

今は犯人に思念を巡らせるよりも、忠峰の命を救うほうが先決と思考を切り替えた。

蔵人所で板間に寝かされた忠峰は胸から腹にかけてを切られており、血塗れだった。

「忠峰様！」

声をかけても返事はなく、ぴくりとも動かない。

凄まじい出血に、さすがの貴将も凝然とする。

まずは止血をしたところで荒々しい足音が聞こえ、誰かが部屋に飛び込んできた。

「御主！」

驚きに小さく声を上げる。まさかこのような場所に彼が入り込むとは思ってもみなかったらしく、近侍たちが「お待ちを」と追いかける足音が聞こえた。

「忠峰！　忠峰、死ぬな！」

貴将のことも目に入っているかどうか。

声を張り上げる暁成の様子は威厳など欠片もなく、まるで駄駄を捏《こ》ねる子供だ。

「……御主」

呼びかけられた暁成は漸く貴将に気づいたらしく身を起こし、真っ直ぐな目で貴将を見つめる。

「頼む、貴将」

蒼白の暁成は貴将の裾に取り縋った。

「どうか助けてくれぬか！　褒美は望む限り取らせる。この男は、私にとって唯一の……」

その先を告げないのは彼なりの躊躇い所以《ゆえん》だろうが、何を言おうとしたかは薄々予想できた。

縋るような黒い目が潤み、ひどく痛々しい。

忠峰が死ねば、暁成は唯一の味方を失う。そんな取り乱しようだ。

大きな感情の波が、どっと押し寄せてきた。

暁成が憐れでたまらない。彼がこれ以上悲しまないように、何とかしてやりたい。

――だが。

確かに忠峰を失えば、暁成のこの愛らしい顔は曇ってしまうかもしれない。けれどもそれと引き替えに、暁成は貴将だけを恃《たの》みにするようになるのではないか？

この健気で愛らしい少年の目に自分だけしか映らなくなれば、それはどれほど心地よいことだろう。

抗い難い衝動を覚え、貴将は薬草を調合する手を止めそうになったが、すぐに己を取り戻す。

いったい自分は、何を考えているのか。

とにかく今は、この国主を追い払うべきだ。そうでなくては、気が散ってならない。

「必ずお助け申します。ですから、今はお戻りください」

「……ああ。任せたぞ、貴将」

忠峰を助けるのは、貴将自身の目的にも合致する。

忠峰を生かし、この先自分のために働いてもらう。

今こそが、この男を道具にする絶好の機会だ。

人の血を啜り、肉を喰らってでも復讐をすると決めた貴将にとっては、他者の生き死にでさえも単なる事象にすぎないはずだった。

忠峰の容態が安定するまでそばにいたため、貴将が蔵人所を後にしたのは、事件翌日の夜だった。

あそこまで必死で人を助けたのは、吉水家の一の姫を助けて以来だ。

とにかく、これで暁成が嘆くところを見ないで済む。

……くだらない。

そう考えた貴将は、心中でため息をついた。

このような慈悲の心を持つとは、まったくもって貴将らしくない。

いったい自分はどうしてしまったのだろう。

疲れ切ったがゆえに、気弱になったのか。

今も足腰が怠《だる》く、これから歩いて帰るのがひどく億劫《おっくう》だった。

「貴将！」

高らかに呼ぶ声に足を止めると、俊房《としふさ》が早足で後ろから追いついてくる。

「此度《こたび》はよくやったな！」

単刀直入な言葉に、貴将は人心地着くのを感じた。

「何とか、忠峰様をお助けできた」

「門を出たところでいきなり襲われたんだって？　供の者もやられたとか」

「――そちらは助けられなかった」

忠峰の治療に注力したので、自然と身分の低い家人は後回しになってしまった。

「なあに、おまえが気に病むことじゃないさ」

「気に病んでいるように見えるか？」

「いや、全然。言葉の綾《あや》だ」

俊房はひょいと肩を竦めた。

「労いに、何か俺にできることはあるか？」

「ならば、家に……」

「おっと、送るのは当然だ。そいつは抜きにしてだ」

従兄の陽気な口調に目許を和ませ、貴将は促されるままに牛車に乗り込む。

殿上できるほどに出世したとはいえ、形式的なものだ。未だに十分な財力がなく牛車を持てぬ貴将は、俊房の好意だけでも嬉しかった。

「おまえにしてほしいことがある」

「おう、何でも言え」

貴将と目を合わせ、俊房がずいと身を乗り出す。

「後宮で噂を立ててほしい」

「——噂？　いいけど、どんなのだ？」

怪訝そうな俊房を涼しい顔で見据え、貴将はゆったりと口を開いた。

「優秀な医師がいる、それだけでいい」

「お安い御用だ。おまえの名も一緒に広めりゃいいんだな」

「助かるが、できるのか？」

俊房はもともと女性に人気があるし、陰陽師にしては気さくな性格で後宮に呼ばれて相談を受ける機会も多い。さぞ彼女たちに信頼されているのだろう。

「勿論だ。できないことを安請け合いするもんか。弘徽殿《こきでん》に俺に気のある女がいるんだ」

「有り難い。しかし、随分お盛んだな」

軽く釘《くぎ》を刺してやったが、俊房は気にする風情はまるでない。

「女は上臈《じょうろう》に限る。身分のいい女など、膚の手触りも格別だ。こう、手に吸いつくようでな」

脂下《やにさ》がる俊房は、身振り手振りで女の素晴らしさを伝えようとする。貴将が欠伸《あくび》を嚙み殺しているのに気づき、彼はにっと笑った。

「色と欲で人を操るのは常道だ。殊におまえは、うってつけの美貌の主ときてる。今までどうして後宮に出入りしなかったのか、不思議なくらいだよ」

「言の葉の毒は単純な分、根が深い。使う時機を間違えると厄介だからな」

わかったようなわかっていないような顔で、俊房は「ふうん」と言葉を濁した。

「忠峰様には悪いが、時機がよかった。たっぷり売り込んでおこう」

「頼んだぞ」

「だが、後宮はどろどろしているからなあ。俺のように愉《たの》しみがなければ、踏み込むのも嫌なものだぞ」

とはいえ、俊房の場合は愉悦が悪感情を上回っているようだ。

「御主と一番親しいのはどの女御だ？　やはり、従《いと》妹に当たる弘徽殿《こきでん》の女御か？」

　御主の正式な后を中宮、その次の位で寵愛される者を女御という。

「女どもは主を軽んじて、お呼びがないように仕向けている。おかげであのお方は毎夜独り寝だ」

　国主は昼は後宮へ出向いて中宮や女御と語らい、あるいは遊び、夜は自らの許へ后を呼んで睦《むつ》み合《あ》う。周囲は子作りをするよう導くのが自然な流れだ。

「それが解《げ》せぬ。玉主をお嫌いでも、子をなさしめるほうが大事なはずだ」

「疎いな、おまえ」

　ふう、と俊房がわざとらしく息を吐く。

「仕方ないだろう。一介の医師では、後宮の事情にまでは手が回らない」

「――確かに、これは禁忌だからな」

「何がだ」

　早う口にせよと促すと、勿体をつけた様子で俊房は咳払いをした。

「関白は、誰よりも物狂いの血を恐れておいでだ」

「物狂い……？」

「関白は、今上の母君の良子《りょうし》様を怖がっておられた。だから、殊更に別腹の弟君の元恒《もとつね》様を可愛がる」

「なぜだ？　良子様も関白の娘子《むすめご》のはず」

　今の暁成の疎まれようは、元恒贔屓《ひいき》にしてはやりすぎで貴将には解せなかった。

「良子様の母御は、斎女《いつきひめ》を務めたお方だ。しかも、その姫は伊勢《いせ》で良子様を産んだとか」

「……まさか！」

　斎女になれるのは未婚の姫のみで、処女であることが前提となる。それが伊勢で潔斎しているあいだに子を産むなど、神への冒瀆《ぼうとく》にほかならず、依光の所行は考え難い不品行だった。

「もともと斎女は勘のいい女性で……娘の良子様もだいぶ変わったところがおありだったらしい。それで、如何《いか》に色好みの関白といえども、因果応報とばかりに震え上がったわけだ」

「因果応報というよりも、母御の血筋であろう」

「普通に考えればそうだが、震え上がるあたり、呪いとでも思ったのかもしれん。その血を引く孫が怖くてたまらぬらしい」

呪いとは穏やかではないが、確かに斎女に選ばれる女性の中には、稀に感覚が鋭敏で世間と相容《あいい》れない者もいると聞く。良子がそのような血を引き、常人ではない振る舞いをしても、別段、おかしくはない。

「良子様はどうやって関白の娘になった？」

「当時、依光様には娘がいなかったので、どうあっても自分の血を引くお子が欲しかった。それで、別の女房に生ませたことにして引き取ったんだ」

だが、人の口に戸は立てられない。いつしか良子が誰の娘であるかは伝わるようになったのだろう。

「曰くつきの良子様を統義《のりよし》様に嫁がせたのは、年頃の娘がいなかったせいか？」

貴将の推測を、俊房はあっさりと認めた。

「そうだ。だから、あとから生まれたもう一人の娘の英子《えいし》様が年頃になると、すぐに後宮に送り込んでいる。暁成様は聡明な方だが、観相家にとんでもない悪相の主と言われたそうだ。おかげで関白は御方を毛嫌いし、元恒様が生まれて、やっと枕を高くして眠れるようになったらしい」

「ふむ」

「依光様は、然《しか》るべき時期に元恒様を即位させるはずだ。つまり、今上はそれまでの場繋ぎなんだ」

それもまた憐れだという言葉が出そうになるが、貴将は己の情動に驚き口を噤《つぐ》んだ。

おまけに相手は、自分の意思すら持たぬ傀儡だ。傀儡が嫌ならば己から動けばいいのに、それすらしないのは愚かだ。誇り高いくせにいつまでも傀儡であるなら、それもまた彼の意思の結実だった。

「関白はあの方の血を残したくないし、女御たちも、藤原家に逆らってまで子など産みたくないと思っているのさ。今は慶事に相応しくないと、御主は中宮をお決めにならぬ。それも有り難いんだろうな」

多くの女官たちに傅《かしず》かれる身でありながら、暁成は恋すら許されないのだ。

もしや、暁成は女をまだ知らぬのかもしれない。

それならば、あのういういしさにも得心がいく。

政はともかく、婚姻については依光の反対を押し切れば立后も可能だろう。それに踏み切らないのは、晩成もまた恐れているのだろうか。

恋を。愛を。

子をなし、己の血を繋げるということを。

「女御たちは暇を持て余しているし、おまえが通えばきっと喜ぶだろうよ」

「それは好都合だ」

俊房の言葉に、貴将は何げなく頷いた。

憐れみも甘さも捨てなくてはならない。

何もかもが、道具。復讐という己の目的のために使うと、割り切らなくてはならなかった。

六

御簾を背にした男は、すらりと背筋を伸ばして座している。

「今日は礼を言いたかった。ありがとう、貴将《たかまさ》」

御主たるもの、そう簡単に臣下に頭を下げられない。晩成《あきなり》は精一杯の謝意を込めて真摯《しんし》に告げたが、対する貴将は表情一つ変えなかった。

「礼とはどういうことですか？」

貴将のやわらかな声が、鼓膜を擽る。

自宅で療養中の忠峰《ただみね》からは、暫く伺候できないとの連絡を受けているが、その程度の怪我で済んだのが本当に喜ばしい。忠峰が一命を取り留めたことが有り難く、早急に適切な治療をしてくれた貴将に、晩成は感謝してもしきれなかった。

「そなたは忠峰の命を救ってくれた。褒美に何か遣わさなくては」

「医師として当然の責務を果たしたまでです」

「そなたはいつもそう言う」

晩成は自然な笑みを浮かべようとしたが、上手くいかない。

だめだ。緊張に唇が戦慄《わなな》く。こんなことならば、御簾越しの対面にしておけばよかった。

うるさいくらいに心の臓が高鳴っており、その音が貴将に聞こえてしまっていないかと不安になる。

こんなに間近で貴将と相対できる日が来るとは、まるで夢のようだ。

口やかましい忠峰がいないのをいいことに、今日は御簾の中、廂《ひさし》にまで貴将を招き入れてしまったのだ。

尤も、今回の件で、忠峰の貴将に対する感情はだいぶ和らいでいるはずだ。何しろ貴将は、命の恩人なのだから。

「忠峰様がおそばにいらっしゃらないのは、お淋しいのではありませんか」

「そうだな。だから、友を連れて来た」

それに貴将がいる、と晩成は心中でつけ加える。

「友？」

無言で笑みを浮かべた晩成は、部屋の片隅へ向かう。そして、紐《ひも》で繋がれていた猫を抱きかかえて、どきどきしながら貴将の前に戻った。

「ほら」

斑《ぶち》の猫は、忠峰のいない淋しさを紛らわすために取り寄せ、飼い始めたのだ。

「猫ですね。これは珍しい」

「そなたに見せたかったんだ」

けれども、猫は貴将を見るなり毛を逆立て、晩成に抱かれたまま威嚇《いかく》の気配を漂わせる。

「どうしたのだ、典侍《ないしのすけ》。ほら、おとなしくせよ。貴将に顔を見せてやっておくれ」

従四位《じゅしい》でなくては昇殿させられぬと、そんな洒落《しゃれ》から猫に位をやったのだ。すると、それを聞いた貴将はおかしそうに微笑を浮かべた。

よかった……貴将が笑ってくれた。

自分の言葉に応えて、こんなに綺麗な笑みを見せてくれた。そう思うだけで、頬が上気してしまう。

もっと話をしたい。もっと言葉を交わし、自分について知ってほしい。貴将について教えてほしい。そしてできるなら、もう少しだけ暁成のことを思ってほしかった。

「典侍であれば、私よりも位が上です。おいそれと顔を見せたくはないのでしょう」

「猫にわかるものか」

「この袍の色ではすぐにわかります」

貴族の袍は、身分によって着る色が決まっている。あまり笑える冗談ではなかった。

だが、典侍がいるといつもより楽に会話ができる気がして、暁成はほっとする。

あとは、貴将を飽きさせないようにしなくては。

彼と共有する時間を、少しでも長く引き延ばしたかったからだ。

「典侍、落ち着くがよい。貴将が驚いているぞ」

暁成はできるだけ優しく呼びかけるが、猫に通じるわけがない。激しく暴れる猫の動きに手が緩み、とうとう彼女を床に落としてしまう。

「あっ」

着地した猫を再び抱き上げようと素早く手を差し伸べた瞬間、指に熱い痛みが走った。

「！」

指を引っ掻かれたのだ。

猫はさっと逃げようとしたが、繋がれたままなので、この部屋から出てはいけない。

「失礼」

手を伸ばした貴将が暁成の手を摑み、流れるような所作でそれを口に含む。

つきん、と胸が痛くなった。

傷ついた指を、舐《な》められただけなのに。

その冷たい手とは裏腹に、貴将の口腔と舌は、ひどくあたたかかった。

同時に、躰の奥のほうからじわりと熱い衝動が生まれる。

——嘘……。

狼狽ゆえ、暁成は小さく息を呑んだ。みるみるうちに己の頬が朱に染まるのが、暁成自身にもわかる。

兆しかけているのだ。

「だ、だめだ……貴将……」

羞じらいのため声が震える。

「まだ血が止まりませんよ」

一度顔を離した貴将が、濡れた舌を蠢かして再び指を舐める。

「…違う……」

そうではなくて。

躰が熱く、疼いてしまう。

「御主？」

自身の状態を知られてはならぬと恐る恐る顔を上げると、貴将と目が合った。彼は「一人でお淋しいのですね」と囁き、暁成の肩をそっと抱き寄せる。

「あ……」

胸に引き寄せられ、暁成は勢いで彼の衣に顔を埋《うず》める。


途端に鼻腔《びこう》を擽ったのは、薬草の独特の匂い。そして、薬草に隠された彼自身の匂いだ。

混じり合う匂いが、その場の空気を湿り気の帯びた濃密なものに変えていく。

胸の高まりを否応なしに意識し、暁成が邪念を忘れねばと足掻《あが》くほどに、ますます総身が熱くなる。

「落ち着きましたか？」

「………」

答えようもなかった。

堪えきれないくらいに、下腹が熱い。

衣のおかげで貴将に変化は見抜けないだろうが、躰に力が入らなかった。

たかだか指を舐められただけでこんなふうになるとは、募る羞恥《しゅうち》に死んでしまいたかった。

貴将には、絶対に気取られてはいけない。

肉体の変化は、つまりは暁成が彼に欲望を覚えている証だ。男色趣味はよく聞く話だが、人並み外れて美しい貴将を欲望の対象にするのは、逆に侮辱になる気がして躊躇われる。

「少し、すれば…落ち着くから」

切れ切れに訴えた言葉を、貴将はあっさりと聞き流した。

「……可愛い方だ」

耳許《みみもと》で声が響く。その声に暁成は陶然《とうぜん》とし、躰からくったりと力が抜けてしまう。思わず彼に身を任せると、貴将が衣の上からそこに触れてきた。

「っ！」

このままじっと我慢していれば気づかれないだろうと思ったのだが、そうはいかなかった。

「は…っ…」

偶然ではなく、彼は意図的に触れているのだ。張り詰めた部分を撫で回されて、かっと躰に熱が宿る。

後宮の女御たちに手を着けられないし、どろどろとした策謀を剝き出《むだ》しにする女人たちは、暁成にとっては苦手な存在だった。けれども、未だに女の味を知らないとはいえ、暁成とて健康な男性だ。欲望が皆無なわけではない。今も、貴将に刺激されて体熱が加速度的に上がっていくようだ。

「感じておられますね」

低くやわらかな響きが、鼓膜を擽る。

「すまぬ…」

恥ずかしくて恥ずかしくて、消えてしまいたい。

「謝ることではありません。御身が健やかな証です」

火照る肉体をこれでやっと放してもらえると思ったが、そうではなかった。貴将が不意に、衣の狭間から手を差し入れてきたのだ。

「貴将…ッ」

「じっとなさい」

命じられるのが新鮮で、つい従ってしまう。

「ひっ」

貴将がそれを器用に見つけ出し、直《じか》に触れた。熱くなったものをそっと右手にくるみ、軽く擦るように上下に動かす。

「あ、あ……」

たまらなくなって、甘い声が漏れた。自分でもそうとわかるほどに、いやらしい声が。

「いや…」

か細く訴えると、貴将がぴたりと手を止めた。

「本気で抗っておいでなら、臣下の身の上ではやめなくてはなりません。いかがなさいますか」

すっと彼の手が離れ、暁成は焦れったさに唇を嚙み締める。

やめよと一言、命じればいい。

こんな真似をされるのは嫌だと。

なのに。

「暁成様」

「！」

途端に、雷《いかづち》で全身を打たれた気がした。

名前を、呼ばれたのだ。

普段は恐れ多くて誰も呼ばぬ、この真の名を。

ほかでもない貴将が、呼んでくれた……。

「暁成様、いかがなさいますか」

くらりとするほどに甘い声で耳打ちされたうえ、指先が焦らすように曖昧《あいまい》に性器に触れる。

堪えなくてはいけないとわかっているのに、耳許にかかる貴将の息はあまりにも熱かった。


このまま、蕩《とろ》けてしまいそうだ。

「……続けよ……」

「仰《おお》せのままに」

貴将は低く耳打ちした。

「ふ……っう…」

いつの間にか溢れ出した先走りを塗り広げ、水音を立てつつ貴将の指先は器用に動く。

いい。

たまらなく、快《い》い。

「あ…は…ああ…」

貴将は親指と中指で輪を作るようにして括《くび》れを締め、人差し指で孔《あな》を辿《たど》る。卑猥《ひわい》な技巧にますます下腹部が熱くなり、暁成は濡れた息と弾んだ声を零《こぼ》すしかなかった。

混乱するまま、欲望だけが高められていく。

「…貴将、…っ……」

知識に偏りのある暁成といえども、最後がどうなるかわかっていた。このままでは彼の手を汚しかねない。

しかし、躊躇《ちゅうちょ》は与えられる快楽の波に砕かれ、風前の灯《ともしび》だった。一方的な愛撫《あいぶ》に性感は募るばかりで、暁成は更なる高みに攫《さら》われそうだ。

「私の手に出してくださいませ」

「でも……」

「よいのです。さあ」

暁成は身を震わせ、促されるままに貴将の掌に精を吐き出していた。

「…ッ…」

羞じらいにこれ以上ないほど頬を朱に染め、暁成は貴将の肩にぐったりと躰を預ける。

初めて薬を塗られたときの奇妙な感覚の理由が、わかった気がした。貴将の手指の動きは官能に直結しているのだ。本人はそんな意図がないだろうが、触れられる方は神経を直截に愛撫されている気分になる。いつの間にか、巧みに欲望を煽《あお》られているのだ。

「とても濃い精が出ましたね」

その言葉に貴将が己の精液を舐めたと知り、暁成は「よせ！」と今更ながら声を荒らげた。

「どうしてですか？」

「汚いだろう、そんなもの……」

恥ずかしくてたまらなかった。

「汚くなどありませんよ。あなたはどこもかしこも可愛らしい。その中身もまた美しいはずですよ」

手についた残滓《ざんし》を拭《ぬぐ》った貴将に言われ、暁成は返す言葉もなかった。

綺麗なのは、貴将のほうではないか。

あたかも玲瓏《れいろう》たる宝玉のように、人を惹きつける。いたたまれなくなり、黙り込んだ暁成の衣服の乱れを貴将は手早く直してくれる。それから改めて向き直り、彼は両手をついて頭を下げた。

「差し出がましい真似をして、申し訳ありません」

「………」

「何か言いたいことがあるというお顔です」

いつしか貴将は、いつもと同じ素っ気ない物言いに戻ってしまっていた。

暁成は唇を震わせるが、言葉が出てこない。

「非礼な振る舞いにお怒りでしたら、もう二度と顔を見せるなと命じても構いません」

「違う！」

「では、何が？」

「あの……とても……気持ちがよかった」

おまけにそれが貴将の手指だという事実に、歪《いびつ》な昂奮《こうふん》は募ったのだ。

暁成が率直な感想を漏らすと、貴将はおかしそうに喉を震わせて笑った。

「貴将？」

「そうおっしゃっていただけて光栄です」

斯様な行為に、さしたる意味がないとわかっていた。貴将は医師として、自分の躰に蟠《わだかま》る熱を消してくれただけだ。

なのに、離れたあとも鼓動が速かった。

汗に濡れた指先から、何かが零れそうだ。

己の中に閉じ込めようとする思いが。

こんなことは経験がなくて……怖い。

躰に力が入らず、半ば無意識のうちに貴将の肩に寄りかかっていると、気持ちがだんだん落ち着いてくる。汗が引いた暁成は惨めな気分で躰を離した。

「――すまぬ」

「何を謝っておいでなのです？」

「もとはといえば、猫を抱いた私が悪いのだ。でも、おまえのおかげで、血も止まった」

暁成の言葉に、貴将がわずかに唇を綻ばせた。その冷たい面差しに、仄かに生気が見えたように思う。

「どうした？」

「面白いと思ったのです。あなたはこの国を動かす最高権力者なのに、猫の機嫌を窺うとは」

そうではない。自分が窺っているのは、貴将の機嫌だ。彼の一挙一動が気になり、視線も指先も心も、何もかもが引き寄せられていく。

貴将が、欲しい。

強い欲望に、ばくんと心臓が震えた。

この男こそが、暁成の伴侶だと確信したではないか。ならば、貴将を手放してはいけない。

貴将を手に入れたい。この男がいれば、暁成の孤独は癒《いや》されるはずだ。

貴将がそばにいて、自分だけを見てくれたら、どんなにか幸せだろう……？

ただ無為に生きるだけだった暁成は、この日、初めて夢というものを得たのだ。

「――貴将。そなたは私を嫌いか？」

「まさか」

「では、少しでも好いてくれるのか」

「勿論です」

貴将の回答に、暁成の胸は高鳴る。

「それなら、もっと頻繁《ひんぱん》に顔を見せてくれ。私に近づいても、何の益もないかもしれないが……」

「私は、益のために他人に近づいたりはしません」

「そなたは高潔なのだな」

「いいえ。これが人の世と、諦めておりますゆえ」

貴将は微かに唇を歪《ゆが》め、冷笑を作った。

「なぜだ。そなたほどの美貌と才能があるのに、何を諦めることがある」

純粋に疑念を覚え、暁成は間近で貴将の瞳をまじまじと見据えたが、彼は答えようとしなかった。

その深い色合いの目に吸い込まれるように、暁成は言葉を重ねる。

「私は諦めるのは嫌だ」

「何をですか？」

「そなたを」

貴将に言葉を挟ませずに、暁成は続けた。

「どうすれば、そなたは私のそばにいてくれる？」

己の発言の大胆さに、頬が熱くなった。

だが、もう止まらない。止めようがなかった。

迸《ほとばし》るように、感情が溢れ出す。

貴将にすべてを打ち明けたい。己の気持ちをつぶさに教えたい。そうしたときに、彼がどう答えるのか知りたかった。

「お祖父様に頼めば、おまえは絶対にどこかに追いやられてしまう。誰にも頼めない」

「関白はあなたを助けてくださるはずですよ」

「そんなわけがあるものか！　お祖父様は私を嫌っている。私を……」

声が震え、途切れ、それ以上は続けられない。

「あなたはこの国の主。それをお忘れになってはなりません」

熱くなる暁成の心身とは裏腹に、貴将の言葉も手も、やけに冷たかった。


誰かがみしりと床板を踏む音がし、既に休んでいた暁成は顔を上げた。

「……だれ？」

返答はない。内裏の夜は静かで、自分以外の人間は死に絶えているのではないかと思うばかりだ。

もしや、貴将だろうか。

昼間の一件を思い出して期待に胸が震えたが、そんなわけがないとすぐさま打ち消した。

ならば、宿直の者か。とはいえ忠峰は療養中だし、何よりも彼とてこんな遅くに伺候する理由がない。

夜の闇は重苦しく、ほんの少し先に伸ばした自分の手でさえも輪郭を失っている。ひやりとした風が袿《うちき》を纏った躰を撫でた気がして、身を震わせる。

「つれないですな、暁成様」

暗がりから聞こえるねっとりとした声音は、大納言のものだ。寝所を訪れた藤原時広《ふじわらのときひろ》の声に、暁成は知らず身を震わせた。

「――そなたか」

無礼にも局の狭い御帳台《みちょうだい》に入ってきた時広を睨みつけたが、あたりは真の闇。この険しい顔も、彼には見えぬのだろう。

微かに夜居《よい》の僧の祈禱《きとう》の声が聞こえてくる。彼は大層耳が遠く筆談でなくては会話も通じないし、おそらく時広の訪問にも気づいていないだろう。

「そう冷たいことをおっしゃるのは、暁成様の関心があの男に向いているからですか」

揶揄を帯びた声色に、暁成ははっと顔を上げた。

「無理に従六位になさったのなら、いずれ、それなりの地位に引き上げるおつもりでは？」

からかうふりをして、時広の問いは核心に迫る。

「それでは無理《むり》強《じ》いになってしまう。あれは自分が医者であることに満足している、無欲な男だ。ただ、私が少し……あの者と話をしてみたかっただけだ」

　肝心の会話すらほんの短時間だった。けれども、貴将に会えば暁成の心は歓喜に満たされた。生きる喜びをしみじみと味わえた。

「あの程度の者に騙《だま》されるとは、あなた様は幼い」

　閨に響く男の声はおぞましく、暁成の躰を冷えた汗が湿らせる。

「我々の庇護《ひご》がなければ、玉主でもいられぬくせに」

　言い逃れできぬ事実であるだけに、暁成は唇を嚙み締めるほかない。

「父君のように、出家なさいますか？」

「それは構わぬが、元恒《もとつね》はまだ十一。その歳で国を負わせるのは、あまりにも憐れではないか」

「本当に人が好いですね」

　言外に嘲られたことにむっとするよりも先に、ふっくらとした指で唇をぞんざいに撫でられた。

　驚きに、自然と口が開く。やわらかな粘膜を探るように指をねじ込まれて、暁成は声も出せずに眉を顰める。顔を背けた暁成は強引にその指から逃れ、手の甲で口許を拭った。

「私は…」

「愉しませてもらいますよ。吉水《よしみず》貴将、ですか。あの男を失いたくはないでしょう？」

「………」

　今度ははっきりと名指しされ、声も出なかった。

「よいではありませんか。どうせ御主も愉しんでおられるくせに」

「そんなことはない！」

「では、お心よりもあなたの肉が淫らなのです。いけませんな、懲《こ》らしめなくては」

　断じられて、暁成は悔しげに唇を震わせた。

　自分の周囲にいるのは、所詮はこういう権力に群がる蛆《うじ》と蠅《はえ》ばかりだ。

　時広たちは父と違って暁成を怖がらない。彼らは傲慢《ごうまん》にも、父を惑わした女の血を引く暁成を罰しているのだ。

　けれども、貴将は違う。彼は涼やかな瞳で、もっと違う何かを見つめている。

貴将ならば、きっと望みを叶えてくれるはずだ。

そのためにも、貴将を手放してはならない。

折角見つけたのだ。

きっと貴将だけが、自分を救い出してくれる。

この歪な獄《ひとや》から。

しがない虜囚《りょしゅう》に、一時だけでも憂いを忘れさせてくれるはずだ。

「所詮は貧乏貴族。たかだか医師など、我らの力でどうとでもなる。薬の調合を間違えればすなわち徒《ず》刑《けい》。島送りにでもしてあげましょうか」

「そなたたちは、何故に斯くも醜いのだ」

貴将を奪われたくない。

その強い思いゆえか、暁成の声は激しく揺らいだ。

「手にした権力を使わねば、意味がない。使わずにいろというのは、持たざる者の妬《ねた》みですよ」

惨めだった。

それでも自分は、この醜き者たちの王なのだ。

身に纏う衣を緩められながら、暁成は諦めの息をついた。

これは貴将だと思えば、耐えられるのだろうか。

実際に貴将から与えられるのは、わずかな愛撫と体温だけだったのに。


——母君！　母君！

母である良子《りょうし》が、出家する日の思い出だ。

元服にはほど遠い幼い暁成は角髪《みずら》を揺らし、泣きじゃくりながら母の萌葱色《もえぎいろ》の小袿《こうちき》に取り縋った。

「行かないでくださいませ、母君」

母は暁成と姫君を見、悲しげに表情を曇らせる。

「許しておくれ。そなたたちを置いていくことほど、心苦しいことはありません。ですが、これもすべて一の人の采配《さいはい》。それに従うほかない……」

そっと頬に触れた母の手は、冷えきっていた。

「味方も何もないこの世にそなたたちを残すのは、どれほど心細く悲しいか」

いつかこの日が来るのはわかっていたけれど、と良子は目を伏せた。

弟が一人生まれただけで母を用済みにするとは、幼心に祖父である依光《よりみつ》の非情さにも苛立《いらだ》つ。

「この世には信じられるものなど何一つない。望みなど抱いてはなりません」

諭すような声音に、暁成は身を震わせた。

「……そんな……」

ならば絶望しろというのか。

「春宮。そなたに定められしは孤独」

身震いしそうなほどに凍《い》てついた調子で、良子の冷淡な託宣は続く。

「孤独とは、何ですか」

「一人で生きていくという意味ですよ。人には皆、生まれながら与えられしさだめがあるのです」

私が孤独に生きるのも、さだめと言うのですか。

そう問いたかった。

我が子に対するとも思えぬ、あまりにも冷淡な言葉が暁成の鼓膜を打ち、声が出ない。

「――けれども、そなたの孤独のさだめも変えられるかもしれない」

「さだめを……？」

「宿業を分かち合う相手と出会えれば、そなたは孤独ではなくなる。少なくとも、そなただけは」

「私だけが？」

意味がわからずに、暁成は首を傾げた。

母はどこか常人とは違う一面を持っていた。時に未来を先読みすることもあれば、嫌な気配がするといって部屋から一歩も出ないことがあった。そういう繊細さを、依光は嫌っていたらしい。

あるいは、生涯自分に心を許さなかった女を思い出し、尚更《なおさら》腹が立つのかもしれない。

「代わりにその者の子らは皆、千歳《ちとせ》にわたり孤独に呪われるでしょう。至尊の心を奪い肉を穢《けが》した呪いを受け、苦しみ続ける」

「私とその相手はどうなるのです？」

いつしか暁成は、その不可思議な予言に引き込まれていた。

「呪いは子らに移りましょう」

ならば、暁成と心を通わせた相手の子々孫々に、はた迷惑な呪いが降りかかるということか。

「どうして、なのですか」

そもそも末法の世が迫ると喧伝《けんでん》される時代において、千年も先の日々など想像もつくわけがない。

途方に暮れた暁成が俯くと、良子はその頬を両手で包み込んだ。

まるで吸い込まれていきそうな、闇を湛えた瞳。

「それは、そなたの望みが……」

大胆な予言を紡ぐ母の紅唇《こうしん》が、歪む。

私の望み。

それは——。

「！」

悪夢から目覚めた暁成は、母君、と小さく呟いた。

全身が汗で濡れており、気持ちが悪い。

嫌な夢だった。

時広の姿は、どこにもない。用を済ませて、さっさと帰ったのだろう。

母が亡くなったのは、もう何年も前の話だ。見舞いは一度しか許されず、それも、彼女が口を利けぬほどに衰弱してからだった。

関白は当然一度も娘の許を訪れず、淋しい最期だったと人づてに聞かされた。

「一人で、なくなる……」

夢見るようなまなざしで、暁成は陶然と呟く。

母の言うとおりに、暁成は常に孤独だった。

まさにそれは、呪いともいえた。

忠峰は確かに自分に忠実だが、寂寥《せきりょう》を分かち合う友ではない。

他人に組み敷かれ、精を注がれるときでさえも、淋しさは消えない。行為により自分が道具だと思い知るばかりで、人のぬくもりによって満たされることすらなかった。

けれどもこんな虚しいばかりの日々も、終わりにできる。貴将ならば、この身に絡みつく呪縛から解き放ってくれるはずだ。

心を奪い、肉を穢す……貴将が？

もう既に、己の心は奪われてしまった。

その証拠に、貴将を思うと胸が疼く。苦しくなる。込み上げてくるのは、彼を求める思いだけだ。

――――ならば、試してみよう。

己に課されたさだめを、あの男と分かち合えるか知りたい。救いがこの世界にあるのかどうかを見極めたかった。

彼とより長くそばにいるために、方法を探さなくてはいけない。互いを隔てる、身分などというくだらぬ川を飛び越える力を得るにはどうすればいいのか。

「貴将……」

貴将。貴将、貴将……。

繰り返すと、舌先が甘く痺れる。

もし貴将が救いになれぬのなら、この深い思いを抱いて狂えばいい。そのときは、此岸《しがん》をどのような色で染めてみようか。

「ふふ」

暁成の唇に、昏《くら》い笑みが浮かんだ。

七

貴将《たかまさ》が後宮の殿舎の一つ、弘徽殿《こきでん》に呼ばれた頃には、既に陽が翳《かげ》りかけていた。

伺候のために正式の衣装である衣冠を身につけた貴将は、檜扇《ひおうぎ》で口許を隠す。

「貴将、このあいだの薬はよう効きましたよ」

御簾の向こうから女人に権高な調子で声をかけられ、貴将は「は」と平伏する。

相手は尚 侍《ないしのかみ》の一人、貴将より位は上だ。後宮の陰の支配者とも囁かれており、女人であれども丁重な姿勢を崩すわけにはいかなかった。

「たかが風邪とはいえ、姫様にうつさずに済んで、本当によかった。礼を言いましょうぞ」

「ええ」

貴将は俯いたまま、顔を上げようとしない。

この尚侍が仕える弘徽殿の女御は、関白の孫娘の一人だ。俊房《としふさ》の話によるとここは後宮では最も賑やかな局で、どこよりも公達の出入りも多いとか。

賀茂祭で貴将に文を手渡したのも、目の前にいる才気煥発《さいきかんぱつ》な尚侍だった。

「女官《にょかん》たちから、そなたの薬が効くとは聞いたけれど、まさかここまで覿面《てきめん》とは思いませんでしたわ。侍医の薬よりも効くなんて」

「私の薬学は独自に学んだもの。ほかの方々とはまた煎じ方が違うのです」

侍医を貶《けな》してそれが耳に入れば面倒になるので、必要以上の自慢はしない。美貌の有能な医師というだけでも、十分に宣伝になっているからだ。

「それでも、効くのですから問題はありません。また何かあったら、そなたに頼みましょう」

「有り難き幸せにございます」

頭を下げたままの貴将に、尚侍が微かに笑むのが気配で感じ取れる。鼻孔《びこう》を擽る香も幽艶《ゆうえん》で、振る舞いも優美だった。

「褒美に何を取らせましょうか」

「医師として働くのが、私の職務。何も必要ありません。恙《つつが》なく尚侍様がお勤めに励んでいらっしゃるのは、我が喜びにございます」

「まあ……噂どおりに欲のないお人」

尚侍が声を立てて笑ったので、貴将はふと面を上げ、御簾越しに女の白い顔を見やった。

「では、何か困ったことがあらば、私か弘徽殿の姫様を頼るがよい」

「こちらの姫様に？」

貴将の疑問は、尤もだろう。

確かに弘徽殿の女御にもそれなりの権力はあろうが、正式な后ではない。こうも自信を持って言い切られるとは、思ってもみなかった。

「ええ。関白様は、姫様を不憫《ふびん》に思うておられて、どのご姉妹よりも気を配っておいでです。何しろ、この御世《みよ》に入内せざるを得なかったのですから。何しろ、姫様もう少しお若ければ、元恒《もとつね》様がいらしたものを」

「…………」

憚《はばか》りなく暁成《あきなり》を蔑《ないがし》ろにする発言を聞けるとも思わず、貴将はなぜか一瞬むっとした。

いくら国主の座が世襲とはいえ、ここまで軽んじられて、当の暁成はよく腹が立たないものだ。

だが、すぐに苛立ちを消し去った。

「ご忠告、痛み入ります。ですが、暁成様も聡慧《そうけい》なお方。女御様と自然と心が寄り添う日も来るのではありませんか？」

「それは絶対にありません」

彼女はきっぱりと断言する。

「なぜ……」

「姫は御主のお顔どころかお声も知らぬのですよ。心を通わせる日など、万に一つも訪れませんわ」

その言葉に依光《よりみつ》の執念を感じ、貴将はぞっとした。

これこそが瘴気《しょうき》渦巻く後宮だ。策謀に慣れた貴将とて毒気に当てられてしまいそうなほどに、澱《よど》んだ空気で満ちている。

暁成に世継ぎができないのには、やはり依光の思惑が絡んでいる。

本来ならば、一国の主に世継ぎがないのは望ましくはない。そこまであの関白は、暁成を忌み嫌っているのだ。

「それ以外の褒美は、本当にいらないのかしら」

「いりません」

「まあ、無欲ですのね」

欲のない相手は胡散臭《うさんくさ》いとでも言いたげな声になったので、貴将はここぞとばかりに持ちかけた。

「尚侍様は誤解なさっているようですが、私にも欲はあります」

「あら、どのような？」

何を期待しているのか、女の声が上擦る。

「お美しいと評判の尚侍のお顔を、一度でよいので見せてはいただけませんか。御主でさえも知らぬのでしょう」

彼女がふと声を詰まらせる気配がした。

灯りを点しているとはいえ、照らし出せる範囲もたかが知れている。

そのうえ貴将は、己の容貌が女人に如何なる効果を持つかを知り尽くしていた。

女の心を揺らすには、瞬き一つでよい。

暫く、二人は御簾越しに見つめ合う。

負けたのは、頬を染めてしまった尚侍のほうだった。貴将の漂わせる湿った気配に屈したのだ。

「……今は無理ですわ。折を見て、女童《めのわらわ》に文を持たせましょう」

彼女の声音に、匂やかな色香が籠もる。

これで、この女は落ちたも同然だった。指一本触れずして、貴将は女の心を捉えるのに成功したのだ。

「かしこまりました。——では、私はこれで」

貴将は頭を下げ、辞去の言葉を告げた。

そろそろ、本腰を入れる頃合いだろう。

賀茂祭《かものまつり》で自分が女人から文を受け取ったとき、暁成は焼け焦げるような目で貴将を見つめていた。

あれは嫉妬の念だ。そう確信したがゆえ、忠峰の件で呼び出された貴将は一か八かの大博打《おおばくち》に出た。

思いきって、生身の暁成に触れたのだ。大それた真似をする気はなかったのに、彼に触れたいという欲望に負けたせいでもある。

暁成は愛撫を拒まず、貴将は賭に勝った。

既に彼を誑《たら》し込《こ》みつつあるとの自信を持った貴将は、策謀を次の段階に進めようと決めた。

暁成の口ぶりから、関白との不和も、彼に対する不満があるのも明らかだ。

上手く手懐ければ、暁成は依光の手を離れて今度は貴将の傀儡になるだろう。彼を国主の地位に就けておいたほうが、あとあと利用しやすい。

これまで籠の外から出た経験のない暁成が、傀儡以外の生き方を選べるわけがない。傀儡の持ち主が変わるだけだ。

——可愛いひとだった。

ふと、どうしようもなく暁成の顔が見たくなる。

あの無邪気な光を湛えた瞳を見つめたい。

脂粉が芬々《ふんぷん》とする後宮の女官たちとはまったく違う艶やかさと無垢さが、暁成の中に同居していた。

……貴将。

羞恥と躊躇を込め、自分を呼ぶひたむきな声音。

誰にも顧みられぬ不遇の王は、触れると頬を染め、ういういしく羞じらった。快楽に息を弾ませ、鼻にかかった甘ったるい声で何度も貴将の名を呼んだ。

思い出すと、不思議と心臓が震える。

あれは単なる人形。どれほど懐いてきたとしても、貴将にとっては復讐のための道具にすぎない。

なのに、暁成を見ていると貴将もまた触れてみたいという衝動に駆られてしまう。

不審から、眉根を寄せた貴将は頭を捻る。

この思いは、いったい何なのだろう。


「兄君」

澄んだ美しい女性の声が、御簾の向こうから聞こえてくる。

「姫、元気だったか?」

暁成が話しかけると、内親王《ひめみこ》は「ええ」とやわらかな口調で応じた。

「兄君は?」

「私はいつもと変わりがない」

露草宮《つゆくさのみや》と呼ばれる暁成の妹は、本来ならば斎女として伊勢に下向するはずだった。しかし、虚弱ゆえに役割を果たせないだろうと判断され、健やかになった今でも離宮で隠棲《いんせい》している。

婚姻も考えられる年頃だが、そうしないのは、誰もが依光を恐れているせいだ。依光をはじめとする藤原北家《ふじわらほっけ》は露草を嫌い、できる限り遠ざけたいと願っているのだった。

……無理もないことだ。

昔から露草は暁成以上に勘が鋭く、癇性《かんしょう》で、他人の好き嫌いが激しい。顔貌は美しく整い、不安定な性情のもたらす危うい魅力を湛えていた。そのあたりが、どことなく貴将に似ているかもしれない。

「不自由はないのか」

「何も」

国主の妹姫が住むとは思えぬくらいに、この離宮は淋しい印象がある。調度はどれも豪奢だが、人の気配が感じられないのだ。

「昨日、兄君に近づく禍星《まがほし》を夢に見ました。あれは凶兆――厄《わざわい》を招きます」

「気をつけよう。おまえの先読みはよく当たる」

　思い当たる点を特に口にせず、暁成は淡然と返す。しかし、かえって心配を呼び起こしたのか、露草は懶《ものう》げに眉を顰めた。

「どなたか新しい者を近づけましたか？」

「猫を飼い始めた。典侍《ないしのすけ》という名の」

「そうではありませぬ！」

　愛らしい叱咤に、暁成は声を上げて笑った。

「すまぬ、露草。からかっただけだ」

「本当のことをおっしゃってくださいませ」

　露草が拗《す》ねたような声を上げる。

「私のことは案じるな。新しい医師がついただけだ」

「侍医ではなく？」

「ただの医師だよ。さすがに侍医にはできず、昇殿を許せただけだ」

　暁成の告白を耳にし、露草は小首を傾げた。

「兄君がわざわざ昇殿の許しをお与えに？」

「ああ。そのほうが話をしやすいだろう？」

　目を丸くして暁成を見つめていた露草は、興味ありげに身を乗り出してきた。

「驚きましたわ。そこまで兄君が執着なさるとは、どのようなお方なのです？」

「美しい」

　暁成は即答した。

　夢に見るほどに、貴将の姿形は艶やかで美しい。暁成のような凛々しさはなく、あやしく蕩けるような、どことなく嫋々《じょうじょう》とした風情がいい。女であれば、趙《ちょう》の西施《せいし》のように王さえも誑かしたかもしれない。

　だが、貴将は男で、暁成には冴え冴《さ》《ざ》えとした理性がある。消え失せたりしない、芯が。

「その男……兄君に何か願いごとをせぬのですか」

「何も、望まぬ。否、何も望んではくれぬ。なのに、私ばかりがあの男に望みをかけそうになる……我々は所詮、この世にあってはならぬものなのに」

　露草の声がふと、悲しげな調子を帯びた。

「それもまた、天によって与えられしさだめ。どうか悲しまないでください、兄君」

「そうだな」

暁成は漸く笑み、妹を元気づけるようにわざと明るく言った。

「本当に欲しいものはないのか？」

「そんなに美しいとあらば、彼の者をそばに置いて愛《め》でてみたい気もいたしますわ」

「無理を言うな。如何にそなたの願いでも、難しいことだ」

貴将を贔屓しているのは宮中の誰もが知っても、露草にまで会わせるのはやり過ぎだ。

「では、首だけでも持ってきてくださる？」

無邪気なくせに、空恐ろしい要求だった。

「首？」

「肉《しし》は兄君に捧げますわ。わたくしは顔さえ愛でられれば、十分」

「怖い女人だな、そなたは。左様だから、そなたをどこぞの公達と娶《めあ》わせることもできぬ」

冗談めかした口調だったが、それは事実でもある。

「あら、夫《せ》の君《きみ》などいりませんもの」

「本当に？」

「では――そうですね、私がその医師を夫に欲しいと申しましたら、兄君はどうなさいますの？　首ではなく、そのお方そのものを」

何を思うのか、露草はやわらかな声で問う。

構わぬ、とは言えなかった。

「どんなお方であろうと、治天《ちてん》の君の持ち物でしょう。私もその男も、所詮は兄君のもの。なれば、その男を私にくださったとしても、私は兄君のものなのだから、所有者は代わりませんわ」

露草の主張は尤もだが、それでも嫌だ。

「あの男は、私のものではない」

「違いますの？」

「……違う」

貴将は、どこか異質だ。

表立って逆らえぬ相手だとしても、依光とて所詮は己の民草の一人にすぎないと思っている。けれども、貴将は別だ。

「兄君は、恋しているようですわね」

「恋だと？」

「ええ。どうしても手に入らぬ方を思う気持ちは、恋心に似ていませんか？」

——恋、か。

暁成にはよくわからない。

「わからぬ。ただ、あの男を欲しているだけだ」

初めて見たあのときから、一目で彼だけは違うと見抜いていた。

だからこそ、諦めたくない。貴将を諦めずに済む方法を、知りたいのだ。

「まあ、兄君。頬が真っ赤ですわ」

「そなたが変なことを言うからだ」

反論する暁成を見つめ、口許を隠した露草がくぐもった声で笑った。


しとしとと微雨が降り続く。


貴将の唇から頻《しき》りに欠伸が漏れるのは、弘徽殿を夜明け前に出るべく、かなり無茶をしたせいだ。

まったく女ときたら貪欲《どんよく》で、面倒で、何もかもが嫌になる。

「………」

書物を繰る手を止め、貴将は雨音の奏でる調べを暫く味わっていた。

今日は珍しく職務もなく、一日のんびりしていられる。暁成の顔を見る好機だったが、あえてそれは意識の埒外《らちがい》に追いやる。

ぱしゃぱしゃと水を跳ね上げる騒々しい足音が聞こえ、簀子にいた貴将は顔を上げる。

水干姿の少年が軒先に走り込んできたのだ。

息を弾ませた少年は顎から雫《しずく》を滴らせ、頬を紅潮させて問うた。

「もし、吉水《よしみず》貴将様であられますか」

「左様だが、何用だ？」

少年は「こちらを」と恭《うやうや》しく箱を差し出す。

「典薬寮からか？」

火急の呼び出しかと貴将は身構える。それとも、後宮の女房たちのいずれかだろうか。

「いえ、御主からでございます」

「そうであったか。わざわざすまぬ」

貴将は箱を受け取り、申し訳なさげに首を振る。

「だが、見てのとおりそなたにやれるものがない。どうしようか」

こうした使いには礼として衣《きぬ》や何かを持たせてやるのが通例だが、貴将の財力では渡せるような品は何もなかった。

「既に御主よりいただいてございます」

笑いを含んだ声で少年に言われ、貴将は「そうか」と微笑する。それだけで少年はぽっと頰を染め、真っ赤になって俯いた。

「雨宿りをしているがよい。返事を書こう」

「よろしいのですか？」

「それをあの方はお望みなのであろう？」

「ええ！　お喜びになります！」

少年の声が、明らかな喜色を帯びる。


このところ、貴将は多忙を理由に暁成の許を訪れてはいなかった。

昇殿を許されたからといって配慮もなく清涼殿に入り浸れば、忠峰《ただみね》をはじめとする公達の不興を買う。それに、飢餓感が強いほうが後々貴将に対して従順になるだろうから、暁成を少し焦らしてやったほうがいい。そう思って暫く放っておいたところに、この文だ。おそらく暁成は、貴将からの接触を待ちきれなかったのだろう。

会わぬのも貴将の謀《はかりごと》とは知らず、暁成は駆け引きもせずに素直に手の内を曝《さら》け出《だ》す。宮中の策謀を見抜く目を持つ貴将には、彼の振る舞いはひどく新鮮で可愛らしく映った。

上品な香の焚《た》きしめられた文に、貴将は自ずと唇が綻ぶのを自覚する。

『あなたの訪《おとな》いを待っているうちに、日々は過ぎていきます。これほど思って、思いは虚空さえも埋め尽くすほどに満ちてしまっているのに』

我が恋はむなしき空にみちぬらし——古い歌がつ

い口を衝く。見事な筆蹟によるいじらしいほどに切実な思いが綴《つづ》られ、あたかも恋文のようだ。

晩成から直に好意を告げられたことはないが、態度から晩成の一途《いちず》さが、ひしひしと伝わってくる。期せずして表情が和らぎ、貴将は指先で彼の書いた文字を辿った。

晩成の寄せてくる濁りのない情熱に、ともすれば引き摺られそうになる瞬間がある。

晩成の素直な肢体は熟れる寸前の果実で、歯を立てれば甘い果汁が迸るだろう。そのうえ、なぜか晩成は貴将の内に潜む嗜虐心《しぎゃくしん》をそそる。貴将でさえも惑わされそうになるのは、そのせいなのか。

計略では、後宮に手を伸ばして貴将の影響力を増すつもりだった。思惑どおり、女房たちは今や貴将に夢中だ。愚かな女性たちを操り、彼女の許を訪れる公達を唆《そそのか》して貴将の力を強めるも自在だろう。

甘言を吹き込み、晩成に対する評価を変え、ひいては彼の地位を強化することもできる。晩成をただの傀儡ではなくすことも……いや、そこまで面倒を見てやる必要はない。

晩成が籠から出る意思がなければ、貴将とて彼を手助けする必要はなかった。

『お呼びいただければいつでも馳せ参じます』

素っ気ないほどに短い文章をしたためた貴将は、その文を少年に持たせてやる。

「御主にはくれぐれも、よろしく伝えておくれ」

「かしこまりました！」

晩成がこの文を喜ぶのは、まず間違いない。

そう考えると、貴将の口許に微かな笑みが浮かぶ。それは己の甘さを嘲るためか、あるいは晩成の幼さを嗤《わら》うためなのか、自分でもわからなかった。

「貴将、待っていたぞ！」

晩成は廂《ひさし》に貴将を招き、つい前のめりになる。

貴将の姿を目にするだけで声が弾み、晩成は心が浮き立つのをまざまざと実感した。

己が療養しているあいだに晩成が御簾の中へ入っ

てくるほどの間柄になった点に、忠峰は危機感を覚えてはいるらしい。しかし、忠峰にとって貴将は命の恩人で、強くは出られなかった。

忠峰のみならず他の蔵人たちの貴将への風当たりも、一頃に比べて弱くなったようだ。きっと彼の実力を貴族たちも認めてくれたのだろう。勤勉な貴将の心を知るだけに、彼が自身の努力によって認められたのであれば、それは何よりも喜ばしかった。

「御主はご機嫌麗しい様子で……」

一瞬、貴将がそこで言葉を切る。

「どうした？」

「いえ、何か悩みがおありなのかと」

貴将の言葉に、暁成は目を瞠った。

「え……どうしてわかる？」

「お顔の色が優れません」

失礼を、と呟いた貴将が暁成の頬に触れる。

「！」

触れた瞬間に氷が溶けるように、指がぬくみを帯びた。

あの日、自分を酔わせた指の戯れを思い出す。

今も指先を伝う熱に惑わされて、またしても躰が反応してしまう気がし、暁成はそっと身を捩《よじ》った。

それを機に、貴将の手が離れていく。

ほっとするのと同時に淋しさに襲われ、暁成は目を伏せた。できるものなら彼に縋り、その熱を思いのままに求めてしまいたかった。

そのような思考に戦《おのの》き、暁成ははっとする。

「た、貴将。そなた、次の参議は誰がよいと思う」

狼狽を隠すために咳払いをしてから問うと、貴将は「参議でございますか」と聞き返した。

「そうだ」

出会ってから、既に四月《よつき》あまり。

季節は夏になろうとしていた。

「私如きに諮問《しもん》なさるような事柄ではないでしょう」

逃げを打つ貴将の言葉を捉え、暁成は離すつもりはなかった。

「そなたにだからこそ聞きたいのだ」

「私に？」

「ああ。できるだけ多くの人々の意見を知りたい」

「御主のなさるべきこととは思えません」

貴将はあくまで冷静で、自分には関知できぬ問題だときっちり一線を引いてくる。

信頼されていると匂わされても決して舞い上がらないところに、貴将の透徹した理性を感じた。

「これは命令だ。答えよ、貴将」

参議は大臣、大納言、中納言《ちゅうなごん》に次いで大事な役職なので、暁成もできるだけ己の味方になってくれるような相手を配したかった。そのうえ藤原北家にはこれ以上取り立てられるような人物がいないのも事実で、新たな人材を登用する好機に見えたからだ。

「でしたら、参議は他家からも取り立て、力関係に配慮すべきではありませんか」

「そのくらいはわかっている。だからこそ、新しい者が欲しいのだ」

「阿部《あべ》はいかがでしょう?」

「阿部か」

阿部家は昔からの一族だったが、最近は政治の中心から遠のいている。悪くはないが、暁成の味方となるかはまた別の問題だ。

「他家の者をいきなり参議になさるのでは、角が立ちます。まずは阿部で一段落置き、取り立てたい者は内舎人《うどねり》になさるとよいでしょう」

「内舎人?　それでは身分が……」

内舎人は中務省《なかつかさしょう》に属し、雑役や警護の任に当たる。一頃は皇族や貴族の子弟が選ばれたが、昨今ではもっぱら身分の低い者が取り立てられていた。

「低すぎるがゆえに、暁成様のお気に召す方を入れても目立ちません。そこからお味方を増やせばよいのです」

「なるほど、確かに理に適《かな》っている。ならば、そなたの言うとおりにしよう」

暁成が明るい声で応じると、貴将は「いいえ」と首を振った。

「何ごとも、御主がご自分でお考えになるのが肝要です。ご自分で納得したうえで、お決めにならなくては」

「わかった」

暁成は神妙な顔で頷き、貴将の美貌をちらりと見やった。真っ向から見つめると頬が火照るので、この頃では貴将の麗容を正視できない。かといって御簾越しの対面では味気なく、つい、彼を廂に招き入れてしまうのだ。

「先ほどより顔色がよくなりましたね」

暁成の変化に気づき、貴将が微笑《ほほえ》む。秀麗な美貌が和らぎ、暁成の胸は騒いだ。

「おまえが私の心配を取り去ってくれたからだ」

甘えるようにほんのりと暁成が笑むや否や、貴将が動いた。

細い指で華奢な腕を摑まれ、そのまま彼の胸に軽く抱き込まれる。

「…ッ…」

声を上げれば、隣の間に控えている忠峰に聞こえてしまうと、暁成は唇を嚙んだ。

じわりと貴将の熱を間近に感じる。

「あ…」

肉づきを確かめるように頰や顎、首筋を掌で辿られ、たまらずに甘やかな声が漏れた。

「久しぶりですので、診断させてください」

「ゆ…ゆるす……」

これは体調を診ているだけだ。

貴将にはそれ以外の意図はなかろうが、彼に焦がれる暁成には愛撫にも等しい行為だった。

思う相手に触れられると、こんなにも過敏になるのか。

一撫でされるごとに、躰が昂る。

いや、おそらく貴将には、そばにいるだけで人を酔わせる、特別な才があるのだ。

だめだ。こんなふうに触れられたら、彼を欲してしまう。

心だけでなく、その肉を求めてしまいかねない。

現に今も、欲しくて、欲しくて、たまらない。

躰の芯が疼き、熱くなってくる。

「……結構です。特に問題はないようですね」

「え…？」

触れる手を止めた貴将に、暁成は濡れた目を向けたが、彼はそれを意に介する様子はない。

たとえば、貴将に自分を抱くように命じるのは簡単だ。だが、所詮はただの命令にすぎない。それでは暁成の孤独は薄まらないだろう。

貴将の心が自分に添うてくれなくては、何ら意味がない。今のままでは、宿業を分かち合ってくれるかどうかさえ、わからないのだ。

「暁成様が健やかでいらっしゃることが、私の喜びです。また何かありましたら、お呼びください」

「う、うん、ご苦労だった」

何もなくても呼びつけたいのだが、それでは忙しい彼に迷惑をかけてしまう。

「――そんな目で見ないでください」

苦笑めいた声と共に、貴将は突然、暁成の上体を抱き寄せてきた。

「！」

一度だけ力強く掻き抱かれ、息が止まりそうになる。硬直したことに逆に驚いたらしく、貴将はすぐに暁成を突き放した。

「どうした？」

まるで自分自身がとんでもない暴挙に出たとでも言いたげな、そんな貴将の表情に胸が騒いだ。

「……いえ。――それでは」

薬草の残り香だけを留め、貴将はすげなく去っていく。

未練がましく視線だけで彼を追い、戻りはしないかと期待をかけたが、その気配はなかった。

これが、露草の言う恋というものなのか。

「御主」

ややあって、忠峰が不機嫌な顔でやってきた。

「何だ、忠峰」

もしや、貴将が戻ってきたのだろうか。

期待に胸を膨らませるが、忠峰の告げた言葉は望みとは真逆だった。

「御主はこのところ、不用意に貴将殿の意見を聞きすぎます」

苛立っているらしく、忠峰の言葉はいつになく直接的だ。

「聞き入れてはおらぬ。だが、阿部を参議にすれば上手く均衡ができるのは明白だ」

忠峰は口を噤《つぐ》む。

「貴将は己の有利になるよう、物事を進めているわけではない。それはおまえが一番よく知っているはずだ」

「しかし！」

貴将は意見を聞かれたら答えるものの、彼自身は政界の流れとは無縁のところにいる。自分の出世を求めないし、他者を有利にしようと目論んだりもしない。それゆえに、特別に昇殿を許されてもさほど波風が立たないのだ。

「案じてくれているのはわかるが、おまえの父御《ててご》には言わないでくれ。これで彼まで私から遠ざけられるのは……つらい」

視線を落とす暁成を見つめ、膝をついていた忠峰は仕方なさそうにふっと息をついた。

「あなたは徒人《ただびと》とは違うのですよ。あなたのことを知れば、きっと貴将殿は……」

「貴将は私を嫌うと思うか？」

その言葉を遮り、暁成は熱っぽい口調で問う。

「すべてを知れば、私を厭うだろうか」

まるで独言のように、その言葉は口を衝いて出た。

「……知られるのを恐れておいでですか？」

「無論だ」

暁成の暗い表情に気づいたらしく、忠峰はため息をついた。

「なればこそ、あの男を近づけるのはおよしなさい。きっといつか気づかれてしまう」

暁成は穢れている。どうあっても拭い去れない負い目がある。

「わかっている。――忠峰、おまえは何もせぬな？」

暁成が念を押すと、忠峰は一瞬黙した後に、ふわりと笑った。

「私に何ができるのですか？」

「………」

その気になれば、忠峰は何でもできるではないか。

晩成の喜ぶことも、嫌がることも、何もかも。

この男は晩成の側近なのだ。

だが、それを追及はすまい。したら最後、不幸になるのはわかっていた。

「さあ、今宵はもうお休みくださいませ。明日はまた忙しくなるのですから」

半ば強引に忠峰に話を切り上げられ、晩成は無言で頷いた。

八

夜道はひどく暗く、足許も覚束《おぼつか》ない。

貴将《たかまさ》が歩くのは、内裏の局の一つである淑景舎《しげいしゃ》の中だった。

いわゆる桐壺《きりつぼ》の局で、清涼殿から最も離れていて不便なために使われておらず、見咎める者はいない。ここに呼び出す文が届き、怪訝に思いつつも指定された時刻にやって来たところだった。

「暗いな……」

いつしか自由に後宮に出入りするようになった貴将は、女官たちの望みを叶えるべく、様々な薬を持参した。

――私、あの女官よりも美しくなりたいんですの。

――ねえ、件《くだん》の薬をくださらない？　あなたならできるのでしょう？

腕のよい美貌の医師で、ただの堅物ではなく時代を泳ぐ才覚も教養も備わっている。貴将は後宮では瞬く間に人気を呼び、女官は貴将の来訪を心待ちするようになった。

貴将の魅惑的な声を聞くと、女房たちも貴将には心を許さずにはいられぬらしい。開け広げな相談や呆《あき》れてしまうような噂話をされる機会もままあり、貴将は女の愚かしさに内心で苦笑しつつも丁寧に話を聞いてやった。そして、それらの情報のひとつひとつを選《よ》り分《わ》け、使えるかどうかを判断する。次の一手をどうすべきなのかを知るために。

今回貴将を呼び出したのも、秘密の願いがある女房の一人か。文の筆蹟や文面からはその見当もつかなかった。

迷路のような局は本来ならば摂政の詰め所だが、ここ数年は使われていないために荒れ果てている。

本当にこのようなところに、自分を呼び出す者がいるのか。のこのこと来てしまったが、闇討ちか嫌がらせか、どちらにしても厄介ごとかもしれない。

内裏では帯剣できぬので、俊房《としふさ》から呪符をもらってくればよかったと、貴将は己の無策を後悔した。

「ん？」

今いる場所よりも更に奥、主殿のあたりから仄かに光が漏れているのがちらと見える。

漸く待ち合わせの相手を発見したことに安堵し、貴将は光の方角に足を向けた。

「…ッ…」

弾んだ声が聞こえたように思え、ふと歩を止める。

よもや、この声は――。

ある種の疑念に駆られ、貴将は更に一歩近寄った。

「……あ…ッ…」

鼓膜を震わせるささやかな声に、やはり聞き覚えがある。

「い、嫌…やめて……」

ばくん、と心の臓が震える。

――まさか。

「今宵は随分抗っておられる」

「やめよ……いや、嫌だ…っ…」

暁成《あきなり》、なのか？

こんなにも艶めいた声を上げているのは、あの無邪気な君主なのか。

嘘だ。

尚もぼそぼそと話し声が聞こえる。

「おまえが下手なのであろう、時正《ときまさ》。ほら、口を塞ぐがよい」

導かれるように、その声の方角に足が動く。

足を止めた貴将は、几帳の狭間から見えたおぞましい光景に知らず息を呑んだ。

畳の上に色鮮やかな袿が敷かれ、全裸の暁成がいた。冠さえ剝ぎ取られた惨めな姿の暁成を組み敷いているのは、袍を脱ぎ、衣服を乱した時広《ときひろ》と時正の兄弟だった。

否、組み敷くなどという生やさしいものではない。

その場に這《は》わされた暁成は後ろから時正に犯され、口は時広の肉茎《にくけい》により塞がれているのだ。

「んうっ……ん、んっ……んむ……」

時正の手は暁成の下腹部に伸び、彼がそこを弄《まさぐ》っているのがわかる。

途端に暁成の声が、甘みを帯びたからだ。

「一滴残らず搾ってやれ。女官が孕んでは面倒だからな」

不遜《ふそん》な光景を演出しているのに、時広はどこか愉しげだった。あからさまな言葉に、これが彼らの饗《きょう》宴《えん》なのだと知る。少なくとも、この行為を暁成に強要されているわけではないのだろう。

「わかっている、兄君。こんなに悦びおって、つくづく罪深い肉じゃ」

「……んーっ……んく…んうぅ…」

気分が悪くなりそうだった。

これは、おぞましい夢なのか。

暁成は彼らの主君ではないか。なのに、君臣がこのように浅ましい真似をするとは。

関白と違い、息子たちは暁成を恐れるのではなく、蔑んでいるのだ。

暁成がこちらを見たように思えて貴将はどきりとしたものの、彼は虚ろな目で男の性器を咥《くわ》え、特段の反応は示さなかった。

「む……ふ…ッ」

普段であれば鮮やかな光を湛える暁成の瞳は、今や欲望にどろりと濁り、爛《ただ》れた情交の渦中に身を投じている。無慙《むざん》に塞がれた口の端からは唾液《だえき》が滴り落ち、地敷に零れていた。

無情な光景でありながら、貴将はそれに見惚れた。暁成が、ぞくりとするほど淫らな顔をしていたからだ。あの幼い少年がこんなにも淫蕩《いんとう》な顔を隠し持つとは、思ってもみなかった。

心臓が痛い。指先がちりちりと熱くなる。

「誰じゃ」

不意に問われて、貴将は己を取り戻した。

今更隠れられずに、無言のまま渋々一歩前に足を進める。

「おお……おまえ、典薬寮の医者ではないか」

まるで動じていない時広の声に不愉快になりつつも、貴将は居住まいを正す。

「あふ、む……んんー…」

暁成にその声が届いているのかはわからないが、彼は目を閉じて顔を前後に動かし、水音を立てて淫猥な奉仕に耽《ふけ》っている。

「おまえも仲間に入るかな、貴将とやら」

不意に顔をこちらに向けた時広に言われ、貴将はぴくりと肩を揺らした。

「我らが不浄の主を抱いてみるか？」

「私は……」

掠れた声が、己の唇から零れる。

その声に漸く気づいたのか、ぴたりと動きを止めた暁成が顔を向けた。

「！」

正気を失ったはずの瞳に、刹那、明哲な理性の光が射《さ》し込《こ》む。

だが、彼は何も言わずに悲しげに視線を泳がせる。口を塞がれていても何らかの声は出せようが、暁成の唇は動かなかった。

「ほうら、口が留守になってきておるぞ。いつもは悦んで咥えるのにどうした？　貴将がそなたを抱いてくれるかもしれぬぞ」

はっとしたように、暁成が顔を起こした。

「あぁっ…た、たかまさ、……んんー…ッ…」

一度だけ暁成がこの名を呼んだが、再び時広のものので口を塞がれる。

それがどのような思いで発された声なのか。貴将にはわかりかねた。何もかもが理解を越えていた。

「――私は……結構です」

「おや、抱けぬか。男の精に汚され尽くした男など」

刹那、暁成の顔が悲哀に歪んだような気がする。

少年の瞳の中に過《よぎ》るのは、おそらく諦念だった。

抱いてやると言ったほうがよかったのだろうか。

そうすれば、少しでも暁成は救われたのか。

「うう――ッ……」

苦しげな面差しになった暁成が、唇を窄《すぼ》めて小さな頭を振る。すると、そのかたちのよい尻を時正がぴしゃりと叩《たた》いた。

「ッ」

「兄君ばかりを快《よ》くするのは、不公平じゃ。ほれ、腰を動かしてくださらぬか？」

声をかけながら、時正がぐいぐいと楔を突き込んでいく。

「役立たずの主を何かとお助けしているのだから、これくらいの愉しみがなくてはなあ」

これもまた、暁成が主であるための契約なのだ。

だから、斯くも残酷に穢されても、助けよとは求めないのだ。貴将には暁成を救えないとでも思っているのかもしれない。

――くだらない。

それきりいつものように心の動きを閉ざそうと思ったが、そうはいかなかった。

暁成のくぐもった声と、二人の男の下卑た掛け合いがどうあっても耳に届くからだ。

胃の奥が、自然と熱くなる。

指先がかっと熱くなり、痺れるようだ。

これは、怒りだった。

男色自体はそう珍しい趣味でもない。しかし、問題はあまりに惨《むご》く浅ましいやり口にあった。

晩成とは、ほんの数か月ばかりのつき合いだ。それでも貴将は、彼の無邪気さを信じていた。

己の野心の代償として晩成を利用するのに決意が鈍るほど、晩成を可愛いと思い始めていたのだ。

その結果が、これか。

自分は晩成の表向きの顔に、騙されていたのだ。

「んう……う…」

それにしても、あの愛くるしい主君の変貌ぶりはどうだろう。

晩成は無垢な至純の存在ではなく、その躰に男を咥《くわ》え込むことを識《し》っていたのだ。

心中を満たす苦い静謐《せいひつ》は、失望の念だった。

無論、それは晩成が悪いのではない。

己の認識は間違っていた。貴将が勝手に晩成の貞潔を期待し、勝手に落胆しただけだ。

「三人で愉しむのもよいぞ、貴将よ」

「申し訳ありません。ですが、医師として愉しみをお手伝いできます」

「どうするのだ？」

「香で快楽を増幅させるのです」

「香でか？」

一度は晩成の中で果てた時正が興味を示したようだ。彼が肉茎を抜き去ると、晩成の尻からごぽりと白濁が溢れ、袿を汚した。

「女官に聞いたことはありませんか。愛しい殿御との共寝に役立てていると」

「ああ、それならば小耳に挟んだぞ。今、持ち合わせているのか」

「はい、ここに」

貴将は己の胸元をぽんと叩いた。

「だが、火元がないな」

「そのうえ、これは男女でないと効き目がないのです。お持ちになり、いずれお試しくださいませ」

「そうしようか」

貴将により持ち込まれ、後宮で流行《はや》りつつある秘薬や香の類《たぐい》は媾合《こうごう》の快楽を増幅させ、それを嗅いだ者の理性を著しく失わせた。

訪れる情人を愉しませたい一心で、彼女たちはそれらに手を染めた。それが、ある種の緩慢な毒であることすら知らずに。

「こちらに置いておきます」

「うむ」

醒《さ》めたまなざしで彼らを眺めつつ、ふと、貴将はここへ来た経緯《いきさつ》を思い返す。

もしかしたら、あの文は貴将に荒《すさ》んだ光景を見せるためにこの兄弟が仕組んだのかもしれない、と。


——千寿丸《せんじゅまる》、松王丸《まつおうまる》、早《はよ》うお逃げなさい！

検非違使を前にし、身重の母はそう言い切った。

質素な袿は煤《すす》で汚れ、煙を吸い込んだ千寿丸の母はごほごほと咳き込む。

——さあ、早う！

「……おまえの母御は、そう叫んだ」

赤々と燃える焚き火《たび》に炙《あぶ》られ、川魚が焼けていく。

「それで、私はどうしたのだ？」

「おまえは必死で母御を救おうとしたが……母御は断ったんだ」

湯気を立てる川魚の焼き加減を見ていた松王丸が、低い声で告げた。

焔が苦手な千寿丸は少し離れた場所に腰を下ろし、料理に関しては松王丸に任せきりだ。

「どうだ？　思い出してきたか？」

「……いや、だめだ。頭の中に霞《かすみ》がかかってるように、ぼんやりしている」

「それでよい、千寿」

ぽんぽんと松王丸は肩を叩き、慰めてくれる。

「俺が全部教えてやる。そう決めたんだ」

「ああ」

今の千寿丸に頼れる相手といえば、松王丸だけだ。松王丸の教えてくれる記憶が、自分のすべてだった。

「忘れるんだ、千寿。嫌なことは全部」

脳裏に谺《こだま》する。俊房、いや松王丸の声が。

「おまえのためだ、全部。おまえの……」

切羽詰まったような、声。

それに己は、何と応えたか……思い出せない。

「覚えていていいのは、あの劫火のみだ。俺が何もかも消してやる。……よいな、千寿」

目を閉じると、俊房の声が脳内で残響する。

――忘れなくては、復讐できないだろう？


波が引いたあとの海のように、局は静かだった。

先ほどの狂乱など、嘘のようだ。

「……軽蔑するか……」

暫しのあいだ泣き濡れていた暁成は、貴将の足許に身を投げ出し、ゆるゆると問う。

大納言たちは既に立ち去り、この惨めな饗応《きょうおう》の場に残されたのは貴将と暁成の二人だけだった。

「いいえ」

貴将は短く応えた。

密やかに手を伸ばし、暁成が貴将の足首を摑んだ。

細い指が、生き物のように絡みつく。

「頼む」

「何を、ですか？」


躊躇いはそのまま、硬い声になった。

裏切られたとの思いを、払拭《ふっしょく》できないからだ。

それは貴将の中で勝手に創り上げた、都合のよい幻でしかないのに。

「嫌わないでくれ、貴将。私には……そなたしかいない……」

這うように身を起こした暁成は、憐れな声で訴えて貴将の腰を抱く。やはり今の媾合は暁成にとって本意ではなく、国主であるためには避けられない行為なのだ。

「そなただけだ。私を道具にしないのは」

貴将の指貫《さしぬき》を摑む暁成の手が、瘧《おこり》のように震えているのがわかった。

「貴将……頼む……」

見込み違いであれば、その程度の道具だと人を捨ててしまうのがいつもの貴将だった。

貴将にとってはあらゆる者が、道具かそうでないかで選別される。

けれども、暁成は――暁成だけは、数少ない例外になれるのかもしれない。

ならば、こちらも覚悟を決めよう。

「案ずる必要はありません」

貴将は決然と答え、跪《ひざまず》いて暁成と目を合わせた。

涙に濡れた黒目がちの大きな瞳は、日頃の快活な光を失っている。

縋りつくように、か弱いその目。

この目だ。この澄んだまなざしが、自分を導く。

否定など、すまい。

この穢れた王が可愛い。醜い主が愛しい。

こんな感情を抱くのは、生まれて初めてだ。

人にあらざる者、人でなしだった自分に、初めて覚えのない感情が芽生えたのだ。

「私はあなたを、嫌ったりしません」

貴将は精に塗れたままのその華奢《きゃしゃ》な躰に、そっと己の直衣をかけてやった。

「私を、憐れんでくれるのか」

問いかける暁成の声が、震えている。

「いいえ」

貴将は再度否定し、主の頰を慈しむように撫でた。

これは憐れみなどではなかった。

そんなもので、貴将が他者と繋がるわけがない。

どうせ暁成が穢れているというのなら、もうこれ以上墜《お》ちるところがないというのなら、それを覚悟したうえで己が彼の手を取ってやろう。

「愛おしんでいるのですよ、暁成様」

「え？」

微かに目を瞠り、暁成が首を捻《ひね》る。その稚い仕種に、貴将は口許に酷薄な笑みを浮かべた。

「はい。私にどうしてほしいのか、望んでくだされぱいい。あなたの望みを叶えます。望みさえすれば、あなたを愛して差し上げることもできる」

「愛……？」

「ええ。愛してくれとおっしゃれば、生涯愛して差し上げます」

彼の頰を両手で包み、貴将は相手の唇を吸った。

涙に濡れた目を閉じ、腕の中で暁成は小さく震える。

軽く触れた唇が離れると、暁成は信じられないも

のでも見るかのように貴将を凝視した。

「貴将」

手を伸ばした暁成が、しがみついてくる。

「私を愛おしいと思ってくれるのか」

「はい」

思わずにいられるだろうか。

か弱く惨めで、愚かで、そして——誰よりも美しいこの君主を。

「ならば、すべておまえにやる。何もかも、おまえが望むものは。だから、私を一人にしないでくれ！」

縋りつく暁成の声は震えていたが、強いものだ。

やはり、この人は穏やかな仮面の下に誇り高さを隠し持っているのだ。

それがまた、愛おしい。

「その言葉、しかと胸に刻みましょう」

「私は……おまえさえいれば、いい。おまえの望みは、すべて叶えてやる」

「御意」

彼の顎を摑み、貴将はもう一度くちづける。舌を差し入れた口腔は燃えるように熱く、そのくちづけに暁成は懸命に応じてきた。

「ん……」

拙《つたな》い接吻はそれでいて心地よく、情熱的だった。

暁成は貴将の舌に自分のそれを絡めて、懸命にこちらを必死で酔わせようとしている。

「せめて暁成と呼んでくれ。二人でいるときは」

「ええ、暁成様——こちらを」

唇を離して彼の手を自分の下腹部に導くと、暁成は躊躇わずに貴将のそこをくつろがせる。

驚いたことに、暁成は迷わずにそこに顔を埋めた。

「ふ……」

ほっそりとした指で暁成は貴将の性器を捧げ持ち、唇を押しつける。

「んむ……ん…ッ…」

音を立ててそれを吸いながら、暁成はふくろの部分を指であやす。

くちづけは今一つだったくせに、口淫《こういん》はあまりにも巧みで、貴将の唇から思わず濡れた息が零れた。

熱くぬめる舌が、己の欲望に絡みつく。

「よ、……よいか……？」

「はい」

唾液でぬらぬらと光る幹《みき》を舌で何度も舐め上げ、快楽を与えるために滑るように動く。

「ふ、ぅ……ん……」

括れを締めつけるように口に含み、そこを強く吸った暁成に同時に孔を刺激され、貴将は低く呻いた。

「く」

なんと倒錯的な行為だろうか。

己の仕える主君、この国で最も高い地位にある少年に、口唇による淫猥な奉仕をさせるのだ。

暁成ならば、どこまでも墜とすことができる。否、共に墜ちていける。純白の存在ではないからこそ、貴将にはこの少年の手を取れる。

それは矛盾に満ちた真実だった。

「貴将……」

せつなげな声で自分を呼ぶ暁成の頭を、貴将はゆるゆると撫でてやる。

「お気に召しましたか？」

「うん……美味《おい》しい、貴将……」

再び花茎を咥えて「出して」と囁く暁成の健気さに、貴将の欲望はますます高まっていく。

「もう何も、案ずる必要はない」

「ン？」

「私はあなたを選んだのだから」

貴将は主君の唇から性器をやや強引に抜き取り、その膚に白い雫を滴らせる。

「…あ、あ……」

絶頂に上り詰め恍惚《こうこつ》と喘ぐ暁成の頬は上気し、とろりと濁った瞳は情欲に潤む。唇は精液で汚れているのに、尚も物欲しげに舌先でそれを舐め取るのだ。

「貴将、もっと……」

せがむ暁成は貪欲で、貴将の楔を唇に含む。

「んくぅ……」

そうしなければ、貴将が離れてしまうと恐れているかのように。あるいは、こうすることで快楽を得ているとでもいうかのように。

――まさか。

そんなはずがない、と貴将は心中で否定をした。

暁成はそれらの行為を強要されていただけで、彼の心性は無垢なままのはずだ。

「お好きなように」

忙《せわ》しなく腰をくねらせ、暁成は唇の狭間から淫声を漏らし続ける。

秘蕾《ひらい》はいつしか時広たちの放った精液が溢れ、暁成は悩ましく眉を寄せて身悶《みもだ》えている。

内裏はどこもかしこも瘴気に満ちている。

ならば、その瘴気すら凌駕《りょうが》するほどにおぞましい、絶望の雨垂《あまだ》れを大地に注いでやろう。

欲しいのは終焉《しゅうえん》と混沌《こんとん》だ。

貴将に残されていた箍《たが》を、暁成は容易に外してしまった。

もともと自分の中には、理《ことわり》などない。けれども、あるふりをしていただけだ。

己の一族を滅ぼした事件の真実を知り、依光を排除するため動いてきたが、今となっては最早《もはや》それだけでは飽き足らない。

これから先は穢れた王に相応しい、闇と悪意に満ちた楽土を築くために尽力しよう。

暁成を穢土《えど》の王に仕立ててやる。

摂関家の作り出した秩序を、この手でめちゃくちゃにすればいい。それこそが復讐になるではないかどうせあと百五十年もすれば末世が来ると言われ、人は誰もがそれを恐れていたが、それを早めてやればよい。

混沌と戦乱、血と欲望。

親が子を殺し、子が親を殺す。

殺戮と呪詛《じゅそ》で浅ましい世を埋め尽くしてやる。

依光が貴将の一族を滅ぼしてまで欲しがった国を、破滅に追い込んでやるのだ。

これも一種の復讐ではないか。

「可愛いですよ、暁成様」

夢中になって尚も奉仕を続ける暁成の頭を優しく撫で、貴将は満足げに艶笑《えんしょう》した。

九

寝所は未《いま》だ暗く、曙《あけぼの》の光も直には届かない。屋外の鳥の囀《さえず》りが鼓膜を擽《くすぐ》り、遠くで開諸門鼓《かいしょもんこ》の音が聞こえてくる。

晩成《あきなり》は貴将《たかまさ》の胸で寝入ってしまい、起きる気配はまるでない。自身の肩に腕を回し、ずしりと重い錦の衾《ふすま》の襟《えり》を細い指で握り締めて眠る晩成の睫《まつげ》は長く、端々にあどけなさを残している。

剝《む》き出《だ》しの裸身を見て、初めて気づいた。

想像していたよりも、ずっと、華奢《きゃしゃ》な躰《からだ》の持ち主だという事実に。

昨晩、時広《ときひろ》と時正《ときまさ》の兄弟に凌《りょう》辱《じょく》された晩成に、貴将は口淫《こういん》をさせるに留《とど》めた。

たとえ慰撫《いぶ》のためであれ、晩成と躰の関係を結んでしまえば、時広たちと変わらなくなってしまう。

彼らと自分が違うのだとはっきり示したかった。

貴将は人目を盗んで晩成を寝所へと連れ戻り、乞われるままに彼を抱き締めて眠った。

「ン……」

鼻を鳴らした晩成がふと身動《みじろ》ぎする。すぐに貴将の存在に気づき、晩成は驚いたように目を瞠《みは》った。

「貴将……」

「おはようございます」

どうしたことか、昨日よりもずっと彼が眩《まぶ》しく見える。貴将はこっそり己の目を擦《こす》った。

「わ、私は……いったい……」

狼狽《ろうばい》した晩成は激しく赤面し、ついで蒼褪《あおざ》めた。

こういう世慣れぬところが、可愛《かわい》くてたまらない。

「昨晩のことをお忘れですか」

重ねての指摘に、晩成は気まずそうに貴将から躰を離し、顔を背けた。

「晩成様?」

「すまぬ……あのようなところを……」

これ以上は耐えかねたのか、彼の声が弱々しく揺らいだ。

「ふ……」

大粒の涙が、はらはらと地敷《じしき》に落ちていく。

ほっそりした肩を震わせて泣く年下の少年は、この国を統べる玉主《ぎょくしゅ》とは思えぬか弱さだ。

確かに、無慙《むざん》な光景だった。

朝廷を牛耳る二人の大貴族に、前から後ろから思うままに嬲《なぶ》られる姿は。

「お気になさる必要はありません」

唇を綻《ほころ》ばせた貴将は優しく囁《ささや》き、その肩に手をかけてこちらを振り向かせる。

顧みた暁成の大きな瞳は涙に濡《ぬ》れており、期せずしてそれが貴将の心を揺すぶった。

とうに元服を済ませたとはいえ、あのような醜悪な饗宴《きょうえん》の贄《にえ》にされては、心が弱るのも無理はない。

「昨晩、あなたを愛して差し上げると申し上げたはず。その言葉に偽りはありません」

我ながら冷たい言いぐさだが、顔の線を指で何度も辿《たど》られ、暁成が微かに愁眉を解《ほど》く。

「本当……に……？」

「神かけて誓った真実です」

暁成の目に、新たな涙が滲《にじ》んだ。

まるで宝玉のように、玲瓏《れいろう》な雫《しずく》だった。

遠慮がちに手を伸ばし、暁成は貴将の衣の裾をきゅっと摑《つか》む。

「離れないでくれ、貴将。そのためには何でもする。何が欲しい？　位か？　役職か？」

縋《すが》る仕種《しぐさ》さえも控えめで、乙女の如《ごと》く可憐《かれん》だった。

「勿体《もったい》ないお言葉です。ですが、私は必要なものはもう手に入れました。位階も何もいりません」

「何も、と申すのか」

失望したような声音に小さく笑い、貴将は「あなた以外は」とつけ加える。その意味を解した暁成は一瞬言葉をなくし、ぽっと頰を染めた。

「……真なのか？」

「主《あるじ》を謀《たばか》ることなど、できません」

「では、これからはずっとそばに……」

「それは難しいでしょう」

晩成の全身全霊の願いを、貴将は無下に却下する。

「どうして!?」

「私は一介の医師。かといって、急な昇進は不自然です。下手《へた》をすれば互いの立場を悪くする」

身の程を知らぬ真似をすれば足を掬《すく》われ、晩成の許から放逐《ほうちく》されるに違いなかった。

「――では、どうすれば……」

「この先共にあるためには、まずはお互いにできる最善のことをしなくてはなりません」

晩成は憐れな籠《かご》の鳥だ。だが、彼がただの小鳥ではなく、その堅牢な檻《おり》から出ようと自分なりに足掻《あが》いているのを貴将は知っている。だからこそ、答えを自分から手渡しては晩成の成長にはならない。

穢れた国の主にするからには、晩成には強くなってもらわなくてはいけないのだ。

けれども打ちひしがれる晩成は憐れで、たまらずに薄い肩を抱こうとしたとき、帳《とばり》の外に人の気配を感じた。

「御主《おんしゅ》」

外から声をかけられ、晩成がはっとする。

「このような時間までお休みとは、よもやお加減が悪いのですか」

「い、いや、違う、忠峰《ただみね》」

「……昨日の件が、堪《こた》えておられるのですか？」

心配げに問う言葉に、昨夜の凌辱が忠峰も知るところであったのかと、貴将は凝然《ぎょうぜん》とする。しかし一方で、忠峰が承知していなければあの凄惨《せいさん》な状況にもなるまいと、やけに冷静に納得していた。

「お顔を見てもよろしいですか」

「待て」

有無を言わさずに帳が捲《まく》られ、顔を覗かせた忠峰は、気怠《けだる》く横たわる貴将を目にして呆然《ぼうぜん》とした。

「な……！」

「何もなかったのだ、忠峰」

何もというのは嘘だったが、ここでよけいな言葉を口にすれば互いの立場を悪くしかねないと、貴将は沈黙を選ぶ。

「医師の分際で、どういうつもりだ？　国主の寝所に潜り込むとは、不敬にもほどがある！」

「昨晩、貴将は、たまたま桐壺に来てしまったんだ。それで、連中に酷《ひど》い目に遭《あ》わされた私に気づいて……その、手当てをしてくれた」

暁成の弁明に、忠峰の表情があからさまに曇ったが、彼は気難しい顔で貴将に向き直る。

「手当てには礼を言おう。だが、いずれにしても、そなたでは暁成様を守れぬだろう。そのような者を近づけるのは、害悪でしかない」

「何だと？」

厳しい言葉に反応したのは、暁成のほうだった。

「さあ、お引き取りを」

「忠峰！」

命を救われたくらいでは、忠峰は貴将に靡《なび》かぬということか。存外、暁成を真に思いやる忠臣はこのような男なのかもしれない。

「この男は私にとって大切な相手だ！　なぜそれがわからない！」

「それでも、なりませぬ」

断言する忠峰は頑《かたく》なだった。

ここで忠峰の信頼を得るのは重要だろう。

一夜明けて、貴将もすっかり冷静さを取り戻していた。

「わかりました、忠峰様。御主は私にとって、特別なお方。これ以上のご迷惑はかけられません」

貴将の言葉を聞き、暁成はうなじまで赤く染めて項垂《うなだ》れる。しかし、感情の昂《たかぶ》りを堪《こら》えているのは、震える指先により火を見るよりも明らかだった。


——私を、守ってほしい。

玉主になったばかりの暁成は緊張しきった面持ちで、当時は少納言《しょうなごん》の時広に切りだした。

成人したばかりの暁成には味方と呼べるべき存在がなく、不安に胸が押し潰されそうだった。時の関白が己を憎んでいるのを知っていたので、別の人間に頼るしかなかった。

「顔を上げてください、御主」

内々に呼び出された時広は優しく告げ、にこやかに微笑する。

「時広」

「私があなたの後ろ盾になることに関しては、何ら異論もありません。弟の時正にも、その件は話しておきましょう」

力がなくては、この朝廷で生き抜けない。元恒《もとつね》が成人するまでの場繋《ばつな》ぎの今上であればこそ、己の身が不安定なのはわかっていた。暁成には、己に忠告してくれる目端《めはし》の利く側仕《そばづか》えはいない。すべてを自ら判断し、やっていかなくてはならないのだ。

そこで、己の庇護者として暁成が時広を選んだのは、彼が父の依光《よりみつ》よりも穏やかな気質の持ち主だと知っていたからだ。

「本当か？」

「ええ。我々臣下は、玉主をお守り申し上げるのが務め」

ほっと表情を緩めて脇息《きょうそく》に体重を預けた暁成を見て、時広がにたりと笑った。

「ですが、引き替えに欲しいものがございます」

「……少納言では足りぬか」

即位したばかりの暁成が時広に不用意に官職をやれば、口さがない連中が妙な噂を立てるだろう。それは双方にとってよい事態ではない。

「欲しいのは、地位ではありません」

では、金銀や財宝とでもいうのか？

御主といえども実態は貧しく、そのような財産などないのは、彼らとて承知のはずだ。

目を瞠った暁成に躙《にじ》り寄《よ》り、不意に時広が細い手首を摑んだ。

なんと非礼な……！

本来ならば誰かしら近侍《きんじ》が止めに入るはずだが、今日に限って誰も顔を出そうともしなかった。

「そなたの求めは何なのだ」

脂ぎった顔を近づけられ、声が震えそうになる。

「おわかりにならぬとは、うぶなところがおありだ」

口許《くちもと》を歪めた時広は暁成をいきなり引き寄せると、乱暴に床に押し倒した。

「あっ」

勢いで冠がずれ、暁成は呆然と時広を見上げる。

「その肉《しし》を捧《ささ》げていただきたいのですよ」

「肉、を……？」

「我らが父をも誑《たぶら》かした斎女の肉――如何《いか》なる味か食してみたいのです」

「この無礼者！　私を何と心得ているのだ」

「傀儡《くぐつ》の王と」

男は片頬を歪め、酷薄《こくはく》に笑った。

床に倒された際に几帳が倒れて大きな音がしたが、近侍が来る気配はない。

おっとりとした暁成とて、その理由を悟らざるを得なかった。近侍たちもこれには承知――つまり、暁成に味方など一人もいないのだ。

「情けを賜《たまわ》りたいのです、我が君よ」

穢《けが》され、引き裂かれるのは苦痛だった。どうしてこんな真似をするのかがはじめは謎《なぞ》だったが、暁成が男色趣味に走れば子をなす心配はなくなると合点がいった。それに、暁成の母は美しく聡慧《そうけい》でありながら、不可思議な魅力を湛《たた》えたあの良子《りょうし》だ。時広の食指が動いたところで、おかしくはなかった。

「――ああ、なんと素晴らしい……」

行為を終えた時広は、快楽を得られぬ暁成と裏腹に、うっとりと告げた。

「まさに男の精を喰らうとはこのこと。何とも素晴らしき肉だ」

舌舐《したなめず》りをする相手の顔を見る気持ちなど、起きなかった。

「臣下の穢れをお引き受けになるとは、君主の鑑《かがみ》。私としたことが、つい溺《おぼ》れそうになりましたぞ」

時広たちとの行為で躰は昂《たかぶ》ったが、それは己の心を満たすほどの強い快楽にはなり得なかった。要は、どうあっても物足りなかったのだ。

「気が、済んだのか」

掠《かす》れ声《ごえ》で詰《なじ》る暁成に、男は薄く嗤《わら》った。

暁成とて、この一方的な行為が屈辱的な仕打ちだと解する常識は備わっている。臣下からの凌辱など、君主にとっては許されざるものだ。なのに、受《う》け容《い》れなくてはいけないのだ。

「今宵《こよい》のところは」

時広が平然と嘯《うそぶ》いたので、暁成はそれが手始めでしかないと知らしめられ、啞然《あぜん》としたのだった。

――四年近く前、暁成が即位したばかりの頃のできごとだ。

何度も何度も繰り返し夢に見るのは、それだけ忘れ難い不快な記憶なのか。

もう二度と思い出したくないのに。

褥《しとね》に潜り込んでいた暁成は小さく自嘲の笑いを漏らし、肩を震わせる。

己の肉体一つ自由にできず、何が国主だ。

「暁成様。お加減が悪いのであれば、今日の講義はおやめいたしますか？」

几帳の向こうから忠峰に声をかけられ、暁成は気《け》怠《だる》げに上体を起こした。

「いや、大丈夫だ」

本当は気分が優れないのだが、休んでなどいられない気分だった。

帷子を潜《くぐ》ってこちらを見やる忠峰の表情は、さも心配そうだ。

あの晩、時広に躰を売り渡した対価に暁成が得たものの一つが忠峰だった。

「構わぬ。支度をさせよ」

近侍の手で身支度を整えられた暁成は、調度の一つである鏡に映った自分の顔を眺める。見るからに血の気がなく、今の己はこんな顔をしているのかと、少し情けなくなった。

にゃうんと鳴いて気まぐれに飛び乗ってきた猫の典侍《ないしのすけ》が、暁成の膝《ひざ》のあたりを、衣の上から引っ掻く。猫でさえも気軽に触れるのに、貴将は違った。彼は必要以上に暁成に触れてくれなかったのだ。

あのまま抱いてほしかったのに。

「貴将……」

抱き上げた典侍をぎゅっと抱き締め、暁成は小さく呟く。苦しげに猫が鳴き、暁成の腕から逃れようとじたばた踠《もが》いた。

「こら、じっとせよ……あっ！」

とうとう身を捩《よじ》り、典侍が逃げ出してしまう。

それはまるで、暁成の手の内からするりと零《こぼ》れてしまった貴将の存在のようで、胸がぎゅっと痛んだ。

会いたい。

会いたくてならないのに、もう十日も貴将の顔を見ていない。

あの夜のできごとを反芻《はんすう》すると、暁成の躰は熱く火照ってくる。思わず膝を擦り合わせ、暁成は甘い息を漏《も》らした。

「あ…」

貴将の膚《はだ》。その声。頬を撫でる指先の感触。

どれもが、夢のように優しかった。

愛してくれると、言った。望みさえすれば生涯愛してくれると。

それでいて許されたのは、彼の精を味わうことだけだった。それだけでは物足りない。

暁成に会うなと禁じられて、どうして貴将は引き下がってしまったのだろう。

暁成は貴将の肉体が不浄だからといって、怯《おび》えるような男ではない。それは悠然と一方的な快楽を享受したあの夜の態度からも明らかだ。

それでは、保身か?

けれども、それでもあの男を欲しているのだ。

今まで暁成は、母の告げた孤独の呪いから逃れる術《すべ》を探し、ずっと苦しんできた。

長い彷徨《ほうこう》の末に、漸くこのさだめから暁成を逃がしてくれる相手を見つけたのだ。

絶対に手を離したくない。

暁成は笏《しゃく》を握り締め、唇をきつく嚙《か》み締《し》める。いつの間にか、切れた下唇から血が滲《にじ》んでいた。

貴将に、暁成には言えない暗い過去や葛藤《かっとう》があるのは容易に想像がつく。

けれども暁成とてこのまま引き下がるつもりはないし、貴将を諦めるつもりもない。

そうであれば、今の己にできることはたった一つしかなかった。

十

陽射《ひざ》しは強く、かっと地を照りつけるようだ。こうして軽やかな紗《しゃ》の衣を着ていても、躰に熱気が籠もるようだった。

阿部家《あべけ》に招かれた貴将《たかまさ》は廂《ひさし》に腰を下ろし、泰然とした態度で当主と会話をしていた。

「なるほど、武士《もののふ》を庇護《ひご》……それはまた面白き考えでございますな」

のっぺりとした面差しの阿部家の先代は、先ほどから頻《しき》りに頷《うなず》いている。

世間話を端緒《たんしょ》に巧みに政《まつりごと》の話題を持ち込むのは、貴将の話術ならば造作もない。殊《こと》に、貴将はもう数か月も当主の治療を受け持っている。以前は起き上がるのもままならなかったが、彼はこのところ気分もいいようで、身を起こして会話をできるようになっていた。

従って家族の感謝の念も厚く、心を砕いて治療した甲斐《かい》があった。彼の息子が参議に昇進した喜びも、当主の回復の助けとなったようだ。

とはいえ、自分が暁成に進言した事実を貴将は彼らには伝えていない。あからさまに恩を売れば、警戒されると思ったからだ。だが、阿部家はそれを悟っている節があり、貴将を丁重にもてなす。

「いかがでしょうか」

「このままでは藤原家《ふじわらけ》の栄華が続く。専横を防ぐためにも、楔《くさび》を打ち込むのはいいかもしれませんな。しかし……」

「しかし、どうしたのです？」

貴将が穏やかな声で問うと、相手は声を潜めた。

「武士どもが力を持つのは、至極《しごく》厄介だ」

貴族にとって武士はあくまで私的な武装者にすぎず、宮仕えの武官とは立場を異《こと》にする。山賊に毛の生えた輩《やから》として、警戒するのも当然だった。

「力だけでは何の意味もありません。国を統べるのに必要なのは象徴です。この国が変わらない以上は、彼らは貴族の創り上げた枠組みで生きるほかない。力があれども、武士には国の仕組みそのものを変える覚悟はありますまい」

誰もが主君と戴《いただ》きたくなるような魅力的な存在が頂上にいなければ、武士がどれほど力を蓄えようとも、国を統べるには至らない。その点、玉主という存在にはまだ人を惹きつける力がある。いくら藤原家が力を持とうと、国主を廃絶できないのはそこに原因があった。

「うむ……だが、取り立てるにも限度がありますぞ」

「この頃、都で跋扈《ばっこ》する夜盗の類《たぐい》を、武士に始末させればよい。さすれば検非違使《けびいし》の権威も失墜《しっつい》し、一石二鳥と存じます」

都の治安を司《つかさど》る検非違使庁《けびいしちょう》の長官は、代々藤原北家の者が務めている。武士を台頭させ、藤原家の力を少しずつ削《そ》ぐには好都合だった。

「おお、それは良案ですな。しかし、夜盗を討つといってもそう簡単にはいきますまい」

「少なくとも役人よりはよい方策を知っているでしょう。蛇《じゃ》の道は蛇《へび》、武士に任せるのが一番です」

男は考え深げに「ふむ」と同意した。

「それにしても、貴将殿は医師であるのに随分と世知に通じておられる」

「医師だからこそ、ですよ」

「違いないですな」

阿部家の当主はすっかり貴将に心を開いており、医師に政の話をする不自然さを失念している。

人は己の命を預かる相手を前にして、必ず無防備な姿を晒《さら》す。そして、己を救った人間には、否応《いやおう》なしに恩義を感じるのが習いだ。貴将自身の心性がどうあれ人から信頼される理由は、医師という人の目を眩《くら》ませる職にあった。

しかも、女官同様、彼らは一度貴将を心安い人物と見なすと、診察のたびに様々な事柄を話す。貴将が晩成に贔屓されているのも、さほど気にならないらしい。半ば惚《ほ》けかけた老婆が貴将に男性遍歴を言って聞かせたり、さる家の当主が政治上の秘密を漏らすこともあった。彼らは「あなたには打ち明けずにはいられない」果ては「すっきりした」などと述べ、決まって最後に晴れやかな顔になる。情報としては玉石混淆《ぎょくせきこんこう》だが、貴将に総じて役立っていた。

「では、私はこれにて」

「またいらしてください、貴将殿」

「ええ」

阿部家を出た貴将は馬に乗っていたが、これから葛葉小路《くずのはこうじ》に立ち寄ろうと思い立つ。あの近辺に住む連中に薬を渡し、野盗の話も聞いておきたかった。

思ったとおり、葛葉小路は今日も人が多い。だが、魚売りの鈴虫《すずむし》は目敏く貴将を見つけ、小走りで寄ってきた。彼女に会うのは、賀茂祭以来だ。

「先生！　久しぶりじゃないか」

「おまえこそどこへ行っていたんだ？」

魚売りは隠れ蓑《かくみの》で、女だてらに悪党どもを束ねているが、鈴虫は曲がったことを嫌う。押し込みをするような兇賊《きょうぞく》は、許せない外道のはずだ。

「心配したかい？」

「当たり前だろう」

鈴虫の紹介で薬を試せるような患者に会うことも多い。彼女の助力がなくては、貴将の実験は成り立たなかった。

「て、照れるじゃないか。ちょっと面倒があって身を隠してたのさ。先生こそ、出世したんだってね」

貴将の言を取り違えたのか、鈴虫は顔を上気させてそう告げる。

「そうだが、よく知っているな」

「まあね。私もあんたの役に立ってるだろ？」

鈴虫の声は弾み、どことなく嬉《うれ》しそうだ。

「ん？　ああ、勿論《もちろん》だ」

ふと、忠峰《ただみね》が襲われたのは鈴虫と彼の話をしたあとだとなぜだか思い出す。しかし、彼に手出しをしたところで鈴虫には何の益もないはずだ。

あるいは、彼女なりに貴将の役に立とうとしたのか——有難い話だ。

「ところで、一つ頼みがある」

「お安い御用さ」

「ありがとう。そなたはとても心強いな」

貴将の褒め言葉に、鈴虫は頰を軽く染めた。

「いいから、早くお言いよ」

当面は鈴虫らに手出しをしないとの条件で悪党の情報を聞き出し、おいたが過ぎる連中を処分する——取引としては、悪くはないだろう。

このあたりで少し血を流しておくのも、先々を考えると得策だ。民草には、このまま藤原氏をのさばらせていては、世の中が悪くなるだけだと思わせなくてはいけない。

時は遷《うつ》ろう。権力の在処《ありか》もまた、変わっていく。当分、血腥《ちなまぐさ》い木枯らしが吹き荒れそうだ。それもまた心地よいだろう。

血の臭いを嗅《か》ぎたい。いや、それでは飽き足らぬ。早くこの世を、血と焔《ほのお》で染め上げてしまいたい。

そのとき、手を汚すのは自分でなく暁成《あきなり》だ。男の精で汚れた手を、凄惨《せいさん》な紅で塗りたくってやる。一度穢《けが》れたのなら、どこまでも墜《お》ちてしまえばいい。

あの狂乱の晩から、七日あまり。貴将は暁成とまだ顔を合わせていない。彼の凜々《りり》しい顔を見たかったが、忠峰の心証をよくしなくては何かとやりにくい。そのためにも、貴将は更に暗躍し、己の足場を固めなくてはならず、常に忙しかった。

確かに暁成は可愛いが、同じ夢を見られる相手というだけであり、愛しさに我を忘れるほどではない。とはいえ、その空白は貴将にとってもひどく淋しいものに思えた。

苛立《いらだ》たしいのは、暁成はその躰を未だに時広《ときひろ》たちに開いているらしい点だ。だが、やめさせれば、暁成の後ろ盾がなくなってしまう。早く暁成を、その惨めな夜伽《よとぎ》の務めから解放してやりたかった。


「まだなのか？」

「もう暫くお待ちくださいませ」

独特の啼《な》き声《ごえ》を上げて、小鷹《こたか》が空を飛ぶ。

空は澄んでおり、どこまでも高い。風は爽やかで、動きやすい狩衣《かりぎぬ》に身を包んだ暁成は目を凝らして頭上を見上げる。

鷹が一声啼《な》いたので、暁成は思わず立ち上がった。

「あっ！」

鷹が一気に降下する。

鋭い爪で抉《えぐ》られた鳥の耳を劈《つんざ》くような悲鳴が響き、やがて、鷹飼《たかがい》の前に鶉《うずら》を捕らえた鷹が舞い降りてくる。

鶉の羽毛が、ふわりと暁成の頰を撫《な》でた。地面に落とされた鶉は小刻みに震え、血があたりを汚した。

「こちらになります」

平伏した鷹飼は盆に鶉の死骸《しがい》を載せ、恭しく暁成の前に差し出した。

「素晴らしい、よくもそこまで訓練したな」

暁成が内心の動揺を隠して毅然と声をかけてやると、その場に跪《ひざまず》いた鷹飼は平身低頭する。

鷹狩りは、秋から冬にかけて行われる遊びだった。まだ若いのに相当の名手らしく、鷹飼の動きはきびきびしている。鷹狩りは荒々しくてあまり好きになれなかったが、青年の態度は好感を持てた。

「そなた、源 某《みなもとのなにがし》と言ったな。面《おもて》を上げて名を名乗るがよい」

「——恐れながら、源家友《いえとも》でございます」

顔を上げた男は、精悍《せいかん》な面差しをしていた。

「家友……ああ、そういえば、羅城門《らじょうもん》を根城にする夜盗を退治したという話だったな」

記憶を手繰《たぐ》り寄せた暁成が言うと、青年は目を輝かせる。

「はい！　左様でございます」

家友は頰を上気させ、誇らしげに頷いた。

ここ数年で都の風紀は乱れ、我が物顔で跋扈《ばっこ》する夜盗たちの凶行は凄《すさ》まじく、検非違使が弱腰と見るや、追剝《おいはぎ》するだけでなく貴族の邸宅まで襲う始末だった。そのため人々は戸をぴったりと閉ざし、夜の外出を控えるようになった。暁成にも報告があったので対策しなくてはいけないと思っていたのだが、それに業《ごう》を煮やした志ある武士たちが一計を案じ、囮《おとり》の牛車《ぎっしゃ》を出して夜盗たちを退治したそうだ。

蔵人所《くろうどどころ》に所属する鷹飼がそのような私闘紛《まが》いの真《ま》

似《ね》をするのは、本来褒《ほ》められたものではない。だが、その稀なる勇気を讃えるべきだとの声が起き、彼らの活躍は暁成も心に留めていた。

「都の者は、以前よりも安心できるようになったと申しているとか。そなたたちのおかげだな」

「勿体ないお言葉、有り難き幸せに存じます！」

素直に声を弾ませる青年に、周囲の公家《くげ》とは違う純朴さを感じ、暁成は好感を覚えた。

「暁成様、そろそろ寺に戻りましょうか」

「ああ」

残念だが、我儘《わがまま》を言える立場ではない。

「以前はお嫌いでしたのに、鷹狩りも平気になったのですね」

暁成の変化に敏感に気づいているのか、忠峰は感心したような口ぶりだった。

国の主たるもの、毅然《きぜん》として誇り高くなくてはいけない。強さを見せなくては、今まで以上につけ込まれる。貴将を手に入れるために必要なのは、権力者に相応しい姿勢だ。


今日は亡父の法要があり、どうせ行幸《みゆき》をするならばと、忠峰が小鷹狩りをお膳立《ぜんだ》てしてくれたのだ。

ここに貴将がいればもっと嬉しいのにと詮《せん》のないことを考えて、暁成は自分の虫のいい想像を恥じた。

殿上《てんじょう》を許したところで、貴将は理由もなく頻繁に伺候するような男ではない。もう十日近く文のやり取りしかなく、彼の顔を見ていなかった。

貴将が以前にも増して多忙になった原因は暁成にもある。暁成が彼を贔屓《ひいき》したため、貴将は医師としての実力を世に示さねばならなくなった。そうして彼の評判が上がると、それだけ貴将は忙しくなった。

食事を終えた暁成は、貴人のための坊に設《しつら》えた寝床に横たわっていたが、眠くはならなかった。

一度貴将のことを思い出すと、思慕は募った。

貴将を思うだけで、躰が熱く火照る。

自分のこの肉体は、どこかおかしいのだろうか。いつも過敏すぎて、熱っぽさを持て余してしまう。時広たちの訪問で欲望を解消していた一面もあるのを、暁成には否《いな》めなかった。

「ふ…」

衾《ふすま》を被って悶々《もんもん》としているうちに、どこからともなく笛の音が聞こえてきた。

随身《ずいじん》たちは隣室で寝入っているはずだ。

それでは、いったい誰の演奏だろう。

見事なまでの龍笛《りゅうてき》の調べは、まだ続いている。

堪えきれずに褥から抜け出した暁成は、隣室の随身たちが全員寝ているのに驚いた。床板が軋《きし》んだのに、妙なことに誰も目を覚まさない。

足音を忍ばせて暁成が外へ出ると、樒《しきみ》の木の下に人影がある。すらりとした長身に見覚えがあり、暁成は目を瞠った。

月明かりが冴《さ》え冴《ざ》えと美しい夜だ。

その月光に照らし出されているのは、貴将だった。

月娥《げつが》にも負けぬ、その艶やかな美貌。

おまけに音色は人外のものとも思える、魔性の響きだった。

まさに、露草《つゆくさ》の言う禍星《まがほし》という表現はしっくりと来る。烏帽子《えぼし》に狩衣を身につけた貴将は、近寄り難い空気を身に纏《まと》い、あたかも一幅の絵のようだ。

樒は「悪《あ》しき実」が語源とされ、強い毒性を持つ。それは貴将のように禍々しい美貌の男にはよく似合うと、暁成は暫《しば》しその静謐《せいひつ》の美に見惚《みほ》れた。

ややあって曲が終わり、龍笛を吹く手を止めた貴将はその場に膝《ひざ》をついた。

「暁成様、お久しぶりです」

「貴将……！」

胸が一杯になって、言葉に詰まる。

嬉しかった。

貴将にもう一度会えたことが。

「…立ちて面を上げよ。どうしたのだ、このようなところに」

「小鷹狩りと伺い…」

我慢できずに彼の胸に飛び込んでしまったせいで、貴将の声が途切れる。

驚いたのか、貴将は何も言わなかった。

貴将の……それから薬草の匂いだ。体温と混じり合い、得も言われぬ香りに変化する。

躰の奥がますます疼《うず》くように思え、暁成は自然と貴将に身を擦り寄せた。

「暁成様？」

「……すまぬ」

このままでは、また昂ってしまう。

我に返った暁成がわずかに身を離すと、貴将は気を取り直したように笑んだ。

「家友殿は私の知己なのです。鷹狩りを披露するのに、御主に万一があってはならぬと、医師にこっそりついてきてほしいと頼まれました」

「そうか。そなたは腕利きだからな」

暁成の言葉に、貴将は答えなかった。代わりに、慰撫するように穏やかな声が耳を擽る。

「お疲れですか？」

貴将がそっと手を伸ばし、暁成の頬に触れた。

その艶めく指先のせいで、触れられたところからどろりと溶けていきそうだ。

もっと触れてほしい。いや、それだけでは飽き足らない。この男に抱かれたいのだ。

不純な願いが込み上げてきて、暁成は赤面した。

「い、いや、大丈夫だ。それよりも、抜け出せてよかった。皆寝てしまっていて……」

不自然なほどに声が上擦り、言葉が続かない。

毅然としなくてはいけないとわかっていながらも、思い人に会えばそんな決意は蕩《と》けてしまう。

「今頃、皆、夢の通《かよ》い路《じ》にいるでしょう」

穏やかな貴将の声に悪戯《いたずら》っぽい調子が混じり、暁成ははっとした。

「もしかして、おまえが何かしたのか？」

貴将は小袋を取り出し、無言で暁成に握らせる。

「何か匂うな。香袋か？」

「いえ、眠り薬を酒に混ぜてもらったのです。それは香です。差し上げましょう」

「そうだったのか」

それならば、暫しのあいだ、人目を憚《はばか》らずともよい。

「来てくれて、よかった」

暁成は改めて、彼の狩衣の胸のあたりに顔を埋め

る。そのまま深々と息を吸い込めば、貴将の匂いが込み上げてきた。

会いたくてたまらなかったのだと、今更のように実感する。押さえ込んで蓋《ふた》をして、我が儘を言わぬように気をつけてきたけれど、こうして顔を見てしまうとだめだ。声を聞いてしまえば、もう歯止めが利かない。

「貴将……」

より大胆になった暁成は、彼の背中に腕を回した。本心では、このところずっと怖かった。時折文はもらえたけれど、会いに来てはくれなかったからだ。

でも、こうしてそばにいると、抱いていたはずの愁《うれ》いなど消し去ってしまえる。

「嬉しい」

「何が、ですか？」

唐突な暁成の言葉を聞《き》き咎《とが》め、貴将が問う。

「そなたは私の身を案じてくれる……それが、とても嬉しい……」

「玉主ともなれば、誰もがあなたの身の上を案じましょう」

「そのような気休めは申さずともよい。本心から私に手を差し伸べてくれるのは、そなただけだ」

呟《つぶや》いた暁成は、貴将の心音を聞こうと目を閉じる。わかる。今ならば、確信が持てる。

貴将ならば、きっと己を救ってくれるはずだ。

「どうして、今まで来てくれなかった？」

「呼んでいただけませんでしたゆえ」

「……そうであったか」

どれほど暁成が願ったとしても、参内《さんだい》の催促を忠峰が取り次いでくれなければ、何の意味もない。

この男に、妙に身軽なあの陰陽師のように、闇に紛れて内裏《だいり》に忍び込む才覚があればよかったのに。

しかし貴将はそうせずに、暁成を孤独のままで放置している。貴将はおそらく、暁成の情熱を試しているのだ。暁成が自力で貴将を手に入れられるか、見極めようとしているに違いない。

そうでなければ、二人は引き離されかねない。そのうえ、貴将の麗容は人を惹《ひ》きつけるが、同時に彼を恐れ、妬《ねた》む者がいたとしてもおかしくはない。誰もが貴将に惚《ほ》れ込《こ》むとは限らないのだ。

たとえば、忠峰がそうだ。彼は貴将を疑い、端《はな》から疑念を抱いている。大怪我《おおけが》を負ってそれを貴将によって救われたとはいえ、彼の心中にある疑念は消えない様子だった。

貴将には、己の力で自身の地位を盤石《ばんじゃく》にしてもらわなくてはいけない。それに手を貸せば逆効果だし、何よりも、自力で得た地位でなくては、暁成が退位したときに貴将の立場が危うくなる。

なのに、気持ちを抑えられないのだ。

「抱いてくれぬのか、貴将」

「……仰《おお》せのままに」

躊躇ったように一度息を詰めてから、貴将が恭しく暁成の肩に腕を回した。

「く、口を」

暁成が貴将の衣の裾をくいくいと引くと、彼が「かしこまりました」と言って顔を近づけた。

唇と唇が重なり、頭がじわりと熱くなる。

心地よい唇は、呆気《あっけ》ないほどすぐに離れてしまう。

「貴将、もっと」

「これ以上はなりません。薬を弱くしましたから、そろそろ目覚める者もおるやもしれません」

あまりに他人行儀な物言いに、淋しくなる。

これでは嫌だ。

もっと荒々しく、激しく抱いてほしい。

暁成のすべてを奪い尽くすほどに。

「どうして、私を愛してくれない？」

暁成の穢れさえも是としてくれるのであれば、いったいなぜ。

怨《うら》み言《ごと》に、貴将がぴくりと身動《みじろ》ぎしたようだ。返事がないので聞こえていないのかとも疑ったが、再び口にするのは躊躇《ためら》われた。

十一

「お帰りなさいませ、貴将様《たかまさ》」

「ああ」

帰宅した貴将は家人に短く答え、小さく息を吐く。

臨時の除目《じもく》で検非違使から淡路守《あわじのかみ》になった源 家友《みなもとのいえとも》を送り出す名目の宴《うたげ》は、夜遅くまで続いた。所詮は小島の長官で旨《うま》みもなく、これが藤原家《ふじわらけ》であれば見向きもしないようなささやかな地位だが、長らく日陰にいた者にとっては価値が違う。家友は輝ける出世の階梯《かいてい》の第一歩を、まさに踏み出したところなのだ。

家友を推挙するには例の阿部家《あべけ》の当主の力を必要としたが、そう難しくもなかった。

手土産は夜盗の首で、二十もあれば十分だ。

それを見せられた貴族たちは震え上がったそうで、さもありなんとおかしくなった。

「待ってたぜ、貴将」

片手を挙げた狩衣姿の男は、家の主が帰宅していないのに、持参した酒を勝手に飲んでいた。そのふてぶてしさに呆《あき》れつつも、自然と笑みが零《こぼ》れる。

「俊房《としふさ》、久しぶりだな」

「おうよ」

人懐っこい笑顔を向ける従兄《いとこ》の傍若無人さは百も承知で、何をしようと今更驚きはしない。

「嵯峨野《さがの》に家を建てたと聞いたが」

「ああ、あそこは人気がない場所ばかりで、術を試すにはちょうどいいんだ」

俊房は賀茂《かも》の師匠から独り立ちし、嵯峨野に小体な屋敷を構えたのだ。おかげで、『嵯峨野の陰陽師』、あるいは『嵯峨野の式神遣《しきがみつか》い』と呼ばれることもあるとか。

「おまえこそ、帰りが随分遅かったじゃないか」

「家友様のお宅で宴だった」

「今度の除目で国司になったっていう？」

「そうだ」

頷いた貴将は、家人に盃《さかずき》と肴《さかな》を持ってくるように命じた。

「顔が広いな。つき合いがあるとは知らなかった」

「私の仕事は医師だ。具合が悪い者がいれば、どこへでも馳《は》せ参《さん》じる」

貴将は紅唇《こうしん》で笑みを象《かたど》り、ちらと俊房を見やった。一瞬、俊房は虚を衝《つ》かれたような顔になったものの、すぐに平静を取り戻す。

「家友といえば、もともと阿部家に仕えていたはずだ。確か、今回の除目は阿部の意向が強く働いたとの話だったたな」

「そのようだ」

貴将は淡々と相槌《あいづち》を打つ。一方で、俊房はやけに持って回った態度で核心に近づこうとしていた。

「そういえば、阿部の当主は、尚 侍《ないしのかみ》と恋仲だ。尚侍にいたってはこのところ急に膚が白くなり、美しくなられたとか」

俊房は貴将の盃に上質の酒を注《つ》ぎ、ぐいと呷《あお》った。

「存外間怠《まだる》っこしいな。なぜ、素直に『おまえが何かしたのか』と聞かぬ？」

「おや、聞いて答えるのか？」

揶揄《やゆ》するような調子だった。

「尚侍様がお綺麗《きれい》になるよう、特別な薬を煎《せん》じて差し上げたのは事実だ。ほかに、閨《ねや》での愉しみを増すような薬も差し上げた」

確かに貴将は当主の父の病を治してやったが、それだけでは信頼されるには足りない。そこで、尚侍を利用させてもらったのだ。

「して、効き目は？」

ずいと身を乗り出してきた俊房を右手を挙げて軽くいなし、貴将は肩を竦《すく》めた。

「大層お悦《よろこ》びだった」

「おまえのあやしげな薬なぞ、よく口にするな。今はよくとも、暫くすると恐ろしい事態になるのに」

「量を加減すれば、数年は理性も保《も》つ」

暁成は聞きようによっては恐ろしい言葉を、さらりと言ってのけた。

人は、医師が煎じる薬を大抵は疑いもなく口に含む。殊に、貴将のような典薬寮の医師の煎ずる薬ならばすぐに信じてしまう。仮にそれが効かぬ場合は神仏の罰や呪いだと決めつけられ、庶民に関しては医師が責めを負うことは殆《ほとん》どない。

「相変わらず、狡知《こうち》に長《た》けた男だな」

高欄《こうらん》に凭《もた》れた幼馴《おさな》染《じ》みに言われ、貴将は喉を震わせて笑った。

「己のためだけの狡知ではないぞ。おまえのためにもなるはずだ。甘受せよ、俊房」

貴将は酒で唇を潤してから、問うた。

「おまえこそ、わざわざここに来るとは、何か用事があったのだろう?」

「いや、今を時めく吉水《よしみず》貴将殿の顔を見に来ただけだ。医師でありながら正六位下《しょうろくいのげ》とはいったいどのような術を使ったのかと、誰もが不思議に思うているぞ」

ほかの者が言えば嫌味にも聞こえようが、彼の言葉に裏はない。それが知己の証《あかし》だった。

「最初におまえが申したのだろう？　私は人誑《ひとたら》しと。この私に抗《あらが》える者などいない」

「勿論。例外などないのは俺が一番よく知ってるよ」

俊房はやけに実感の籠もった調子で告げた。

「で、そろそろ復讐に取りかかるのか？」

「復讐？」

「依光《よりみつ》を締め上げるのさ」

盃を干した俊房が楽しげに問うたので、貴将は静かに首を振る。

「いや」

素っ気ない貴将の返答に、俊房は目の色を変えた。

「どういう意味だ！」

激高した俊房は、異様なほどぎらぎらと光る目で真っ向から貴将を睨みつける。

「おまえ、我らが謀《はかりごと》から下りる気か!?」

「違う。その程度では意味がないと言いたいのだ」

俊房がここまで昂るとは、珍しい。いったい何が彼の琴線に触れたのかと、貴将は心中で眉を顰める。

「つまり？」

「私はこの国そのものを闇夜に変える。復讐如きでは生温《なまぬる》くてつまらぬのだ」

「な、何だ……そういうことか……」

どさりと腰を下ろし、俊房は酒を一息に呷った。

「もっと血を流さなくては。血で血を洗い、すべてを遠くに押し流さなくては……」

貴将は小声で呟く。

この世は闇だ。

くろぐろとしたその妄念の世界に光が射し込むことなど永劫《えいごう》にないのであれば、別の色で満たしてやるほかない。

冥《くら》き闇を、紅《くれない》に染めねばならぬ。

至高な白きものなどあるはずもない幻だと、既に知ってしまった以上は。

「……面白いことを考えるな、貴将。山寺の連中に夜盗の首。それではまだ足りぬのか」

面白いと言いつつも、俊房の声は硬い。

「その程度の血で、この世を塗り替えるほどに染められると思うか？　つまらぬ男だ」

野心に見合うだけの血を流してこそ、この世界を変えられるのだ。

「それでいいぞ」

貴将を一瞥《いちべつ》し、俊房は納得顔で頷いた。

「おまえは悪巧《わるだく》みをしているときが、一番美しい」

俊房の無骨な手で頬を撫でられ、貴将は戸惑った。

「本当におまえは綺麗だ、貴将……」

囁くような俊房の声が、陶然とした響きを帯びる。

太い指で頬を何度も撫でられ、さすがに貴将も妙な心持ちになる。だが、振り払うのもまずいだろうと冗談めかして告げた。

「もう酔うておるのか、うわばみのくせに」

揶揄のかたちを借りた貴将の逃げに気づいたのか、手を離した俊房は一拍置いて笑い飛ばした。

「そうではない。やっとおまえらしくなってきたと嬉しくなったのさ」

「私らしいとは、どういう意味だ？」

「その手を汚すのすら厭《いと》わぬ、木津《きづ》の跡取り息子に相応《ふさわ》しい人間という意味だ」

貴将は曖昧に頷き、炙《あぶ》った干魚《ほしうお》を口に運ぶ。

「だが、これ以上血を流すってのはどうやるんだ？　いくら医師でも、病人を殺すわけにはいくまい。かといって貴族同士で流血の事態を起こすのも後始末が厄介だ」

「そうだな。血気盛んな方々もいるが、遺恨を作るような真似はできぬ」

貴族のすべてがお上品で、おっとりしているわけではない。時には貴族同士で取っ組み合いの喧嘩も起きるし、刀を持ち出す者もいた。しかし、そのような小競り合いでは、何の意味もなかった。

「血を流すにはうってつけの人材がいよう」

「ああ、それで武士に目をつけたわけか。おまえのこのところの暗躍ぶり、合点がいったぞ」

「察しがいいな」

酒に濡れた唇を、貴将は赤い舌でちろりと舐《な》めた。

武士の中には貴族の私兵から始めて徐々に力を蓄《たくわ》え、地方の受領《ずりょう》を経てのし上がる家友のような者もいる。一概に武士の力を軽んじたものではない。しかし、大きな流れを作るには、まだまだ時間がかかる。家友を国司にしたのも、ささやかな第一歩でしかなかった。

「けれど、一度でも連中を引き込めば、後戻りはできないぞ」

「なぜそう思う？」

「世の中とは絶えず動く。その流れを止めることは人にはできん。それに、武士は力がある。力による支配の恐ろしさを一度知れば、人は戻れなくなる」

「おまえなりに時勢を読んでいるのだな」

からかってやると、俊房は声を立てて笑った。

「当たり前だ、貴将。俺も伊達《だて》に貴族たちと関わっているわけではないからな」

「それもそうか」

酒を口に運んだ貴将は、干魚を囓《かじ》る。

わずかな沈黙が訪れた。微風に燈台《とうだい》の小さな火が揺れ、二人の表情をぼんやりと照らし出す。

「玉主はどうなのだ？」

「なかなか会えぬ」

「それにしては、上手《うま》く手懐けたようではないか。大納言《だいなごん》たちが溺れる躰はどうなのだ」

顎《あご》を撫で、胡座《あぐら》を搔《か》いた俊房はにやにやと笑った。

「まだ味わってはいない」

「……まだ？　どういう意味だ」

「ただ籠絡《ろうらく》するのであれば、躰はいらぬだろう。それに、こちらとて後宮の女人の相手で精一杯……玉主に回す分は残っておらぬ」

不遜《ふそん》ともいえる貴将の言葉に、相手は呆れた顔になった。

「御主はおまえに焦がれているのであろう？　せめて抱いてやればよいのに」

「そう簡単に応じては、あちらもつまらぬはず。焦らすのも一興だ」

喉を鳴らして貴将は笑った。

「強がってるな。実際には、禁忌の肉体に溺れそうで怖いんじゃないか？」

あの無垢な肉体は、そこまで魅力的なのだろうか。知りたいが、一方で知るのを恐れている。


「——私にはあの人の求めるものはやれぬ」

「なぜ？」

短く問われて、貴将は瞬きをする。

「なぜ、と問われても……そうだな、私にはそのような思いを解することができぬからだ」

「人にあらざる者だから、か？」

「そこまでご大層な者になったつもりはないが、そうなのかもしれないな」

仮に貴将が愛おしいと告げても、切実さが伴わない。自分なりに彼を愛しているつもりでも、暁成には伝わっていない。

だからこそ、己は暁成のひたむきさを恐れているのかもしれない。

確かに、前よりもずっと暁成が可愛く見える。しかし、暁成の情熱と自分の温度が嚙み合わず、どう対処すればいいのかわからずに、貴将は戸惑っていた。

なのに、その熱情は不快ではないのだ。

寧ろ、浴びせられる熱が心地よい。

「それに、所詮籠から出たことのない鳥だ。ただ出たいと思ったところで、ひ弱なままでは何もできぬ」

「強くなってほしいというのが、おまえの思惑か」

「それもある」

そして、そのあいだに己の体勢を立て直したい。

「あのお方はそんなに弱くないと思うがねえ。つくづくおまえは理性的だな」

これは理性ではなく空疎だと思ったが、面倒なので貴将は黙っていた。

「おまえの思いどおり、あのお方は少しずつ変わっているみたいだぞ。朝議でも関白に物申すときがあるらしい。よい駒を手に入れたな」

「駒、か」

貴将は口許に曖昧《あいまい》な笑みを浮かべた。

かちゃりと音を立てて、唐突に俊房が酒器を置く。

「なあ、貴将」

常になく真剣な顔で、俊房が己を見つめている。

「一国の主を掌中に収め、思うがままに動かす……おまえならきっと成功するだろう。だが、その望みはどこから来ている？　復讐か？　あるいはあのお方への同情か？」

「どうした、藪《やぶ》から棒に」

俊房に復讐の意思を確認されたのは、これまでに一度や二度ではなかった。しかし、今宵の俊房はやけに真面目な顔をしている。

「気になるんだ。おまえがまだ、あの焔を見ているのかどうか」

「……見ているから、安心せよ。私は単に悪巧みをしているわけではないし、暁成様に同情したわけでもない」

「安心せよと言うのか？」

貴将の言葉を聞き咎め、俊房が表情を曇らせる。

「そうだ。おまえの口ぶりはそう聞こえるぞ」

「皮肉なやつだな」

言いつつも、俊房は満更でもなさそうだった。

一瞬たりとも自分を自由にしない、あの赤々と燃える焔。闇の中でそれが燃え盛る限りは、貴将の心は囚《とら》われ続ける。

いだの宴も、私の無聊《ぶりょう》を慰めるために開いてくれたのであろう？」

儀礼的に微笑んだ暁成に、依光は「そのような大それた真似は」と、大きく首を左右に振った。

冠直衣《かんむりのうし》の勅許《ちょっきょ》を得ている彼は、暁成の御前でも傍若無人に振る舞う。

「御主は典薬寮の医師如《ごと》きを信用し、その者の意見にばかり耳を傾けておられると、もっぱらの噂。医師なれば、いにしえの咒禁師《じゅごんし》のようなあやしげな術など使いはせぬでしょうが、心配なのですよ」

既に百年以上も前に姿を消したはずの咒禁師という職名を口に出され、暁成は心中で苦笑する。

「医師とは貴将のことか？ 以前、そなたの開いた宴で知り合ったのだ。用心深いそなたが、このようなあやしげな男を己の管弦の宴になど招くまい」

暁成のささやかな嫌味に、男の口許がひくりと強張るのがわかった。彼はひとたび咳《しわぶ》きをすると、わざと笑顔を作って暁成を見やる。

「時広《ときひろ》が勝手に連れてまいったのです」

「そなたの自慢の息子には、人を見る目くらいは備わっていよう。私もそれを信頼しているのだ。時広も時正《ときまさ》も、ゆめゆめ私を裏切ることはないと」

いくら暁成が突っ張ったところで、依光の優位が変わるわけではない。彼はあくまでこの国で一の人《関白》。最大の権勢を誇り、玉主の意思をも簡単にねじ曲げられるのだ。

たとえ時期が来ずとも、暁成が扱い難《がた》しと見なせば、依光は玉主の首を箝《す》げ替《か》えるだろう。

だが、ここでは毅然としていたかった。

「いずれにしても、出る杭《くい》は打たれます。あまり一人を重用なさいますな。その者が可愛ければ、度を過ごさないのが肝要というもの」

「なるほど、権力は皆で分担して行使すべきというわけか。そなたは賢いな」

「……ええ」

二つ目の皮肉に依光は顔をしかめたが、平静を保った。

「暁成様と話をするのが楽しくなる日が来ようとは、

夢にも思いませんでした。長生きした甲斐がありますな」

「そう言ってもらえるとは結構だ」

「爺の夢は、孫たちを玉主にすること。その夢を叶えるためなら、どのような真似でもしましょうぞ。優秀な医師など、どこにでもいるのですからな」

あえて複数で表現した依光の声には迫力があり、無用な挑発は後悔するとでも言いたげだった。

「優秀な医師こそが国の宝だ」

「はい。そのせいでしょうか、近頃あの者と己の娘を娶《めあわ》せたい……などと申す貴族もいるとか」

ぴくりと暁成の唇が震えてしまう。おかげで、頷きつつも「それはよい考えだ」と延べるのが精一杯になってしまう。

暁成に十分に効果のある攻撃をしたと見定めたらしく、依光はにたりと笑った。

「それでは暁成様、また参上いたします」

「楽しみにしているぞ。ご苦労であった」

暁成はそう声をかけて、重そうに起居する依光を見送った。

「――御主」

いつの間に戻っていたのか、忠峰《ただみね》はむっつりとした顔つきで暁成の名を呼んだ。

「どうしてあのようなことをおっしゃったのです？」

「たまには、冗談を口にしてもよいだろう」

「口が過ぎます。御身を守れるのは、関白様以外にはおられません。関係をよくしておかなくては」

「なぜ、そんなことがわかる？」

「この状況をご覧なさいませ！」

忠峰は芝居がかった動作で、板敷きの間を右手で示した。

ちょうど一陣の秋風が吹き込み、半蔀《はじとみ》を大きく軋《きし》ませる。沁《し》み入《い》るような寒さに、暁成はぞくりと身を震わせた。

誰もいないのだ。

ここには。

追従する者も、理想を語る者も、暁成の傍らには誰一人としていない。

……貴将さえも。

いや、貴将一人がいてくれればいいのだ。

それだけで己は満たされる。

貴将さえいれば。

なのに、彼は時に文をくれる程度で、貴将ですら暁成を孤独に追いやるのだ。

暁成は脇息《いじ》に体重を預け、憂鬱《ゆううつ》な面持ちで手許《てもと》の扇を弄った。

「——忠峰。どうして貴将は来てくれないのであろう……」

うって変わって弱い声音になった暁成を、忠峰は憐れむ如きまなざしで見下ろした。

ついこのあいだ忠峰に内緒で密会をしたが、その程度では満たされない。

芽生えたばかりの他者を恋う気持ちが、そう簡単に治まるわけがないのだ。

貴将の立場と彼の多忙は頭では理解していても、もう十日あまりも顔を合わせていない。時折貴将が文を送ってくれるので、その残り香を嗅いで虚しい夜を送っていた。

「あの男は害悪と申しました。そう簡単に目通りを許すわけにはいきません」

「だが」

「あれは気概の足りぬ男なのです。一度禁じられたくらいで諦めるなど、熱意が足りません」

厳しく指弾してから、言い過ぎたと思ったらしく、芝居がかった咳払いをした。

「このところ、忙しいのでしょう。後宮にしばしば呼び立てられ、休む暇《いとま》もないと聞いています」

「後宮に？」

「はい。参内したくても難しいのでしょう」

「そうか……」

少しばかり暁成は安堵するが、それだけだった。

淋しい。

そばにいても触れてくれないのは、構わない。自分の肉体が不浄のものであればこそ、貴将が交歓に躊躇を覚えるのもわかった。

しかし、顔も見に来ないのは、いったいどういう理由があるのだろう……。

愛して差し上げる——あの晩の貴将の言葉は、嘘偽りか。暁成に飽きたのか。それとも、玉主という身分の違いに恐れをなしたのか。

わからないまま、寂寥《せきりょう》と焦燥ばかりがこの胸を掻《か》き毟《むし》る。

この癒されざる孤独こそが、暁成の背負うべき呪いなのだろうか。

暁成は左の掌《てのひら》に唇を寄せた。

あの日できた傷は、今やうっすらと残っているだけだ。この傷が薄くなるにつれ、逆に思いが深くなる。それに伴い執着は深まり、これまでの自分自身が失われていくような気がしてならない。

己が変わっていくのが、怖い。

「確かにこのところ、御主が朝議でも発言をなさるようになったのは、よい変化だとこの忠峰は思っております」

「うん」

今まで避けていた政にも積極的に関わるべく、暁成は様々な努力をしていた。かつては自分の意見を退けられるのが嫌で背を向けていたが、そう言ってはいられない。

強くならなくてはいけない。

この呪われた身から自由になるために。

「お忘れになってはいけません。過ぎたる寵愛《ちょうあい》は、あの男を滅ぼします」

「忠峰、おまえは考えすぎだ。貴将のような身分では、殿上《てんじょう》するのが限度。医博士はともかく、それ以上は与えられぬ」

極めて理性的な口調で暁成が言うのを聞き、忠峰は「わかっておられるのならいいのです」と静かに頷いた。


「止まれ、止まれい！」

近くで下人が声を張り上げる。

そのあとで牛車が唐突に停《と》まり、物思いに耽《ふけ》っていた貴将は視線を上げた。

目的とする貴族の邸宅は三条大路《さんじょうおおじ》の外れで、まだ暫く距離があるはずだ。不審に思いつつ、貴将は外にいる下人に「どうした」と声をかける。

「前に、轍《わだち》に嵌《は》まっている牛車があるのです」

「轍に？」

このところの雨天で、ぬかるんでいた道に轍ができてしまったのであろう。

眉を顰めた貴将が前を見やると、大きく傾《かし》いだ半《は》蔀　車《じとみのくるま》が立ち往生している。あれではさぞや難儀だろう。貴将は牛追　童《うしおいのわらわ》に「榻《しじ》を」と告げた。

「貴将様？」

「手伝ったほうがいいだろう」

「ならば、我々が」

「そなたらは牛車を見張っておれ」

地面はまだあちこちがぬかるんでおり、浅沓《あさぐつ》が泥に沈む。烏帽子直衣の貴将は何の苦もなく、先方の牛車に近づいた。

「大丈夫ですか？」

貴将が問うと、「ええ」と意外とはっきりした女性の声が聞こえてきた。

「困ったな。すっかり臍《へそ》を曲げちまって」

牛の面倒を見ていた半蔀車の下人が、参ったと言いたげに息を吐くのがわかる。

「どこまでお行きですか？」

「染殿《そめどの》までですわ」

高貴な姫君が乗っているのか、女房と思《おぼ》しき女性がはきはきと答える。

「でしたら、私の牛車をお使いになるといい」

「でも」

「私はこれから、三条大路の藤原眞継《ふじわらのまさつぐ》様のお屋敷へ向かうところ。目的地まではすぐなので、案ずる必要はありません」

「ならば、お言葉に甘えましょう、須磨《すま》」

やわらかな声が鼓膜を擽り、姫の指示に従い下人が地面に榻を置いた。

「手を」

言われたとおりに手を貸してやると、最初に衣を被った女房が姿を見せる。次に降り立ったのは、や

はり衣で顔を隠した若い姫君だった。

外出のための小袿《こうちき》は、表は紫で裏は蘇芳《すおう》という『紫苑《しおん》』の襲《かさね》が落ち着いていて優美だ。

それでいて触れた指先は、ひどく冷たい。

姫君も顔を見せぬよう衣を羽織っていたが、榻に足を下ろした拍子にそれがふわりと揺れた。

「……！」

はっとした姫君と、刹那《せつな》、目が合う。

間近で見つめた女人のあまりの美しさに、さしもの貴将も言葉を失わずにはいられなかった。

漆黒の髪に漆黒の瞳。吸い込まれそうなほどの深い色合いの目をした姫君は、今にも壊れそうな危うい美しさを秘めていた。

どこかで見た記憶が、ある。

否《いな》、これほどの美貌を忘れるはずもない。

おそらく、誰かに似ているのだ。

……誰に？

斯様に儚《はかな》げな佳人に、心当たりはまるでなかった。

後宮にいる誰ぞの血縁なのかもしれないが、それすらわからない。

「姫様」

先ほど須磨と呼ばれた女房の厳しい声に我に返り、貴将は急いで視線を逸《そ》らす。親しくもない女性の顔を見るとは、非礼な真似をしてしまった。

彼女が榻を使って乗り込むのを見届け、貴将は牛車に向かって一礼する。

「そなた」

牛車に乗り込んだ姫君から声をかけられ、貴将は「はい」と返す。

玲瓏たる声音は、思わず聞き惚れたくなるような何かを含んでいる。

「この礼はいつか必ずいたしましょう」

「ありがとうございます、姫」

互いに名乗らぬくせに礼も何もないが、子細を聞けば何かが変わってしまうような気がした。

自分を見つめる姫の視線を感じつつも、貴将は頭を下げたまま、ぬかるんだ道を歩く。

妙な胸騒ぎが、する。

美しい女など、これまで何人も見てきたはずだ。

なのに、彼女は特別だと一目見て感じたのだ。


突然、袖を引かれ、貴将は我に返る。

「どうなさいましたの、貴将殿」

しなだれかかってきた尚侍が気遣わしげに問うので、貴将は「べつに」と極めて素っ気なく答えた。

いつしか貴将は、今朝方目にした、あの美しい女人について考えていたのだ。

「時に、お勤めはいかが。不自由はなくて？」

「後宮の皆様の後押しが、大変有り難いです」

尚侍は「まあ」と嬉しげに笑う。

「男なんて簡単よ。あの貴将殿を立てぬとは、器量が小さいと言ってやればいいんですもの。それに、後宮の女房たちは皆、あなたに夢中……」

彼女の指が、貴将の顎に触れる。

「私ではなく、私の処方する薬に夢中なのでしょう」

貴将の皮肉に、彼女は声を潜めて笑った。

「かもしれませんわ。いずれにしても、公卿《くぎょう》たちのあいだではあなたの評判は上々。案じる必要など何もありません。これであなたの目標は果たせて？」

「私はただ、玉主をお助けしたいだけですよ。それ以上の望みはありません」

「職務に忠実ですのね」

尚侍は鼻白《はなじろ》んだようだが、彼女たち女官が以前ほど暁成に反発していないのは、膚で感じている。

それだけ後宮の空気が緩み、依光の影響力が薄らいでいる証だ。

依光は後宮を、子供を作るための場としてしか見ていない。暁成にその気がない以上、後宮の支配に労力を裂かなくてもいいと思っているようだが、そこにあの老人の驕《おご》りがあった。色と欲が渦巻く後宮では、誰が主であろうとも変わらずに常に駆け引きが行われているのだ。

貴将は女房たちの恋人を間接的に支配し、依光の力の及ばぬ結びつきを作りつつあった。所詮、政は独裁者の存在でどうこうなるわけではない。手足となって動く者がいなければ、成り立たないからだ。

それに気づいた時点で依光がどんな手を打つのか、それを推測するのもまた一興だ。

「次は何をなさるおつもり？」

「ただ、待つだけですよ」

仕掛けは済んだ。あとは連中の自滅を待つだけだ。

「待たせるのも罪ですわ。あなた、右衛門《うえもん》の内侍《ないし》をどうなさるのかしら」

いきなり本題に触れられ、貴将は苦笑する。彼女は一方的に貴将に熱を上げているので、扱いかねていたところだった。

「そのうち熱も冷めるのではないかと」

「あまり期待を持たせてはよくないのですよ。恋というのは、人を魔物にするのですから」

「魔物？」

その言葉を聞き咎め、貴将は眉根を寄せる。

「ええ。強き思いほど恐ろしいものはありませんわ」

「肝に銘じておきましょう」

「あら、信じていないのね」

彼女の言葉を聞き流し、貴将は視線を落として扇子を弄ぶ。

恋によって人が魔物になるのであれば、世の中は魔物だらけだろう。

そこまで強い思いを、己の身を焦がすような情念の存在を、貴将は知らなかった。

「それにしても、殊更《ことさら》忙しそうですわ。あなたの薬……ほかに処方できる医師はいないのかしら」

「あれは私にしか処方できぬ、家伝の秘薬ですから」

さらりと言い切った貴将に、彼女は感心したようなまなざしを向けた。

十二

露草宮《つゆくさのみや》の暮らす離宮は、相変わらず人影がない。そもそも家人の数が少ないのだ。無論狭い庭はきちんと手入れをされているが、見えない部分で不自由がないだろうか。暁成《あきなり》は玉主としてではなく、兄として妹の身を案じずにはいられなかった。

「ぼんやりなさっているのね、兄君」

下ろした御簾の向こうから、露草の声が響く。

「そうでもないよ」

「今日は急な訪《おとな》い、いかがなさいましたか」

露草は退屈していたらしく、嬉しそうだ。

「行幸の帰りだ。おまえが何か、不自由していないかと思ってね」

「お見舞いの品々、いつもありがとうございます。でも、兄君こそ、お顔の色が優れませんね。あの禍《まが》星《ほし》が、悪い影響を及ぼしているのではないですか」

禍星とは、貴将《たかまさ》を暗喩《あんゆ》している。

唐突に核心に触れられ、暁成はぎくりとした。

「……おまえは変わらず、勘がよいな」

「その男に謀叛《むほん》の心ありと？　いえ、違いますわね、きっと。何か分不相応なことを頼んできたのではありませんか」

「安心せよ、そんなことをされてはいない」

呟いてから、暁成は己の手にした扇をぎゅっと握り締めた。竹でできた親骨が軋み、みしみしと不快な音を立てる。

「では、何を憂えておいでなのです？」

「貴将が私に会いに来ないのだ」

こちらから呼びつければ顔を見せるが、暁成とてそう頻繁《ひんぱん》に典薬寮に人をやるのは心苦しい。貴将が診療にかこつけてくれればいいが、上司に当たる侍医の手前、勝手な真似はできないのだろう。

気を遣えば遣うほど、貴将の存在は遠のくようだ。

「あら、まあ。そんなわけで滅入《めい》っておられるの」

拍子抜けしたように呟いたのちに軽やかに笑った露草は、ひどく明るかった。

「笑いごとではない」

むくれた暁成を見るのが面白いのか、露草は更に声を上げて笑う。

「すっかり遊ばれてらっしゃいますのね、兄君」

「貴将はそんな……」

「その者、禍々しいほどに美しいのでしょう。人心を上手く転がす術くらい、おそらく心得ておりますわ」

あの男はそんな真似はしない。けれども、口にしたところで露草に言いくるめられてしまいそうだ。

「兄君が執心なさるから、どのような男かと思えば、なかなかに面白き方。ますます心を惹かれます」

「そなたが？」

意外な発言に暁成が身を乗り出すと、露草は「前にも言いました」と澄ました顔で答える。

「本気だとは思わなかった」

「ねえ、いっそ私にくださいな」

「それはできぬ」

暁成は即座に答えた。

「なぜですの？　私でしたら、その男の心を探れるかもしれませんのに」

確かに母の血を色濃く引く露草ならば、貴将の真意を読み取るかもしれない。

その奇矯《ききょう》さに隠れがちだが、露草は並の女人ではない。歌を詠《よ》ませても素晴らしい才を示し、その才気に貴将が惚《ほ》れてもおかしくはない。

貴将が後宮の女官たちを虜《とりこ》にしているからこそ、よけいに露草に会わせるのが怖かった。

とはいえ、この世界でただ一人暁成を理解できる露草がそう願えば、突っぱねる自信がない。

「どうなさいます？」

俄《にわか》に無言になった暁成に対して露草が微笑むのが、御簾を隔てていても気配でわかる。

だが、嫌なものは嫌だ。

「できぬ」

暁成の言葉を聞いているのかいないのか、露草は次の言葉を紡いだ。

「――じつは私、貴将様にお目にかかりましたの」

突然の言葉に、暁成は顔を跳ね上げた。

「何だと？」

驚駭《きょうがい》に声が上擦る。

そこまでの大事をと露草を詰りそうになったが、暁成は急いで口を噤《つぐ》んだ。

「驚きまして？　先日、染殿近くに住まう乳母《めのと》を見舞う途中で、牛車が轍に嵌まって動けなくなってしまったのです。そこで、通りかかった貴将様に危難を救っていただきました」

「それはいつだ？」

「もう五日ばかり前に」

では、昨日会ったときの貴将は、何食わぬ顔をして己に対峙《たいじ》したというのか。

「貴将は特に何も言ってはいなかった」

「ええ、互いに名乗りませんでしたから。ただ、顔を見られてしまったので、もしかしたら気づかれたかもしれません」

「――そなた、貴将をどう思った？」

緊張に声が掠れ、無様な発音になった。

それを知ってか知らずか、露草は悠然としている。

「あれは人の世に災《わざわ》いをもたらす、稀なる凶相の持ち主」

露草の声が、夢を見るような陶然《とうぜん》とした響きを帯びる。

「けれど、あの者の見せる夢はきっと、毒のように甘い……」

ほう、と彼女が一つ息を吐く。

「あの男をくださいませ、兄君」

「な」

言葉が途切れた。

「でなくては、兄君はご自分のさだめを打ち破れませんわ」

「おまえを利用せよというのか」

「いずれにしても私が呪われし子を産むのであれば、兄君をお助けする子を産みたいのです」

唆《そそのか》す声は甘美で、そして密やかだった。苦笑した暁成は両掌《りょうしょう》で扇を所在なげに弄《いじ》り、不意に表情を引き締めた。

「――本当にあの男が欲しいのか、露草」

「はい」

「そうか……」

「迷っておいでですか？」

露草はどことなく不思議そうだ。

「他人を己のさだめに巻き込むのだ。迷わずにいられると思うか？」

「人はいずれ、誰もが劫火《ごうか》に灼《や》かれるのに、今更何を躊躇う理由がありましょう。兄君こそ、本当はあのお方が欲しいのでしょう？　手放したくないのであれば、縛りつければいいのです」

貴将が欲しい。あの男がいれば、自分は孤独から逃れられる。

……違う。

雑念も何もなく、純粋に彼が欲しいからだ。与えられたさだめから救われたいという願いは、二番目でしかない。

この感情をどう言い表せばいいのか、暁成にはわからない。露草の言うとおり恋かもしれないし、もっと別のものかもしれない。

ただ、一つだけわかるのは貴将を欲していることだけだ。

孤独だからこそ、人は渇望する。己の飢えを癒《いや》してくれる存在が欲しいと。暁成にとって、飢渇《きかつ》を満たす相手は貴将のほかはいない。

呪いなど、どうでもいいのだ。

自分の子孫がどうなったところで、構うものか。

貴将が欲しい。あの男が、欲しい。

欲しくて欲しくてたまらない……。

「私は兄君をお救いできるし、兄君は憂うことなく好きな者と添い遂げられる。あの男は少なくとも安泰な地位を得られます」

「三者三様に益があると言いたいのか」

「試せばよいのです。貴将とやらが、兄君の心を踏《ふ》み躙《にじ》ってまで権力を得ようとするかどうか」

甘い声で囁かれて、背筋が冷たくなる。

「貴将はそのような男ではない。結婚するとすれば、それは……きっと私のためだ」

「ならば、権力の夢を与えるのも一興ですわ」

「そなたは怖い女子《おなご》だな、露草」

燃えるような嫉妬心を押し隠し、暁成は努めて平静な声で告げた。

とはいえ、実際にはそう悪い考えではなかった。貴将を露草と娶せてしまえば、彼に縁談を持ち込む者などいなくなるだろう。

「あら」

鈴を転がすような調子で、露草は笑った。

「ご存じなかったのですか？　兄君、女とは恐ろしい生き物なのですよ。子をなし、血を繋がねばならないのですもの」

だが、貴将が露草に心を移す可能性は拭い去れない。

禁忌に惹かれるのは人の性《さが》。

斎女の血を引く露草がどれほど魅力的な女か、暁成は知っている。

たとえまったく同じ血が流れていたとしても、暁成にはない何かが露草にあるのだ。


「もうだいぶ、顔色もよくなられた。この分なら、新しい薬は必要ないでしょう」

貴将の言葉に、褥で身を起こした尼僧《にそう》はほっとしたように微笑む。

「ありがとうございます、吉水《よしみず》殿。典薬寮の医師を遣わしてくださるとは、思ってもみませんでしたわ」

「人の命は皆、等しく重い。誰であろうと手を差し伸べられる限り、お助けするのが医師の役目です」

貴将が鷹揚《おうよう》に告げると、相手はやれやれと言いたげに息を吐く。

「本当に素晴らしい心がけですわ」

梅香尼《ばいこうに》と呼ばれる女性は、几帳越しに深々とお辞儀をする。

いくら医師とはいえ、男の貴将が尼寺に出入りするわけにもいかず、彼女はこうして一時的に邸宅に戻って診察を受けるのだった。

「どうかお顔を上げてください」

「私心のないお人柄なのは、真実のよう。私の息子たちにも、とくと伝えておきましょう」

「ありがとうございます」

「発作が起きたとき、本当に生きた心地がしませんでしたわ。それに……」

滔々《とうとう》と礼の言葉を告げる梅香尼に対して微笑を浮かべ、貴将は必要以上の言葉を口にしなかった。

「では」

会話が終わったところで、女房が尼僧に「甥御様がお見えです」と声をかける。これが潮時だろうと、貴将は丁重に頭を下げた。

外に出た貴将が待たせてあった牛車に近寄ると、見慣れぬ人物に呼び止められた。

「吉水様とお見受けいたします」

「そうですが、どのような用件でしょうか？」

「玉主の遣いで参りました」

待ち受けていたのは、青色姿の六位の蔵人だった。

往診の行き先は典薬寮に届けているのだが、こんなところで待ち構えている理由が不可解だ。

「急ぎ参内せよとの仰せです。共にいらしていただきたい」

「でしたら、身なりを整えて向かいます」

貴将は泰然と返事をしたが、蔵人は即刻連れてこいとでも言われているのか、一歩も退く様子はない。

「今回は特にお許しがあります」

位階では貴将のほうが上になるため、相手の腰は低かった。

「それでも、このなりで参上できませんゆえ」

火急の用事でもない限り、許しがあるとはいえ、冠直衣で参上するのは避けたかった。

それにしても、いったい何用だろうか。

疑問を抱きつつも、略装に当たる衣冠を身につけ、貴将は内裏を訪れた。

御簾の前に腰を下ろそうとすると、すぐに「こちらへ」と暁成に声をかけられた。

御簾を潜ると、暁成が顔を上げた。

「貴将、よく来てくれた」

これが何日ぶりの来訪になろうか。随分間を空けての参内に、暁成の声は弾んでいる。

「お久しぶりです」

「もう十日もそなたに会わなかった。どうか顔を見せてくれ」

貴将が面を上げると、暁成が息を吐く。

「よかった、元気そうだな」

「ええ、特に不調ではありませんが……」

相手の真意がわからずに貴将が言《い》い淀《よど》むと、暁成ははにかんだように目を伏せた。

「つまり、その……忙しくて躰がつらいのではないかと、案じていたのだ」

「かたじけなく存じます。ですが、医師の身の上で不養生はいたしませんから、ご安心を」

「そうか。――触れてもよいか、貴将」

「はい」

恐る恐る手を差し伸べた暁成が、貴将のその腕を摑んだ。

相手のほっそりとした指先に、貴将は痛ましさすら覚えた。

このところ、暁成は寝食を忘れて勉学に打ち込み、博士たちにも侍講《じこう》を頼んでいると聞く。これまでもひととおりの修養は積んでいたが、政をするにはまだ足りぬと各方面の博士を呼び、密かに依光《よりみつ》の気を揉《も》ませているとか。

怜悧《れいり》な君主になれば、貴将を引き立てても誰も文句は言わないとでも考えているに違いない。

つくづく、可愛らしい人だ。

貴将の思ったとおりの方向に成長し、飛び立とうとしている。彼の行動に意外性はなかったが、その気概は喜ばしかった。

「……すまぬ、貴将」

「何が、ですか？」

謝るべきは、暁成を政に駆り立てる貴将のほうだった。なのに、暁成から先に謝罪を口にする。

「私がそなたに強引に位をやったばかりに、面倒な立場に追い込んでしまったのではないか？」

「そんなことはありません、暁成様」

彼に思いを寄せたくなる衝動を追いやり、精一杯優しく告げた貴将は口許に笑みを浮かべた。

今の距離感が、二人のあいだには相応しいはずだ。そのように己の確認をしなくては、貴将とて、らしくもなく引き摺られそうになるのだ。

このあいだ、たまたま三条大路で行き合った姫君のときもそうだ。あの程度のやり取りは他愛もないのに、彼女の面影はなぜか何度も脳裏に甦《よみがえ》った。

そして、思い当たったのだ。どこかしら、暁成に似ているのだと。

艶《あで》やかな美姫にさえも、暁成の面影を重ねてしまうとは、我ながらどうかしている。

心中で自嘲《じちょう》しつつも、貴将は彼の肉づきの薄い背中を撫でる。

暁成のぬくみが、じわりと掌に移ってきた。

誰の影響も受けたくないのに、この愛らしい主君が貴将の心と歩幅を乱すのだ。

その乱れを、どうすればいいのか。


「暁成様こそ、きちんと召し上がっていますか？夜もよくお休みにならなくては」

夜と言われたためか、暁成の骨張った肩がびくりと震えた。直衣越しにも、彼の動揺を感じ取れる。

「あ、ああ……大丈夫だ」

まだ彼らが暁成を慰み者にしているのか。

なぜ、連中はあえて暁成との関係を続けるのだろう。もしや、時広《ときひろ》たちは暁成の肉体に溺れているのか。この華奢な肢体のどこに、そのような魅力があるのか。

あるいは、味わえばわかるのかもしれない。

みずみずしい肢体の隅々《すみずみ》にまで歯を立て、舌を這わせ、精を啜《すす》りさえすれば。

半ば無意識のうちに、貴将は暁成の躰をきつく掻き抱いていた。

「っ」

耐えかねたように小さく彼が息を漏らしたのに気づき、貴将は「申し訳ありません」と躰を離す。

「あ……」

名残惜しげに呟いた暁成の熱が、遠のく。

「――此度《こたび》はそなたに頼みがあるのだ」

漸《ようよ》うという調子で、暁成は言葉を押し出した。

暁成の直々《じきじき》の頼みとは、いったい何だろうか。控えめな性分の彼にしては、珍しかった。

「何でしょうか」

「私の妹を知っているだろう」

「露草宮、ですか？　お名前は存じておりますが、お目にかかったことはありません」

大した力を持たぬ内親王など、興味がない。

「露草は、そなたを夫にしたいと言っているのだ」

「私を……？」

ならば断ってくれただろうと楽観的に考える貴将の予想を裏切り、彼は流暢《りゅうちょう》に続けた。

「そうだ。私があまりにそなたの話をするので、思いを募らせてしまったらしい。露草は少しばかり繊細だが、妹という欲目を抜きにしても優しく美しい姫だ。一人、離宮で朽ち果てさせるのも不憫《ふびん》だろう」

遠回しではあるが、結婚せよと言っているのだ。


いったい何を言いだすのだ……この人は！

暁成の声が、どこか遠くで聞こえるような気がする。到底認め得ぬ事態に、貴将の心は激しく揺らいでいた。

「…そうでございましょう」

何とか絞り出した声は無様に掠れ、それに貴将自身、ますます動揺する。

たかだか女を一人宛《あて》がわれるくらいで、何を動じている？

いずれは妻《めと》を娶る日も来ようと思っていたくせに。だが、信じ難い提案に脳が理解を拒んでいた。

露草宮は勘が鋭く神経が過敏との噂で、宮中の公達《きんだち》さえも恋歌を贈る相手にはしない。

かつて野心家であった藤原師輔《ふじわらのもろすけ》が内親王を娶ったがゆえに継嗣令《けいしりょう》は有名無実に化したとはいえ、内親王と臣下の婚姻は難しい。特に貴将は、位階も身分も取るに足りぬ存在だった。

「内親王を娶るには、私では……」

「そのあたりは勅許でどうとでもなる。私としても、離れて暮らす妹の願いを汲《く》んでやりたい。だが、そなたの意思もあろう。どう思うのか知りたくてな」

無邪気すぎる暁成の本心を知りたいのは、貴将のほうだった。

「——私を……いかがお思いなのですか」

「え？」

期せずして、押し殺した声が零れ落ちる。

「私はもののように、あなたの妹姫にもらわれていくと、そうおっしゃりたいのですか？」

「そうではない、貴将。すべてそなたのためだ。いったい何を怒っている？」

「怒ってなど……」

貴将はふと口を噤む。

これまでに暁成が嘘をついたことなど、一度もない。彼は純粋に、貴将の身を案じているに違いない。

この人は、どこかが歪《いびつ》なのだ。

貴将は指が白くなるほどに己の掌を握り締め、漸く唇を開いた。

「暫く、考えさせていただけませんか」

「考える……？」

暁成は意外そうに問い返す。

「はい。大事な事柄ゆえ、すぐには決められません」

「そう、だな」

困ったように暁成は微笑み、頷いた。

「ほかにどなたかにご相談なさいましたか？」

「忠峰には話をした。反対はされたが、おまえがどう思うかが肝要だ」

忠峰が反対するのは当然のことだと、貴将は彼に心中で同情を示した。

「では、改めて返事を聞かせてもらおう。よいな、貴将」

「御意《ぎょい》」

貴将は頷き、退室を願い出た。

気詰まりな提案をしたあとだからか、暁成は引き留めようとしなかった。

しおらしい顔をして、信じ難い提案をされたことに貴将は至極動揺していた。

その後、典薬寮に戻った貴将は忙しく立ち働いたが、時折、暁成の申し出を思い返しては苛々《いらいら》せざるを得なかった。

ひどく混乱していた。

暁成の態度に、そして、それに心動かされる自分に。

何者にも揺るがされぬはずだった貴将が、暁成の言動によって脅かされているのだ。

傷ついている、というのだろうか。

己の感情が理解できない。この思いの意味を、どうしても解せなかった。


「すっかり陽が落ちてしまったな」

騎馬で帰宅するために迎えにきた家人に声をかけると、馬副《うまぞい》は神妙な顔で頷いた。

「はい、貴将様。急ぎましょう。近頃、また追剝が出ているようです」

「そうか、気をつけよう」

貴将は馬に跨《また》がると、その首をぽんと叩いてやった。そうでなくとも寂《さび》れた西京《にしのきょう》で、屋敷までは人通りのまるでない淋しい道を通らねばならない。

「嫌な臭いの風だ」

「そうですか？」

馬副はのんびりと尋ね、首を傾《かし》げる。

「貴将様は、敏感でらっしゃるんですねえ」

「人より少し勘がいいくらいだよ」

どうも胸騒ぎがする。

馬副の背中を見ながら考えに沈んでいると、複数の足音が耳に飛び込んできた。

同時に、貴将の目前に数人の男が躍り出る。

水干の男たちを蹴らぬよう、貴将は思わず手綱を引いた。

「吉水貴将だな！」

首領格の男がぎらぎらした目で睨みつけ、荒々しく問う。

「そうだが、おまえたちは？」

「誰でもよかろう」

いったい誰の差し金なのか。

「お逃げください、貴将様！」

刀を抜いた馬副が必死の形相で怒鳴るが、貴将は首を振った。

「そうはゆかぬ」

並の貴族ならば馬副をうち捨てて逃げるかもしれないが、今宵は血の臭いを嗅ぎたいと心がひどく昂っていた。貴将も護身用の太刀を抜く。

「命が惜しくなければ来い！」

騎馬のまま貴将が挑発すると、男たちは雄叫《おたけ》びを上げて飛びかかってきた。

それを見計らい、貴将は上段から刀を振り下ろす。

「うぐっ」

切りつけられた男が醜い声を上げ、同時に彼の肩からどっと血が噴き出した。

高さがあるせいで力が加わり、想像以上に深く切りつけたようだ。

熱い飛沫が貴将の顔にも散り、その心地よさに笑みが零れる。漸く少しばかり気持ちが晴れてきた。

これでよい。この混沌を生み出すために、自分は暁成の手を取ったのだ。

「このッ！」

もう一人が斬りかかろうとしたところで、ごうっと一陣の風が吹いてきた。土埃をまともに浴び、男が怯《ひる》む。覚えがあるなまあたたかい嫌な気配の風が、男たちの頬や腕、足を容赦なく切り裂いた。

「何だ、この風……」

「おかしいぞ、一旦引け！」

男たちが口々に叫び、脱兎《だっと》の如く走り去る。

「追いますか？」

震える馬副に問われたが、深追いに意味はないと貴将は首を横に振った。

帰宅した貴将は家人たちの切り傷やら擦り傷を手当してやり、食事もそこそこに早く休んだ。

今日はいろいろな出来事が立て続けにあり、命は助かったのに、眠れそうにない。

……なぜ。

なぜ、暁成は妹を娶れなどと言いだしたのか。

それが、何よりも解《げ》せなかった。

考えてみれば、貴将が暁成を理解できたことなど一瞬でもあっただろうか。

暁成は己が思うよりも、ずっと手強《てごわ》い相手なのかもしれない。

尤も、冷静に考えれば、露草宮を娶るのは悪くはない。暫く世間には秘密にし、時を見て二人の結婚を明かせばよい。露草を娶れば、貴将は依光の孫娘の夫となり、彼も無下には扱えぬはずだ。今宵のように、妙な連中に襲われる心配もなくなるだろう。

暁成はそのあたりまで見越して、この結婚話を勧めたのかもしれない。

「……仕方ない、か」

そうだ。政略結婚など、珍しくもないはずだ。

なのに、この言い知れぬもやもやとした思いはいったい何なのか。

これもまた計略の一環ではないか。

突然尖った気配を感じ、貴将は振り返った。

「……俊房《としふさ》」

「よう」

いつの間に上がり込んだのか、背後に俊房の姿があった。

「おまえ本当に、神出鬼没だな」

苦笑する貴将に、狩衣姿の俊房が肩を竦める。

「悪霊退治の帰りだ」

「悪霊？」

「この頃多いのさ」

「ご苦労なことだ。酒でも飲むか？」

言いながら、貴将は先ほどの烈風を思い出した。

あの風は、俊房のかまいたちではないのか。

「いらぬ」

「血の臭いがするぞ、俊房」

俊房が無言のまま光の下にぬっと右手を出すと、驚いたことに狩衣は血に塗れていた。指先が仄《ほの》かに見える程度の闇夜では、それもわからなかったのだ。

「酷い怪我ではないか！　今すぐ診てやる」

「すまぬな」

「いったいどうして斯様な怪我を？」

先ほど自分を襲った男たちを思い出したが、あれとは無関係のはずだ。

「悪霊退治と言ったぞ。関白様は、悪しき霊に悩まされておいでだ」

俊房は面倒臭そうな口調になる。

「霊？　誰の？」

「さて、な」

彼は投げ遣《なや》りに答えた。

手近にあった箱から薬草を取り出し、切り傷に効きそうな薬を調合してやる。水を加えてどろりとさせると、「手を出せ」と言った。

俊房は意外にも素直に手を差し出す。

「それで、霊は祓《はら》えたのか？」

「霊を祓うのは俺じゃなくて、坊主の仕事だ。なのに呼び出されてこの様《ざま》だ」

あっさりと言った俊房は、貴将が塗った薬草が沁みるようで顔をしかめた。

「誰かが関白を呪っているのか」

「そうだ。だが、あの呪いは簡単にはできぬ。関白ゆかりの品を手に入れなくては……」

つまり、関白の周辺に裏切り者がいるのだ。藤原北家とて一枚岩でない証だった。

周囲の取り巻きが己の味方だけではないとわかれば、依光は焦るだろう。異分子を炙《あぶ》り出《だ》し、追い出そうとするに違いない。

それを逆手に取ってやる。

「関白様は老いたが、まだまだ意気軒昂《いきけんこう》であられる。貴将、おまえがよけいな動きをすれば、口を封じられかねないぞ」

こんなときでも己を案じる俊房は、つくづく優しい男だ。

「その風向きも変わるかもしれぬ」

「何？」

俊房が怪訝そうに問うた。

「じつはな、俊房。つい先ほど、暁成様に、妹姫を娶らぬかと相談をされたのだ」

ぴくりと表情を動かした俊房は、怪訝《けげん》そうに貴将の相貌を見やった。

「それで？」

「とりあえず、恋文でも送るつもりだ」

冗談とも本気ともつかぬ貴将の言葉に、俊房が呆れ顔になった。

「物好きだな。わざわざ兄妹に共有されるつもりか」

「それもまた面白きこと。この状況を、せいぜい有利に使わせてもらう」

胸の寂寞《せきばく》を閉じ込め、貴将はそう宣言する。

己の顎を撫でる俊房は何か言いたげな顔になったが、すぐに唇を閉ざした。

十三

「初めまして、貴将《たかまさ》殿」

鈴を転がすように軽やかで、それでいてどこか艶《つや》やかな声だった。

御簾越しでも露草宮《つゆくさのみや》の姿はわかり、その顔立ちの麗しさは伝わってくる。

「私《わたくし》への文をありがとうございました」

これまでに高貴な女人など何度も見てきたが、斯くも緊張を覚える機会はあるまい。

「姫の豊かな才能にはつくづく驚かされました」

どうせ代筆だろうと思いつつも一応は褒めるのを聞き、彼女はころころと笑った。

「あの文は私が書きましたの」

「宮様が？」

「ええ。手順など無用でしょう。どのみち、私たちは普通の夫婦《めおと》になどなれませんもの」

「――どういうことですか」

若干高圧的ともいえる貴将の問いにすら、露草は怯まなかった。

「私の望みは、あなたの血を残すこと。人が、さだめという孤独に耐え得るように」

不思議な物言いに戸惑ったけれども、子供が欲しいとの意味に受け取る。

噂の良子《りょうし》の血を引き、変わったところがあるのだろう。睦言《むつごと》に耳を貸さず斯様な言葉を口にする女人に出会うのは初めてで、じつに新鮮だった。

「さあ、こちらにいらしてくださいませ、貴将様」

微笑んだ露草がそっと手を伸ばし、貴将を誘《いざな》う。

「姫」

まさか女性からこうも大胆に誘われるとは夢にも思わず、貴将は動揺を覚えたが、怯《ひる》んだと思われるのも癪《しゃく》に障る。貴将は剛胆にも御簾を潜り、露草に躙《にじ》り寄《よ》った。

「あなたは……」


――美しかった。

言葉を失うほどに。

そしてそれ以上に驚愕《きょうがく》した理由は、彼女に見覚えがあったからだ。

半月ほど前になるだろうか。

立ち往生する牛車に乗っていた姫君だ。

やはり、この人は暁成《あきなり》の血縁だったのか。

暁成の端整な顔立ちに女性特有のたおやかさを加えた姫御は、扇で口許を隠していたけれども、貴将を見て笑むのが気配でわかる。

「あの日のことを、覚えていてくださったのですか？」

「はい、姫」

「なぜですの？　私が兄君に似ているから？」

核心に唐突に切り込まれて、胸を衝《つ》かれたような気がした。

答えることが、できない。

彼女が何げない様子ですっと手を差し出したので、無言のまま貴将はそれを受け止めた。

冷たい指だった。

こんなにもよく似ていながら、これは暁成と違う生き物なのだ。

音もなく身を寄せた彼女が貴将の胸に顔を埋《うず》め、低く笑った。

「禍《まが》つもの」

感情を込めぬ、平板な声が耳を打つ。

「え？」

「ほんに禍々しい男だこと。人を酔わせ、心を開かせる力を持ちながらも、身に潜むは野心の焔……そなたからは化生の気配がする。ここに来るまで幾人殺《あや》めたのです？」

背筋がひやりとする。

露草は顔を上げ、深淵《しんえん》を映すが如き漆黒の瞳で貴将を見据えた。

まるで、闇だ。

「私は自分の手を汚す趣味はありません」

「まあ」

刹那、彼女は大きな目を見開き、そしてうっとりと笑んだ。

「だから、身のうちに闇を隠しても血の臭いがしないのですね。面白いお方」

楽しげに声を立てて笑い、露草は紅唇を開いた。

「そなたは赤子の頃より、血に塗れている……恐ろしい子供が見えましてよ」

「生憎《あいにく》、昔の記憶はありません」

「何も覚えていないのですか？」

「はい」

貴将が疑念を抱かれぬ程度に掻《か》い摘《つ》まんで説明をすると、彼女は「そうでしたの」と頷く。

「だからそなたは虚《うつ》ろなのですね」

「虚ろとは？」

「そなたの心が時折揺らぐのは、過去を盗まれたがゆえ。そなたの本意とは違うからです」

貴将の過去が盗まれたのであれば、いったい誰が奪い取ったのだろう。

困惑する貴将を見て、露草はおかしそうにゆっくりと首を横に振った。

「その話はまたにしましょう。今は、夫婦にならなくては」

大胆な言葉を、露草はあっさりと言ってのける。

「私と兄君は瓜二つと言われます。同じ父と母の血を引いてきたのですから、混じりようもなく同じ生き物ですよ。これもまた兄の肉。お好きに貪りなさい」

囁かれた声は旋律《せんりつ》のようで、ひどく甘い。

だが、内容は心胆寒からしむようなものだった。

「——姫。なぜあなたのように美しく聡明《そうめい》な方が、兄君の行為に荷担するのです？　私の心は…」

「あなたの心が誰のものであろうと、どうでもいいことですわ」

露草はあっさりと口にした。

「あなたこそ、おかしなことを仰《おお》せになるのね。欲しいと惹かれることの何がいけないのかしら？　どうして否定なさるのです？」

人倫に悖《もと》るからだと答えようとし、貴将は躊躇った。

己に倫《みち》を説くことができようか。

理も倫もない、この自分に。

「私を抱きたくはありませんの？　私がいれば、あなたは兄を繋ぎ止められる。そして、逆もまた然《しか》り」

貴将は露草の腕を摑み、彼女を御帳台《みちょうだい》に連れ込む。

組み敷いてやると、女人の黒髪はまるで無数の蛇のようにうねった。

貴将を呑み込もうとする、蟒蛇《うわばみ》のように。

「後悔なさらないのですか？」

「これだけお話ししても、そんなことをするような女に思いまして？」

それが答えならば、もう迷うまい。

ふっくらとした露草の唇に自分のそれを重ね、思うがままに貪る。これで動揺すれば可愛いが、彼女はそんな純な手合いではなかった。

暁成の唇とは、違う味がした。

「子が欲しいのですね？」

「ええ。呪われた子を」

長い睫を震わせ、露草は艶やかに笑む。

「さあ……貴将様、もっと近《ちこ》う……」

囁く声音の甘やかさに、すべてを持っていかれそうになる。

これは暁成の肉。

否、露草だ。

しかし、自分が求めているのは暁成なのだ。

ぞっとした。

いつの間に、こんなことになった？

乳房のやわらかさを、尻《しり》のまろみを撫でながらも思うのは暁成のことだった。

甘やかな肉体は、女人の扱いに長けた貴将すらも酔わせたが、貴将が求める肉はこれではない。

この弾力に富む肢体を貪れば貪るほどに、渇きを感じずにはいられないのだ。

暁成が欲しい。

あの心、躰……すべてを我がものにしたい。

こんなときになって、漸くわかった。

狂おしいほどに貴将の胸を満たすのは、溢れんばかりの渇望だ。


欲しいのは、ただ一人——暁成だけだった。


眠れなかった。

月の光すら届かぬ寝所の空気は、いつも以上に冷え冷えとしている。

今頃貴将と露草は、床入りしているのであろうか。

そう思えば、よりいっそう苦い感情は増した。

貴将を繋ぎ止めるには、これしかない。姻戚関係こそが確固たる絆《きずな》になるはずだ。

暁成の決断は正しいはずなのに、心の奥底では、未だに己の気持ちを整理しかねている。

これは、嫉妬だ。

単衣《ひとえ》に袿《うちき》を羽織った寝間着姿の暁成は、褥の中でもぞもぞと足を動かす。

——……様……。

「！」

首筋に貴将の熱い吐息を感じた気がして、ぴくりと躰が震えた。

己の想像の逞《たくま》しさに、苦笑したくなる。

今、貴将はこうして露草に触れているのだろうか。彼女のやわらかい肉体を抱き、満足を得ているのか。

貴将のくちづけの感触が、唇に甦る。

耳許で貴将の声が聞こえるような、気がした。

――露草様……。

違う。これは錯覚だ。

露草の感覚に同調しているわけではない。露草とあの男を共有したいわけではないのだから。

こんなものは、ただのまやかしだ。

けれども感覚は冴《さ》え渡《わた》り、暁成の四肢は次第に火照っていく。

全身が気怠く痺《しび》れ、息が上がりそうだ。

――どうか力を抜いて、躰を楽に……。

貴将の声が、鼓膜を擽《くすぐ》るようだ。

これは錯覚などではなく、おそらく露草の力だ。無意識なのかどうかはわからぬが、露草がこれを見せているに違いない。

暁成の覚悟を問うために。


嫌だ。貴将を露草に渡したくない。

胸が痛い。息が苦しい。

自分は大きな過ちを犯したのではないか。

できることなら、貴将を誰にも――たとえ露草にも渡したくないのに……！

力を込めてぎゅっと目を閉じた暁成の頭上から、不意に声が降ってきた。

「玉主」

貴将、か？

思わず顔を跳ね上げた暁成の傍らに立っていたのは、あの陰陽師――賀茂俊房《かものとしふさ》だった。

「……おまえか」

「おやまあ、随分と浮かないご様子だ」

からかうような声音が、ひどく憎らしい。

「何用だ」

身を起こした暁成は、闇の中でもまるで気にせずに振る舞う男を睨んだ。

「後宮に用事があったので、お慰めしようかと。独り寝も退屈だろうと思いましたしね」

ぞんざいな口調にも取り立てて逆撫でされず、暁成は小さく息をついた。

「妹御が心配ですか？」

答えられなかった。

「では、貴将が？」

「知っているのなら、何も言うな。不躾《ぶしつけ》な男だ」

「育ちが悪いので、つい思うままに口に出してしまうんですよ」

ぬけぬけと言い放つ俊房は、まるで悪びれない。

俊房はこうして予告もなしに、いつしか部屋に入り込んでいる。忠峰《ただみね》もまるで気づいていないらしい。非礼以外の何ものでもないが、この男の人懐こさに免じて許していた。

初めて顔を合わせたのは、修法《ずほう》の席だ。若いが力のある陰陽師として、賀茂家の当主にも信頼されていた。御主に対しても臆《おく》さない図々しさと、それとは別種の鋭利さが同居しており、そこを気に入り「一度内裏に来い」と冗談で口にしたのだ。

するとと彼は、それを容易《たやす》く実行に移した。

その一件をきっかけに彼はしばしば暁成の許を訪れるようになり、ある晩、大胆にも自分が滅ぼされた木津《きづ》の血を引く者だと明かした。

目的は復讐かと問うと取り立てて否定もせずに、

「悪しき夢を見ているからだ」と答えた。

それが嘘ではないと直感したからこそ、依光《よりみつ》にも忠峰にも俊房のことを打ち明けなかったのだ。

「私は後悔などせぬ」

「気丈なことを仰せになりますな。妹君に、貴将を取られたのに」

「取られたわけではない！　貴将には後ろ盾が必要なのだ！」

思わず声を荒らげてから、暁成は俯いて衾をぎゅっと握り締めた。

貴将に裏切られたわけでもないのに、この不安は何なのか。

「貴将を……喜ばせてやりたかった」

「それで喜んでるように見えましたか？」

「……わからぬ」

わからなかった。

貴将がどのような思いで婚姻を受け容れたのか。だからこそ、暁成の心には嵐が吹き荒れている。

「つまり、後悔しておいでなのですか？」

「今更、後悔して何がある。既にすべてが動きだしてしまった」

呟いた暁成を見下ろし、俊房は何も言わなかった。

そのことに焦れ、暁成は彼を睨みつける。

「なぜ私を殺さぬ。ここで私を縊《くび》り殺《ころ》せばよい。そなたは木津の男、私が憎くはないのか」

「憎むとすれば関白様だ。それに、俺よりも、貴将のほうがあなたを怨《うら》んでるはずですよ。あいつは本家で俺は傍流だ」

「――貴将が？」

「ええ」

自分の言葉の効き目を試しているのか、俊房はそれきり黙り込む。

木津家と依光の因縁については、俊房から知らされている。孫の自分が憎まれたとしても、おかしくはなかった。

「そうか……だが、それも仕方ない」

暁成がそう呟くと、俊房は拍子抜けしたような顔つきになる。

「いいんですか？」

「それであの男が、私のそばにいてくれるのなら、憎しみもまた……よい」

己の声が、やけに寒々と寝所に響く。

「俺には御主のほうが不思議ですね」

「目的がどうであろうと、貴将は貴将だ。おまえが引き合わせたのだろう？」

「少しはあなたを憐れだと思ったものですから。貴将を止めるかとも思ったし」

「止めてほしいのか？　その必要はあるまい」

俊房は薄気味悪そうな目で、暁成をじっと見つめた。

「あいつは人にあらざる者。ですが、俺から見たらあなたも似たようなものだ」

「私はただの心弱い男だ。貴将とは違う」

晩成は自嘲の笑みを浮かべた。

文机に載せた文は、風を受けてひらひらとはためいている。貴将が贈った露草への後朝《きぬぎぬ》の文への返事は、さも匂やかな薄様《うすよう》に綴《つづ》られていた。

貴将の気分は、一向に晴れなかった。

昨晩の露草は麗しく、そして危うかった。

溺れたのだ、自分は。

彼女の肉体に。その声に。

……ぞっとする。

主導権を握るつもりだったのに、何ともみっともない体たらくだ。

だが、確かに彼女の躰は甘やかで、処女《おとめ》でありながらも貪欲《どんよく》だった。それは、斎女の清らかな血がもたらす禁忌の甘さなのだろう。

どこまでも自分を許してくれるあの躰に、貴将は陶然と欲望を傾け、その果てのなさに狼狽した。

途中で、錯覚していたかもしれない。

これは晩成だと。

晩成とくちづけを交わしたような、彼の喘ぎを聞いたような……そんな異様な夜だった。

なのに、満たされない。

それどころか、飢餓感ばかりが強くなるようだ。

晩成を貪りたい。彼に触れ、骨も砕けよとばかりに抱き締めたい。

そのような情に溺れる自分自身を、見たくはなかった。それでも、止められないのだ。

「貴将様。客人がお見えです」

家人に声をかけられて、物思いに耽っていた貴将は顔を上げる。

「誰だ？」

「源家《げんけ》の家国《いえくに》様です」

「お通ししろ」

颯爽《さっそう》と現れた男は、貴将に丁重に礼をした。鍛え抜かれた体軀《たいく》は、彼が武人であるのを示す。

「わざわざのお越し、痛み入ります」

「何の。吉水《よしみず》殿のお力添えあっての我らですからな」

家国の気安い軽口にも、貴将は油断しなかった。

「さて、いかがしましたか」

姿勢を正した貴将は、口許に薄く笑みを浮かべる。

「我々が関東での重要なお役目をいただいたのは、吉水殿の後押しがあってと聞き、参った次第です」

武士を台頭させるには、力を行使する舞台、端的にいえば叛乱《はんらん》が必要だ。

任国に出向いた受領は着々と私腹を肥やし、力を蓄えている。野心の油をほんの少し注いでやるだけで、いずれ叛乱は起きるだろう。

「官人でないだけで、貴族は誰もが我々武士を便利な道具のように扱うのに、吉水殿は違う。我々に理解をお持ちだ」

「………」

それを耳にして、貴将はひっそりと笑った。

力を振るうのを美徳とする武士の特性を理解しているからこそ利用しようと思っているだけで、感謝されるのは滑稽《こっけい》だ。

武士のおかげで、この先、この国では多くの血が流れるだろう。

武士の血も、公家の血も。

無論、この男も血を流して死んでいく。

それを感謝するのか？

いったい、何のために？

貴将の婉美《えんび》な微笑に一瞬目を奪われた男は、やがて気を取り直したように口を開いた。

「いずれ、力ある者が勝つ時代が来る。我々に必要なのは尚武《しょうぶ》の気風です」

貴将は頷いた。

「結構なことです」

武家の時代が来れば、公家の支配は終焉を迎える。

そのとき、暁成はどうなるのだろうか。

家国を帰した貴将は、薬の調合を始めた。

夕陽《ゆうひ》の下で木の根をすりつぶしていた貴将は、短刀を握る己の手が紅に染まっていると気づき、はっと手を止める。

「ッ」

同時に取り落とした木の根は白い骨片にも見え、

貴将は凝然とした。

違う。

血のように見えたのは、燃えるように赤い夕陽のせいで、単なる錯覚だ。

こんなことで驚いてどうすると、貴将は苦笑する。

これから先、多くの屍を目にするようになるだろう。屍の上に屍を積み、それを大地とするのが貴将の望みなのだ。

貴将は木の根を拾い上げ、それに唇を押しつける。

これが暁成の骨であれば、さぞや慈しめただろう。

「…………」

調合が終わったら、暁成に文を書こうか。

だが、暫く彼に会いたくはない。会えば己を律するのを忘れ、抱き締めて比べてしまうかもしれない。

暁成と露草、どう違うのかを。

こうなった以上は、もう潮時か。

自分の心身が望みで破裂する前に、すべてを終わらせるほかないのかもしれなかった。

十四

「御主、返事はいかがいたしましょうか」

蔵人の言葉に、暁成《あきなり》は「今はよい」と答える。

「お疲れのご様子。暫しお休みになられますか」

「そうしよう」

内裏では何かと儀式や年中行事が多い。今日も節《せち》会《え》の段取りの件で説明を受け、暁成はすっかり疲れていた。

貴将《たかまさ》からの文によると、年が明けても露草宮《つゆくさのみや》との関係は順調なようだ。露草からも、暁成の都合に合わせていつ公表してもよいという文が届いていた。

あの二人が上手くやれるのは、予想の範疇《はんちゅう》だ。

それでも自分のみが置き去りにされたかのような疎外感に、暁成は虚しさを嚙み締めるほかなかった。

貴族の婚姻は、まずは男がこうと思い定めた女に文を送るところから始まる。その文を女に仕える女房や家族が読んで教養を測り、あるいは相手の男の器量や財産を調べて、合格の判断を下せば透垣《すいがき》から覗き見させたり、夜這《よば》いを許したりする。

貴将と露草宮はそのあたりをだいぶ簡略化していたが、問題はないと露草も思ったのだろう。

「く…」

胸が、苦しい。

貴将を守りたかったはずだ。露草との婚姻は、彼を手許に置くための手段だったはずだ。

なのに、あのときから後悔は消えない。

籠の鳥である自分が怨めしい。確かに露草に会ったり参詣は許されるが、その程度だ。どこにいても人目があり忍び歩きなどできるわけもなく、貴将との自由な逢瀬は叶わない。それどころか、貴将は露草との愛を育んでいるのだ。

どうしてこんな事態になってしまったのか。

文箱を片づけて座所に向かった暁成はそこに腰を下ろし、忙しなく扇を弄ぶ。これから依光《よりみつ》が来ると言われていたのだが、まだ姿を見せていなかった。

今回の婚姻に関して依光の意見を聞いていなかったが、もとより露草を疎んじている以上は、特に文句はあるまい。言わせるつもりもなかった。

「御主！」

ばたばたと賑やかな足音が清涼殿に響く。

早足でやってきた忠峰《ただみね》は何を昂奮しているのか、頬を赤らめている。

「とうとう証を摑みましたぞ！」

勢い込む忠峰の様子は、普段とはまるで違う。

「証？」

「あの貴将めが、後宮の女人にあやしげな薬を飲ませている証です」

暁成は思わず黙り込んだ。

それについては貴将本人ではなく俊房《としふさ》から聞いていたものの、忠峰がその証拠を押さえるような真似をしようとは夢にも思わなかった。

「これが、その薬です」

彼は錦の袋を懐から取り出し、大事そうに見せた。

「それをどうするつもりだ」

「依光様の許しを得てから、咎人《とがにん》に飲ませてみようと思います」

それでは、人の躰を使った実験ではないか。

晩成は顔を曇らせる。

「貴将は露草の夫だ。貴将に何かあれば、その累は我々にも及ぶ」

「だから、婚姻は早計だと申し上げたのです」

忠峰は悔しげに吐き捨てた。

露草と貴将の関係を知るのは、露草の家人や乳母を除けば、忠峰と俊房くらいだ。何か問題が起きたとしても、揉み消せる範囲だった。

「このところあの男は、武士のような粗暴な輩とも進んで親交を持っているそうではありませんか！いずれにしても、何を考えているのかわかりませぬ」

貴将が源家《げんけ》の人々を引き立てようとしていると、晩成も聞き及んでいる。けれども、あえて阻む理由もなかったので、そのままにしてあったのだ。

「何の騒ぎですかな」

顔を見せたのは、参内を約束していた依光だった。

慌てて低頭する忠峰に、依光は「よいよい」と鷹揚《おうよう》に笑う。

「何でもない、依光」

「いいえ、依光様。あの医師について大事な話がございます。我が主に代わり、私から申し上げます」

晩成の言葉を遮り、忠峰は早口で告げる。今にも依光に詰め寄らんばかりの語勢に、晩成はぎょっとした。

「ほう、聞かせてみよ。医師とは例の男だな？」

まさか、忠峰がこのような暴挙に出るとは思ってもみなかった。忠峰は貴将に命を助けられたのに、貴将をまるで犬のように売り払うつもりなのか。

あの晩、晩成が凌辱される光景を貴将に見せるよう仕組んだのは忠峰ではないかと、晩成は密かに疑っていた。あれが二人の関係の転機になったため、感謝こそすれ咎めるつもりは毛頭なかったが。

どうすればよいのかと焦る晩成をよそに、忠峰は熱を込めて貴将の悪行を訴えた。

説明に最初は訝《いぶか》しげであった依光は次第に真剣な顔となり、最後には得心がいった様子でにたりと笑った。脂ぎった顔つきがよけいに憎たらしい。

「では、あの貴将とやらが、宮中の女官を意のままに操るよからぬ薬を渡しているのか?」

「そのとおりでございます。でなくては、女官たちがあんな卑しい者をもてはやすわけがありません」

語り終えた忠峰は、神妙に頭を下げる。

「困りましたな。あの医師を取り立てたのは、御珠ではありませんか。これはゆゆしき問題ですぞ!」

「だからこそ、御主はあえて関白様に相談なさったのです!」

忠峰は面を上げ、声を荒らげた。

「貴将は優秀な医者だ。現に、貴族でも彼に助けられた者も多いはずだ」

「それとこれは別でございます。医師が調合を間違えれば場合によっては死罪。毒でなくともあやしげな薬を飲ませていたのであれば、遠流に値しましょう。検分しなくてはなりませんな」

依光は言い切った。

——死、か。

ここで貴将が死罪になれば、暁成はもう愚かしい嫉妬に苦しまなくて済む。

露草と暁成の関係に思い悩まなくて済むのだ。

たかだか医師など、この世にたくさんいる。

けれども、貴将ほどの男にもう一度出会えるというのか。彼よりも自分の心を捕らえ、嵐に巻き込む者がほかにいるのだろうか。

……いるわけがない。そんなわけが、ないのだ。

貴将に出会い、暁成は一時なりとも孤独を忘れた。出会うことでより深い孤独を知るだろうとわかっていても、彼の存在は一滴の潤いになった。彼に与えられる愛こそが、暁成を生かした。

「——ならば」

暁成は息を吸い込み、強い声で宣言した。

「私は貴将を信じる。この薬に何の非もなければ、そなたは己の進退を考え直せ」

「暁成様」

いつになくきっぱりとした暁成の態度と決然とした口調に、依光は目を瞠った。

しかし、今はこうするほかないのだ。

「貴将に非があらば、私は――退位し、髪を下ろす。その代わり、あの男の命だけは助けよ」

忠峰が驚いたように息を呑む。

「出家なさると？　本気でございますか!?」

「二言はない」

いつの間にか、依光対暁成の構図になっていたが文句はない。

己の地位と引き替えに、貴将を守ってやる。

それしか、傀儡の暁成にできることはないのだ。


牛車に乗った貴将は、やはりこの日が来たのかと苦い笑みを零《こぼ》した。薬に目をつけられるのはわかっていたが、人体実験までする羽目になろうとは。

御所の前庭に連れていかれた貴将は、階隠《はしがく》しの間《ま》に腰を下ろした暁成の悲痛な顔に胸を打たれた。

久々に目にする暁成は蒼白《そうはく》だった。

暁成の傍らには関白の依光。背後には時広《ときひろ》と時正《ときまさ》の兄弟がおり、錚々《そうそう》たる布陣だった。

何しろ、暁成が自分の出家を賭けているのだ。この場を見届ける証人にしたいのであろう。滝口《たきぐち》の武士や蔵人など、多くの見物人が集められていた。

「御主、斯様な見苦しき姿で申し訳ありません」

白砂《はくしゃ》に腰を下ろし深々と頭を下げる貴将に、暁成は複雑そうな視線を向けたが、特に何も言おうとはしなかった。

「吉水《よしみず》貴将と言ったな」

「はい」

白くなった髭《ひげ》を撫でる依光は、薄ら笑いを口許に浮かべている。

「これは、そなたが後宮の女房たちに飲ませている薬に相違ないか」

目の前で錦の小袋の中身を高坏《たかつき》の上に載せた小皿に盛られ、貴将は一舐めしてから堂々と頷いた。

好都合なことに、関白は貴将の薬をすり変えたりしていなかった。

「左様です」

見物人は貴将が舐めても平然としているのにざわめくが、己には効かないのだろうと囁き合う。

「女官を操るあやしい薬だと申す者がいるのだが」

「そのような事実はございません。それは膚を白くするため、木耳《きくらげ》などを混ぜて調合したものです」

貴将は淡々と弁明したが、それが依光を逆に刺激したようだ。

「言い逃れをするとは、げに見苦しきものよ。そう思って今日は、侍医たちを招いている」

衣冠姿の侍医と医博士は、同僚である貴将を見て複雑な表情になった。確かに異例の出世を遂げる貴将は目の上の瘤《こぶ》であろうが、こうした事態は医療に携わる者であれば誰にでも起こり得るからだ。

「まずはこちらを」

庭の片隅に座らされていたのは、如何にも小ずるそうな顔つきの水干姿の男だった。

「できるだけ多く飲ませよ」

男は最初は嫌がっていたが、何ごともなければ無罪放免すると言い含められ、渋々薬を口に含んだ。

無論、男がそれを舐めても、何の変化もなかった。

「即座に効くようなものではなし、か。よかろう、これを舐めて検分せよ」

依光の言葉を機に、医師たちの前に例の高坏が運ばれる。

覚悟を決め、恐る恐る一口舐めた典薬寮の同僚の一人が、「む」と呟く。医博士たちも同様に不審げな反応をした。

「いかがかな」

その様子に異常ありと読み取ったのだろう。喜びを隠し、依光は問う。

「恐れながら、関白様。これは、貴将殿の言うとおりに木耳を煎じた薬と存じます」

「何?」

依光がありありと顔を強張らせ、並みいる典薬寮の医師たちを睨んだ。

「これはあやしい薬ではないと?」

「違います。このままで、何か問題があるとは思えませぬ」

仁術に政を介入させるような面倒な先例を作りたくはないのか、侍医は断固とした口調だった。

ここで貴将を追い詰めるつもりだったろうに、意外な事態に依光が真っ赤になり、握り締めた檜扇《ひおうぎ》をわなわなと震わせる。

「しかし、これでは……」

「父君」

いつになく、毅然とした態度で時広が言った。

「お見苦しい真似はおやめください。そうでなくとも、我々は吉水殿に世話になっている身の上。難癖をつけるのも大概になさってください」

「そうですとも。母御が一命を取り留めたのも、貴将殿の見立てがあってこそなのですぞ」

時広の言い分に、時正が追従する。

二人の息子に掌を返され、依光は口をぱくぱくと開閉させた。それから目を吊り上げ、凄まじい形相で罵声を浴びせた。

「な、な、何を言うているのだ、二人共。気でも狂ったか⁉」

「確かに悪霊騒ぎなどありましたが、そのように誰も彼も疑うのは、父君も少々お疲れなのです。暫し休まれたほうがよいでしょう」

耄碌《もうろく》したと決めつける息子の言葉に逆撫でされ、依光は「ふざけるな！」と怒鳴りつける。

「父君。玉主との最初の約束をお忘れか？」

暁成と、依光。

この一件を前に二人が賭けたのは、互いの去就だ。今や高位にある息子たちの厳しい追及に、依光の顔からすうっと血の気が引いた。

「あまり追い詰めるな、二人共」

凜《りん》とした声音で、暁成が告げる。

「私は貴将の潔白を証明したかっただけだ。依光を関白の座から追おうなどと考えたこともない。依光は依光なりに、私によかれと思ってやったのだ」

此度の検分の結果に自身も驚いているであろうに おくびにも出さず、彼は穏やかな態度でくだらぬ詮《せん》議《ぎ》を終わらせようと提案する。

　暁成の主張は理に適い、誰も逆らえなかった。

「さすが、御主。見事な采配《さいはい》ですな」

　それどころか感心したように唸る公卿の声が耳に届いたのか、依光が往生際悪く立ち上がり、暁成に詰め寄ろうとした。

「許さぬぞ、こんなこと…は…」

　声を荒らげかけた依光は、その場にすとんと腰を下ろす。

「父君？」

　立てないのだ。

　さも腑《ふ》に落ちない顔つきで、尻餅《しりもち》をついた依光は立ち上がろうとしたが、今度も無様にひっくり返る。

「どうなさいました」

　時広が差し伸べた手を振り払った依光は、そのままよろよろと階《きざはし》から庭に転げ落ちた。

　関白の無様さはあたかも猿楽《さるがく》のようで、警護をしていた武士たちが失笑を漏らす。

「何を笑って……おるか……」


　呂律《ろれつ》すら回らずに、依光が真っ赤になって拳《こぶし》を振り上げたが、依然として腰が上がらない。

　その滑稽な動きに、耐えかねた人々が哄笑《こうしょう》する。

　どうやら薬が効いてきたようだと、息子たちにも内緒で一服盛らせた貴将は内心でほくそ笑んだ。

　羞恥《しゅうち》と怒りに頰を紅潮させた依光が這ったまま階を上がろうとしたが、それも叶わなかった。

「依光、大丈夫か？」

　暁成が気遣わしげに問うた声は、最早耳には届かぬようだ。時広と時正が慌てて父の両脇に手を入れるようにして抱え、御所の奥へ消えていった。


「大儀であったな、貴将」

「いえ」

　昼御座《ひのおまし》に通された貴将は神妙な顔で、暁成の凜々しい顔を見つめた。

「これで依光も少しはおとなしくなるだろう」

「はい」

おとなしくなるどころか、それ以上の効果を望めるのは間違いない。今日の一件で、時広と時正は自分たちが父などいなくとも上手くやっていける、世代交代のときだと思い込むだろう。そこまでの器量などないのに、その浅はかさが彼らしかった。

詫《わ》びに暁成から護身用の短刀を渡され、貴将はそれで水に流した。

「暁成様が出家を条件になさったと伺い、気が気ではありませんでした」

「大袈裟《おおげさ》だな」

暁成はどこか拗《す》ねたように見える。彼は忠峰が席を外したのを確認した後に、再び口を開く。

「忠峰に頼んだのか」

「はい。私が露草様と通じたせいで、依光様が警戒なさるだろうとわかっていたので、先手を打たせていただきました。忠峰様がお持ちになった薬は、私があらかじめお渡ししたものです」

依光の無様な猿楽も含めて、すべては筋書きどおりだった。


「いつの間に、忠峰を懐柔した？」

「梅香《ばいこう》様の治療で通っているときに、たまたま忠峰様にお目にかかりました」

時広たちの母である梅香尼《ばいこうに》は、忠峰にとっても叔母に当たる。彼女が快癒した喜びに、忠峰の頑なな心も漸く解けたのだ。

もとより忠峰が、貴将を値踏みしているのはわかっていた。忠峰は不器用だが、暁成への思いは強い。この人と決めた君主を守るために手を汚すことも、十分にあり得た。今にして思えば、時広たちに嬲られる暁成を見せたのは、忠峰の策略ではないか。水干の男たちをけしかけて貴将を襲わせ、露草宮との婚姻を決意させたのも、そうとしか思えない。

母親を救われた時広たちにもまた、思惑があった。鬱陶《うっとう》しい父の庇護を離れ、自分たちが政の中枢になりたいという願望だ。かつては有り難かった父の存在も、過ぎれば重荷となる。

それぞれの思惑が重なり、それが今日、この場所で露《あらわ》になった。長く権力の頂点にあり続けて油断した依光は、彼が信頼する者たちの手で失脚に追い込まれたのだ。

二十数年前の木津《きづ》家滅亡の真相については、依光をいたぶりながら聞き出してやればよい。そしてじっくりと、どうやって復讐を果たすかを考えよう。

——だが、本当に何もかもが終わるのだろうか。

「心配して損をしたわけだ」

「いいえ、案じていただけるのが、嬉しゅうございました」

「つくづく、そなたは面白い男だ」

静かな声で、暁成は貴将を労う。

たとえ反目していたにせよ、関白は外祖父であり第一の臣下だった。その依光が己の与《あずか》り知らぬところで排除され、暁成はもっと取り乱すかと思っていたので、意外な反応だった。

「よけいな真似をいたしましたか？」

「いや。こちらに来てくれ、貴将」

貴将が素直に従って御簾を潜ると、こちらを見上げた暁成がふっと唇を綻ばせた。

本当に可愛らしい……。

無防備な笑顔に、心がしみじみと安らいでいく。

暁成にわずかでも平穏を与えられるのなら、茶番を演じた甲斐もある。

「そなたに露草をやったのは、正しかったな。そなたならば、首尾よくやってのけると思っていた」

「……御主」

露草の名前を出され、貴将は胃に苦い塊を落とされたような気がした。

「下がってよいぞ。今日は疲れたであろう」

「私は、それほどでも」

「よい。明日にでも露草のところへ行って、安心させてやってくれ」

おそらく、貴将以上に暁成が疲れているのであろうと想像し、ここは退くことにした。

「————仰せのままに」

逡巡の後、暁成は首肯《しゅこう》した。

今は、露草ではなく暁成その人を抱き締めたかった。これを逃せば、暁成を抱く機会は失われるかもしれない。

しかし、玉主である暁成の命令は絶対だ。

露草を抱くたびに想像する。暁成の肉体はどのようなものかと。

決して触れられぬその肢体には、どこまでの淫らさが秘められているのだろうか。

触れたことがないからこそ、妄念は募るのだ。

……どうかしている。

おかしい。

貴将は暁成に渇望を教え込み、彼が自分に相応しい伴侶になるのを待つはずだった。

なのに、いつしか形勢が逆転しているではないか。

いつからだ。

いつから、自分はこんなふうに熱く暁成を求めていた？

いつの間にここまで囚《とら》われていた？

あのとき、「愛して差し上げる」と恩着せがましく言ったのは、既に予感していたからではないか。

自分が暁成に惹かれているのだと。


——わからない。

納得はいかなかったけれども、引き返して暁成を詰問するわけにはいかない。

眩暈《めまい》がするようだ。

自分で自分が恐ろしい。

わけのわからぬ熱情に囚われてしまい、行き先が見えなくなりかけている。

「……これはひどいな」

清涼殿の外に出た貴将は、そう呟く。

外は先ほどまでの喧噪が嘘のように人気がなく、乳白色の濃い霧に包まれていた。

足許さえ覚束ない、深い霧だった。

時折吹くなまあたたかな風が、剥き出しの首筋に触れる。

腥《なまぐさ》い、嫌な風だ。そのくせ、澱《よど》んだようにあたりに立ち込めるこの霧を晴らしてはくれない。

本来ならば木枯らしが吹くはずが、このような異常な天候になるのは珍しかった。

この気配、覚えがある。

俊房だ。

しかし、なぜ内裏に俊房の気配がある？　後宮に出入りしているのは知っていたが、こんな術を使うのだろうか。

まさか、今日の混乱につけ込んで何か大それた真似を目論んでいるのではあるまいか。

突如として胸騒ぎを覚えた貴将は、内裏に向かうべく、即座に踵《きびす》を返した。

「何だ……？」

奇妙なことに、どれほど先を急いでも、清涼殿には辿り着かない。内裏がここまで広いわけがないのだから、これはやはり幻術か。

それでも進もうとする貴将の前に、ぬっと人影が現れた。

「俊房」

「よう」

俊房の声はいつもの張りがない。

「どうしたのだ、内裏などに」

「………」

やはり、様子がおかしい。右手をだらりと下げ、その手に何か重いものでも持っているかのようだ。

暫しの沈黙のあと、俊房が不意に切りだした。

「なあ、貴将」

「ん？」

手燭《てしょく》がなくとも、こうして目を凝らせば辛うじて俊房の姿を視認できるのは、この霧が彼の術より生じているからだろう。

「まさか、玉主をこのままにしておいていいって言うんじゃないだろうな。おまえの復讐はどうなった？」

「馬鹿《ばか》、こんなところで話すべき内容ではない」

小声で貴将が叱咤《しった》すると、俊房がふんと鼻を鳴らした。

「誰かに聞かれるからか？　気にするな、ここは俺の結界の中だ。誰にも入れぬ」

俊房は一度身を屈《かが》め、足許にあった何かを引き上げる。

同時に、二人の周囲でだけさあっと霧が晴れた。

「ッ」

御引直衣を身につけてぐったりと脱力する人物は、見間違えようもない。

暁成だった。

気を失っているのか、俊房に抱えられたままぴくりとも動かない。

「おい！」

曲がりなりにも玉主に対してこの扱いは、度が過ぎる。狼狽する貴将に対して、俊房は何も気にしていないようだった。

「こいつは贄《にえ》だ」

「贄？」

途端に、ずきりと頭が痛む。

昔同じ言葉を聞いた。そんな気がして、理性より先に躰が反応をしたのだ。

いったい何に捧げる贄なのか。

「しかも極上のな」

「俊房、どういうつもりだ」

動揺を隠して厳しい声音で問《と》い質《ただ》すと、俊房はぎらぎら光る目で貴将を睨んだ。

「そろそろはっきりさせようぜ」

俊房の声は、恐ろしいほどに冷えきっていた。

彼のこんな声音を聞くのは、初めてだ。

「何を」

「折角、上手くいっていたのにな。まさかおまえが、玉主に情をかけるとは思ってみなかった」

俊房の声は、苛立ちと激しい嫌悪感を含んでいた。常に泰然としている俊房にしてみれば、珍しい。

それだけ彼が追い詰められているのだ。

「そのお方から手を放せ、俊房」

静かに告げる貴将に、俊房は従おうとしなかった。

「だめだ」

「どうして！」

じりっと貴将が動くと、砂利が音を立てる。

「おまえは人にあらざる者だ。人の心など持つはずがない」

「大した言いぐさだ」

「おまえこそ我が主。俺はおまえに仕えると、幼い頃に決めた」

理解できない言葉の羅列に、貴将は面食らった。

俊房は気が触れたとしか思えない。

「ずっと思い出されるのが怖かったが、忘れられるよりはましだ。俺が思い出させてやる」

小さな音と共に、貴将の足許に火が点いた。

「ッ」

足許を舐めるように燃え始めた火に、さすがの貴将も驚きを露《あらわ》にする。

火は得意ではない。里が燃えてしまったあのときから、どうあっても苦手なのだ。

「おまえは人を狂わせる、悪しき夢だ」

「く…」

熱く燃え盛る火は、膝の高さまで達していた。

暁成は術で眠らされているらしく、目を覚ます気配はない。

どうする？

腕力では到底、俊房には敵わない。体格に差がありすぎるし、彼は優秀な陰陽師で身を守るのに長けている。貴将も護身用に目眩《めくら》ましの粉を持っていたが、式神には効かないはずだ。

「それと暁成様に何の関係がある」

「御主がおまえに人としての感情を与えるのなら、邪魔でしかない」

俊房ははっきりと言い切った。

「おまえは私にどんな復讐をさせたいのだ。依光を失脚させただけでは飽き足らぬのか」

「復讐？　俺の宿願はそんなつまらぬものではない」

俊房は鼻で笑う。

「己の歩いた後に屍が積み上げられる理由を考えたことはないのか？　おまえが手を汚さなくとも、なぜ周りで人が死ぬのか」

「彼らが勝手に死ぬのだ。私のせいではない」

「違うよ。それはおまえが周囲を狂わせる、生まれついての力を持つからだ」

はっとしたのは、思い当たる節があるからだ。

たとえば、忠峰を襲うよう手配した葛葉小路の鈴《すず》虫《むし》。

慈春《じしゅん》に毒茸《どくきのこ》を喰わせた、あの小僧。

貴将が今の生活を築くために、犠牲になった人々。

「木津は狐《きつ》に通ず。神代の昔より、木津の一族は神の眷属《けんぞく》だ」

「――なに？」

狐は確かに神の使いだが、意味がわからない。

貴将が怪訝な顔をしているのも無視して、俊房は続けた。

「おまえは荼枳尼《だきに》の修法《ずほう》に捧げる贄として育てられた、とびきり濃い血の持ち主だ」

馬鹿げた話だ。しかし、俊房の言葉を一笑に付すことはできなかった。

俊房と違って貴将はそちら方面には疎いが、荼枳尼の修法の恐ろしさは聞き及んだことがある。効果は絶大だが、その望みは己の命と引き替えに叶えられるため、信仰をやめれば息絶えるとも、血族は没落するとも言われていた。

「十五年前か……あれはちょうど儀式の前の日だったん。おまえは己の命運を知らされて先手を打ったんだ。その顔で艶やかに笑って『死にたくない』と囁けば、周りは勝手におまえを助けようとする。それぞれに殺し合い、館に火を放つ」

俊房の声が、一瞬、震えた。

「違う。私は身重の母を助けようとした。おまえの弟と十薬《じゅうやく》を取りに行った。それに……」

「それは嘘だ」

静かな声が、鼓膜に突き刺さった。

「俺がおまえに植えつけた、偽りの思い出だよ。里を出たあと、おまえが人を演じられるように、俺がおまえに少しずつ教えたんだ」

――そなたの心が時折揺らぐのは、過去を盗まれたがゆえ。そなたの本意とは違うからです。

突然、露草の言葉が脳裏に甦ってくる。

何もかもが、嘘だったのか。

信じ難いが、それならばしっくりする。

復讐に塗り込められた己の人生の、その理由が。

「もういいだろう！　さっさと思い出せ！」

俊房が怒鳴ると同時に焰が一段と火勢を増し、一瞬、貴将の全身を包んだ。

「！」

ずきずきと頭が痛む。割れるようだ。

――裏切ったな！

そうだ、貴将を殺そうとした叔父は、血濡れた刃《やいば》を振《ふ》り翳《かざ》したときにそう言った。

裏切ったな、俊房……！

「検非違使は、なぜ…来た」

問いかける自分の声はひどく重く、己のものではないようだった。

「連中は、おまえが文で呼び寄せた。確かに騒ぎに便上して連中も酷《ひど》い真似をしたが、きっかけはおまえの仕業の仲間割れだが、真相など誰にもわからないさ。だから、世間は依光が木津家を滅ぼしたと勝手に噂した。依光もその風聞を利用したんだ。今後己に逆らう者が金輪際出ないようにな」

遠くで雷が鳴り、稲光が空を切り裂く。

「おまえのために俺は父を殺し、兄を殺し、伯父を殺し……この手を血で染めてきた」

「俊房……」

恐怖と怒りの入り混じった目で、俊房は貴将を睨みつけた。

「俺はおまえが恐ろしかった。寺で慈春にあんな真似をさせられても、おまえは何も変わらない。怖くて怖くて……おまえから、逃げようとした」

やはりあのときの俊房は、二人の関係を知っていた。素知らぬ顔で慈春に薬を盛っていた貴将を、幼心にも気味が悪いと思っていたに違いない。

それゆえに、この男は逃げた。

けれども、逃げるときでさえも貴将を捨てるか迷い、連れていこうとしたのだ。

「では、何がおまえの望みだ」

「おまえの夢は、今や、復讐なんて小さなものじゃない。この国を滅ぼすことだろう？　俺とおまえが組めばきっと叶う」

爛々《らんらん》と光る目には、異様な熱気が籠もっている。

今更のように、貴将は俊房の妄執を感じ取っていた。

「いつかその夢を叶えてやる」

「いつかでは、遅い。俺はおまえが欲しい。貴将、おまえの望みを叶えるのは俺だ」

もとより、自ら一族を滅ぼした貴将に復讐の意志などあるわけがない。だが、この男は夢から覚め、自分の罪を直視するのが怖かったのだろう。幼い頭で必死に考えたに違いない。

貴将に復讐心を植えつけ、同じ望みを持つことで、共にあろうとしたのだ。

「おまえの今のぬるさは、俺には我慢がならぬ。たかだか恋のせいで、おまえを人にはさせぬ！」

「…………」

ああ……そうか。そうだったのか。

霧が晴れるように、すべてが腑に落ちた。俊房の言動のみならず、このところの己の惑いの正体が、貴将には漸くわかった。

自分は人になったのだ。

暁成に触れることで、彼を愛することで、貴将は人としての心を得てしまったのだ。

暁成が可愛い。可愛くて、愛しくてたまらない。

だから彼を欲している。

そんな単純なことだったのだ。

俊房は手にした短刀をぐっと握り締め、「起きよ」と暁成に向かって声をかけた。

「——何だ……？」

ぼんやりとした声を出し、暁成が頭を振る。

彼は視線を上げて貴将を見やり、それから俊房に目を向ける。まだ状況がわかっていない顔つきで、小首を傾げている。

「貴将……それに、俊房？」

「こいつを贄にして、おまえを俺の神に戻す」

それを契機に、俊房が刃を振り上げた。

月光を受けて、白刃が煌《きら》めく。

「よせ！」

「逃げよ！」

貴将が俊房を制止しようと試みるのと、暁成が声を上げたのとはほぼ同時だった。

咄嗟《とっさ》に先ほどもらった短刀を抜いた貴将は、俊房に斬りかかる。それを避け、俊房は暁成を突き飛ば

すと、刀を振り上げた。

闇に火花が散る。

「珍しいな、貴将。おまえが武器を取るとは！」

短刀で俊房の刀を受け止め、貴将は呻く。

凄まじい力だった。

「そこまで玉主が大事なのか」

「そうだ」

答えなど、端《はな》から決まっていた。

「ならば、やはり死んでもらわんとな！」

再び斬りかかる俊房を避けようとしたとき。

「貴将ッ！」

貴将を庇《かば》うために、暁成が飛び込んできた。

だめだ！

その場に踏み留まった貴将は躰を反転させ、右腕で俊房の刃を受け止める。

ずぶりと鈍い感触がし、血が噴き出した。

「貴将！　私などどうでもよい！　逃げるのだ！」

必死になって叫ぶ暁成を抱き締め、貴将は俊房を睨みつけた。

「馬鹿な真似はやめよ、俊房」

「何だと？」

肩で息をする俊房は返り血を浴び、まるで悪鬼のような形相だった。

「おまえにその方を傷つけることはできぬ」

「なぜそう言える？」

苛立ちを隠さず、俊房が貴将を睨みつける。

「なぜだと？　それはおまえが私には逆らえないからだ」

雷鳴が轟《とどろ》く。

「どういう意味だ」

夥《おびただ》しい出血のせいで、躰から力が抜けていきそうだ。だが、逆る熱情が貴将をその場に留まらせた。

「おまえは私のものだ」

これで俊房を籠絡できるか否か。

一か八かの賭だった。

「私が人だろうと神だろうと、大差なかろう。おまえは何も考えずに、ただ私のために生きればいい。おまえの生に、私が意味を与えてやる」

「何を……」

呟く俊房の声が震える。

「共に来い、俊房」

もう一押しだ。貴将は羽毛で撫でるような優しい声で、従兄に語りかける。

「私にはおまえが必要だ」

そこまで言ったとき、出血の激しさからか、ぐらりと躰が傾いた。零れた血が、大地を汚す。

「貴将、貴将！」

貴将に取り縋る暁成が、案じるように何度も呼びかけてくる。

「私は平気です、暁成様」

痛苦から、息が荒くなっていた。

こんなところでしくじるとは、自分らしくない。

だが、この腕の中で震える暁成を失えない。

絶対に、失いたくはなかった。

「おまえは私のために、暁成様を守れ。そうすれば一生、おまえを狂わせてやる。誑し込んでやる」

手を伸ばした貴将は、呆然と佇む俊房の頬を撫でる。

赤い血が、べっとりと俊房の顔を汚した。

「貴将……」

俊房が呻くように名を呼ぶ。

「私を——いや、我々を守るがいい。未来永劫、おまえの魂を捧《ささ》げよ」

「また俺を……縛るのか」

「そうだ。おまえは私の——否、私たちのものだ」

言い放った貴将の目の前で、がっくりと俊房が膝をつく。

「よいな？」

息をついた貴将は、改めて暁成に手を差し伸べる。震える彼が、貴将の手に自分の無骨な手を載せた。

こんなことが前にもあったはずだと、貴将は記憶の片隅で思い出していた。


「できない、千寿《せんじゅ》！」

褥で休んでいた千寿丸《せんじゅまる》を組み敷き、松王丸《まつおうまる》は悲痛な声で訴える。

短剣の柄《つか》を握り締める手はぶるぶると震え、いっそ憐れなほどだった。

「俺にはおまえを殺せない……」

馬鹿だな。首筋に押しつけられた短刀で頸動脈《けいどうみゃく》を断ち切ればすぐなのにと、千寿丸は何の感慨もなく考えていた。

「おまえは贄だ。贄を屠《ほふ》るのは、俺たちの役目。でも、俺は……」

混乱しきった松王丸は、憐れなほどだった。

「明日の儀式で叔父上に殺されるより、今、おまえの手にかかりたい。願いを聞いてはくれぬのか」

「無理だ……」

普段は剛胆な松王丸だったが、千寿丸を殺すことはできないようだ。だから、こうして明日殺されるのだと教えにきてくれたのだ。

「だったら、おまえの好きにすればいい」

千寿丸は優しく微笑し、穏やかに告げる。

「好きに？」

「そうだ。――私を生かしておきたいのだろう？」

密やかに鼓膜で注ぎ込む。

言の葉の毒を。

彼の手をそっと握り、指先でその甲を撫でる。

闇の空気が一気に湿ったことに、混乱する松王丸はまだ気づかない。

「庇いたくとも、大人相手じゃどうにもならない。逃げたって、逃げ切れるもんか！」

「ふふ。おまえは優しいな」

「優しい？」

「命の取り合いをしているのに、相手を思いやってどうするのだ。奪われる前に、奪え」

「どういう意味だ？」

千寿丸の言葉の意味が本気でわからないと言いたげに、松王丸は首を傾げた。

「殺し合わせる」

千寿丸はあっさりとその言葉を放つ。

「殺し合うって言ったのか？」

「そうだ。私が少し、叔父上におねだりしてみよう。

そのあとは、おまえに任せる」

手を放した千寿丸は唇を綻ばせて、自分を見下ろす松王丸に艶笑《えんしょう》する。それに目を奪われたらしく、松王丸が息を詰めた。ねっとりと絡みつくような空気にやっと気づいたのか、彼は頰を染める。

「私もおまえも、生き抜かねばならぬ。代わりにおまえの罪を忘れてやろう、松王丸」

だから、おまえは滅ぼすがいい。

木津の一族を、跡形もなく。

「私がすべてを忘れれば、おまえの思うがまま。何もかも思い出すそのときまで、おまえの道具になってやろう」

「千寿、だが……」

理性ごと溶かすのは、そう難しくはない。

千寿丸は再度、松王丸の手に自分の手を重ねた。

「如何様《いかよう》にでも私を操ってみよ、松王丸」

すべてを思い出す、その日まで。

十五

「夜分の参内で申し訳ありません。此度《こたび》は全快なさったようで何よりです」

宿直装束である濃緑の衣冠姿で御所を訪れた貴将《たかまさ》に、純白の衣で身を包んだ暁成《あきなり》は気遣わしげな瞳を向けた。

俊房《としふさ》に襲われたあと、暁成も倒れてしまい、十日ほど寝込んでいたのだ。

侍医や近侍は暁成が悪夢に魘《うな》されて部屋を抜け出し、その場に居合わせた俊房が助けたと結論づけ、その問題は呆気なく処理された。

「馬鹿《ばか》、そなたこそ怪我はどうなのだ」

「幸い何の問題もありません」

貴将は笑みを浮かべ、左手だけで器用に布を解く。

「ご覧ください」

「……本当だ」

ほっとした様子で、暁成は貴将の手首のあたりを掴んでしげしげと傷を眺めた。

確かに深手ではあったが、貴将の医学知識と薬学のおかげで傷は比較的すぐに塞《ふさ》がった。

貴将も俊房との一件や怪我のせいもあって、ここ暫くは仕事を休みがちだった。

少しずつ記憶を取り戻しているとはいえ、まだ断片的なことばかりだ。尤も過去は過去、そんなものに縛られるつもりはなかった。

俊房と暁成がそれなりに話をする仲だったとは、俊房から知らされた。おそらく俊房は、貴将から逃れるときは、暁成の力を利用するつもりで打ち明けておいたのだろう。だが、俊房の魂はまたしても貴将を選んだのだ。

「そなたに褒美を取らそうと思っていたのだ」

蔵人によって運ばれてきたのは、品のよい二藍《ふたあい》の直衣だった。

「そなたのために仕立てさせた。どうだ？」

「有り難き幸せにございます」

平伏して直衣を拝領した貴将だったが、やはり暁成は浮かぬ顔だった。

「暁成様？」

燈台の頼りない灯りに照らされ、暁成はひどく弱弱しく見えた。

「——怪我など、させたくなかった。そなたの美しい膚に、醜い傷痕を残してしまった」

沈黙のあと、ぽつりと暁成が呟く。

「何故に、私に死ねと言わなかったのだ。一言そなたがそう言えば、私は……」

「人が悪いことをおっしゃる」

冗談にしてはたちが悪いが、貴将は軽く笑い飛ばそうとした。

「私は本気だ！」

不意に声を荒らげ、暁成は貴将を睨んだ。

「そなたが私を変えたのではないか！」

「私が……？」

「私はずっと、多くを望まずに生きてきた。この身の上で、望んでも無駄だと思っていたからだ。だが、なのに……求めることを知ってしまった」

　暁成は一言一言を噛み締めるように振り絞る。

「求めることの何がいけないのですか？」

「私に与えられたのが、孤独のさだめだからだ」

　呟く暁成の肩は、痛々しいほどに薄い。

「それでも、いつかきっと私をさだめから救ってくれる者に出会える。さだめを分かち合える相手が現れると、母は言った」

　彼にこんなにおとなびた表情ができるのかと、貴将は驚きに打たれた。

「薬園でおまえを一目見てわかった。私に必要なのは、そなただと」

　消え入りそうな弱い声が胸を抉《えぐ》る。

「なのに、なぜ孤独は消えぬ。そなたと出会っても、私は淋しい……私は……」

「ならばなぜ、私を露草宮《つゆくさのみや》と娶せたのですか」

「はじめは、己のためだった。でも、今やおまえは露草を愛しているのだろう。おまえが誰のものであろうと、私の宿業に巻き込むのは嫌だ」

　婚姻や地位、様々な手立てで暁成は貴将を繋ぎ止めようとした。

　孤独なのは、暁成が今尚《いまなお》、心を閉ざすからだ。理解されなくてもいいと、貴将を拒んでいるからだ。

たとえようもない愛しさが、心を満たす。

求めることを知らぬ人に求められる、その喜び。

ただ一つ、おまえが欲しいと言ってくれさえすればいい。

　そうすれば、貴将はすべてのしがらみを捨てて暁成に応えるだろう。

　今も貴将は、己の内側にある衝動を堪えている。この人を掻き抱きたいという情熱の奔流を。

「…………」

　ついに堪えきれなくなり、貴将は暁成の細い躰を強く抱き締めた。抱き竦めた華奢な肉体からは、馨《かぐわ》しい匂いがした。

「貴将……？」

　この人は貴将と同じだ。

愛し方も、愛され方も知らないのだ。

「私はあなたのものだ」

だけど、今の貴将は違う。暁成の存在が、常に凪《な》いでいた貴将の心を揺さぶったからだ。

最早、引き摺られてもいいではないか。

互いに引き合っているのは、否定しようもなく本当のことなのだから。

「私の幸いは、あなたが幸いでなくては得られないのです」

暁成は困惑したように口を噤《つぐ》む。

「私もまた、復讐のためにあなたに近づいた。お互いに目的のために相手に近づいたのですから、罪深さは同じはず」

「そなたは私を殺《あや》めたいのか？」

「いいえ。もとより復讐の刃《やいば》を振るう相手は依光《よりみつ》様のつもりでした。が、真実がわかった以上は私にも非がある。今はあなたをお助けしたいのです」

「私を……？」

「ええ。どうすればあなたを助けられますか」

いつになく熱を込めた貴将の言葉に、暁成が目を瞠るのがわかった。

「今以上の権力が欲しいと仰せならば、そのとおりにいたしましょう。私にはそれができる」

わずかな沈黙のあとに、暁成が口を開く。

「そんなものはいらぬ。私が欲しいのはおまえだけ。千万《ちよろず》の民すら、おまえには敵わぬ」

「ならば、それが答えです」

腕の中で震える華奢な肢体。

抱き込んだ躰からわずかに離れて唇を触れさせようとすると、驚いたのか、暁成が背中を反らせた。

あの凌辱に身を任せていたくせに、未だに生娘《おとめ》のような反応をする暁成が、愛しかった。

彼は一度貴将の顎に手を添えてくちづけを拒み、真摯《しんし》な表情で問うた。

「女でなくとも、よいのか」

「露草宮は、あなたの妹御だからこそ慈しんでいるのですよ」

唇で額に触れると、暁成は震えながら貴将の首にしがみついてきた。

「うれしい……」

ほっとしたような言葉が漏れ、暁成が微笑するのが夜目にもわかる。

「ずっとそなたに焦がれていた」

「私もです、暁成様」

その顔に恭しく指で触れる。瞼、眉、頬骨、鼻の頭……あらゆるところに。

「私が何者であっても、どのような浅ましき者であっても……愛してくれるか」

「ええ」

無垢な情愛を向けられ喜びに、心が震える。

「ならば、もう堪えずにそなたを求めよう」

「それでよいのです。私の前では、ありのままのあなたになってください」

「うん……」

止めようがないほどの愛しさが、どっと押し寄せてくる。

しおらしく頷く暁成が愛おしい。たまらなく、愛しい。

暁成こそが、貴将をただの人にしたのだ。

復讐に燃える鬼ではなく、恋に身を窶《やつ》すただの男に。だが、これが己のさだめだったに違いない。

「あなたを抱きたい」

「……許す」

唇が触れ合っただけで、蕩《とろ》けてしまうのではないかと思った。このまま暁成の唇を食《は》み、咀嚼《そしゃく》し、自分の血肉にしてしまいたい。それで暁成と一つになれるのなら、彼の孤独を消してやれるのなら、今の貴将は、迷わずに実行しただろう。

手放すことが、どうしてできるだろうか。

こんなにも愛しい存在に、巡り会ってしまったというのに。

貴将は暁成の首に顔を埋《うず》め、膚に唇をつける。

「ンん…ッ…」

白い膚に貴将がくちづけると、まるで花片《はなびら》のような痕が残った。それでも躊躇いなく、貴将は暁成の衣を乱していく。

「ふ…っ…」

吐息混りの控えめな喘ぎが、暁成の唇から零れた。

肌理《きめ》の細かい膚は、掌や指に吸いつくようだ。

こうして対峙すると、暁成は肌質までも露草と似ている。だが、露草に触れるときよりもずっと、昂奮は大きかった。

臣下の分際で主君の禁忌の肉体に触れるという、歪んだ悦びのせいなのか。

性器に触れると、それは既に力を漲《みなぎ》らせている。円を描くように撫で上げただけで感じたらしく、暁成は鼻を鳴らして躰を左右に揺すった。

「ん…ッ」

もう反応しているのだと思えば更に愛おしくなり、花茎を両手で丹念にさすってやる。

あの二人よりももっと優しく、慈しむようなやり方で、暁成を感じさせたい。

「あっ……いい……そこ、……」

愛撫に応えた暁成が、促すように腰をくねらせる。

貴将があえて高めるまでもなく反応していたので、どうしても気持ちが急《せ》いてしまう。

「指を挿《い》れてもよいですか」

「聞くな」

それを許しと受け取り、貴将は膝を立たせた暁成の蕾《つぼみ》に、長い指を埋めた。

「ううっ」

暁成の躰が小刻みに震えたが、痛みはないようだ。

「ん、う…うっ……」

洞《うろ》はまるで、蒸れているかのように熱い。

じっとりと湿り、襞《ひだ》の一枚一枚が指に吸いついてくる。この躰に己のものを突き立てればいったいどうなるのか、想像するだけで熱くなりそうだ。

ぴくぴくと脈打つように震える肉が、貴将の指をきつく食い締め、なかなか動けない。

「は、っ」

全裸の暁成と対照的に、貴将は何枚か衣服を脱いで単衣《ひとえ》になっただけで、裸身を晒していなかった。

貴将は丁重に暁成の躰を高めようとしたが、彼は待ちきれないらしく、焦れて腰をくねらせる。

「…もう、挿れよ……そなたを、ここに…っ…」

ねだる言葉はひどく直接的で、鼓膜を通り過ぎて心の臓に真っ直ぐに突き刺さるようだ。

晩成は官能に蕩けきった目で、貴将を見上げた。

漆黒の瞳は夜の闇のようにどろりとしている。

「ここに、来て。おまえので、酷くされたい」

直截な誘いの言葉に、貴将は息を呑んだ。

「晩成様」

「よいから、早く……」

ますます欲望が募ったらしく、晩成は更に誘うように左右の膝頭《ひざがしら》を開いた。晩成はこれが好きなのだ、と貴将は直感する。

「ですが、もっと慣らさなくては」

「平気」

うっとりと笑う晩成の表情はひどく淫蕩で、貴将の理性を溶かしていく。

「私を教えてやろう、貴将。私という人間を……さあ、早く……」

「晩成様」

耐えきれなくなった貴将は晩成の躰を二つに折るようにして、性急に己を突き立てた。

「ああ…ッ…」

晩成の声が、歓喜に震える。

「貴将、入る…っ…」

甘く鼓膜を溶かすようなせつなげな喘ぎに、貴将はぞくりとした。とめどなく欲望が高まり、もっと深く彼を知りたくなる。

「いかがですか?」

露草で知っていたはずなのに、晩成の肉体はそれ以上だ。まったく別の意味で淫らだった。

「…ふ、…よい……とても……」

その証に、晩成の声は歓喜に塗れている。

肉と肉がみっちりと詰まっており、襞は驚くほどに緻密《ちみつ》だった。貴将をしっかりと受け止め、咥え込んで離さない。それでいてただきついだけでなく、適度な弾力を持って卑猥に吸いついてくるのだ。

女を抱いた経験は数知れないが、こんな欲深い肉を味わうのは初めてだった。貴将は半ば我を忘れ、憑《つ》かれたように躰を進めていく。

「まだ、入りますね…」

男を呑み込み、酔わせ、喰らい尽くすような貪欲さに、眩暈《めまい》がする。しどけなく投げ出された肢体がどれほど自分を酔わせるのか、知りたくなる。

「ん……もっと…もっと、奥……っ…」

ほどよく熟れた内壁が楔《くさび》にしっとりと絡みついてくる。やや強引に腰を進めようとすると、やわらかく弾力に富んだ襞が貴将を包み込んできた。

「入った……」

囁いた暁成の襞は、まるで継ぎ目一つない布のように、みっしりと貴将を包み込んでいるのだ。

「ええ。すべて入りましたよ……あなたの中は……とても、熱い」

「ふふ…もっと、熱くせよ……」

「はい」

動けとの命令だと受け取り、貴将は軽く腰を揺する。実際、命じられなくとも、そうしていた。暁成に包み込まれ、もう、我慢などできなかった。

この肉を存分に味わい、より深く知りたい。

「あっ……あ、ああ……いい、いい……」

おまけに彼は蜜壺《みつつぼ》を貫かれて愉悦を得る質《たち》らしく、突かれるたびにあられもない淫声を漏らす。

巧みに腰を揺する彼の望む場所に導かれる貴将の膚には、びっしりと汗が滲んだ。

それほどまでに、暁成の締めつけは厳しくも甘い。

「そこ……そこを…っ…」

「こうですか」

並の男であればこの淫らな秘肉に溺れ、夢中になったとしても無理はない。貴将の透徹した理性すら、快楽に染められつつあった。

「…奥まで、して……、あ、…もう……ッ！」

刺激に耐えかねたらしく暁成が白濁を零し、それが貴将の単衣を汚す。

「…は…あ……」

法悦の余韻に我を忘れ、軽く口を開けた暁成が華奢な肩で息をしている。

目が合うと、彼が陶然と微笑む。

艶めいた表情に、自分を止められなくなる。

貴将は暁成の両脚を抱え込み、未だ躰を弛緩《しかん》させる彼の奥深くを狙い、楔を深々と打ち込んだ。

「ああッ！」

暁成の唇から、一際高い嬌声《きょうせい》が零れる。

「ん……そこ、いい……」

「私も、です」

きついと見えて甘く、甘いと見えて淫ら。

鞘《さや》となる肉室《にくむろ》は襞の一枚一枚がみずみずしく貴将に纏《まと》わりつき、適度な弾力をもって締めつけてくる。

なんと淫靡《いんび》でしとやかで、貪婪《どんらん》な肉体なのか。

「ひ、う……いい、いい……」

おまけに暁成も突き込みに感じているようで、その花茎からはとろとろと断続的に蜜が溢れている。

「あッ…貴将…んん……」

貴将の名を呼ぶ彼の声に愛しさが募り、更に身を倒して濡れた唇を塞ぐ。

「んむ……ん、んっ……ん……」

息苦しいらしく、震える指で、暁成は貴将の二の腕に爪を立てた。それでも拒むという思考はないのか、どこまでもしなやかに貴将を受け容《う い》れる。

「暁成、様」

「ふ、う…ン……もっと……」

緩んだと思えば、またきつく締めつける。柔肉《やわにく》がまるで生き物のように蠢き、自在にかたちを変え、貴将を翻弄する。

もっともっと、この肉を味わいたい。

「そこ、して……あっ」

いつの間にか、遠慮など吹き飛んでいた。

彼がこの国の主ということも、触れることなど叶わぬ至高の存在だというのも忘れて。

貴将はたまらずに腰を動かし、激しく抽挿《ちゅうそう》を開始する。楔は襞肉《ひだにく》に余さず呑み込まれ、貴将は汗を滴らせた。

「ああっ……いい、貴将……いい……」

あられもない嬌声を上げる暁成の唇は濡れ、あやしく蠢く。

それが彼の本心であると、表情を見ればわかった。

暁成もまた、この媾合《こうごう》に溺れているのだ。

そのうえ表情はあくまで妖艶《ようえん》で、己の知る健気で無垢な顔とはまったく違う。暁成がこんなにも淫蕩な資質を持っていたのかと、改めて驚かされた。

そうでなくとも焦らしに焦らされた末に与えられた肉は、貴将を想像以上に夢中にさせる。

「私はそなたを、悦ばせることが…できるか……?」

「ええ……凄まじい……」

いったいどうして、こんなにも甘美なのだろう?

「ん、あ、あ、あッ……来て、もう…、貴将……」

愉しげに腰をくねらせながら、暁成は貴将を更なる深奥《しんおう》へと誘う。

「穢してもよろしいですか」

「…よい……」

ずぶずぶと激しく突き込むごとに、躰がもっと熱くなる。繋がった部分が生じた熱で蕩けていくようだ。

「あ、あ、あぁ……あっ……」

突かれるたびに艶めいた声を上げ、暁成が言外に快楽を訴える。

「暁成様」

貴将はついにその躰に劣情を解き放った。

「ふ」

待ち焦がれていた瞬間に、頭が一瞬真っ白になる。

「……ーッ」

どくどくと精を注ぐと、それに合わせるように暁成の躰が震え、触れられてもいないのに暁成は白濁を迸らせる。

荒々しく息をしていた暁成は、うっとりとした顔で下腹部を汚す精液を指で広げる。

その様子に、官能をいっそう煽られる。

「貴将…もっと……」

喘ぎ疲れて掠れた声で、暁成がねだった。

「ええ。あるだけ注ぎましょう」

熱に浮かされ、交わり、溺れていく。

一つになる。

自分が、暁成が、知らなかった別の生き物に変わっていく。

狂おしいほどの熱情に突き動かされ、新しい何かに生まれ変わるのだ。


どさりと何かが落ちる音がする。

おそらく、枝に乗った雪が落ちたのだろう。

それ以外には何の物音もなかった。

「…………」

目覚めた貴将は、傍らに暁成の姿がないのに驚いて身を起こした。

「暁成様？」

昨日見せつけられた暁成の妖艶な姿態を、つぶさに思い出せる。暁成の滴るような色香に、貴将の心の臓はあやしく騒いだものだ。

底冷えするような寒さなのに、貴将の心身は満ち足りていた。

それにしても、暁成はどうしたのだろう。

一人では難しいが何とか袍《ほう》を纏い、外に出る。

――いた。


冠に純白の衵《あこめ》に袿《うちき》を羽織り、紅の袴《はかま》を身につけたあられもない姿の暁成が高欄《こうらん》にもたれかかり、雪で覆われた庭を眺めていた。

「ご気分はいかがですか？」

振り返らずに、暁成が「よい」と告げる。

その薄い背中の線にも艶めかしさを読み取り、また抱きたくなってしまうのを堪えた。

「そなた、後悔せぬのか？」

「どうして後悔する理由があるのですか。こうしてあなたに触れられたのに」

それが貴将の本心だった。

「そなたは本当に、面白い男だ」

俯いていた暁成が顔を上げ、貴将に微笑を見せる。

「私の望みは叶った。今度はそなたの番だ」

「私の……？」

「そうだ。そなたの夢はないのか」

夢は、あった。

復讐などという小さなものではなく、この国を血と穢れで呪われた地にすることだ。

俊房に唆されるまでもなく、貴将の心は破滅を求めて疼く。血と闇を欲するのは、貴将の生まれ持つ本性なのだ。

けれども、俊房の言うとおりだ。こうして暁成を得た今、その夢を叶える必要はあるのか。暁成の支配する国土を穢すのは、やはり躊躇われる。

「こうしてあなたと膚を重ねた。それで十分です」

「無欲だな」

身を翻し、貴将に背を向けた暁成が笑う。

少年はやがておかしげに哄笑《こうしょう》し、貴将はぎょっとして反射的に暁成の肩を摑んだ。

「暁成様！」

強引に振り向かせた暁成の表情の艶やかさに、貴将は目を瞠る。

「ふふ、そなたは本当に面白い」

何だ……？

違和感に襲われ、背筋が一瞬にして寒くなる。

何だ、この生き物は……！

昨日まで清潔な顔をして笑っていたくせに、今の暁成はまるで違う。これでは別人だ。

花が開くように、暁成は一夜にして別のものになってしまったのだ。

そんな錯覚に襲われ、躰が震えそうになる。

「さあ、言え。そなたの願いを」

「あなたの権力を盤石にすることです」

「この期に及んで嘘をつかずともよい。そなたの望みは復讐……否、末世であろう？」

すべて見通されていたのに驚き、ぎくりとする。

「近頃の武士贔屓もそのせいか」

「……はい」

嘘はつけないだろうと、最早観念していた。

素足に板敷きの床の冷たさが、じわじわと沁みる。

「ならば、武士の娘を後宮に引き込み、いずれは国主を生ませるのだ」

そこから武士による支配が始まる。

あり得ないことだと貴将でさえも実行を考えなかった、大胆な策だった。

「しかし……」

「無論、すぐにではない。種を蒔《ま》いても百年はかかるだろう」

晩成はその程度の時間などほんの瞬《まばた》きをする程度のことだと言いたげに、あっさりと告げた。

「どうした？」

呆気に取られた貴将が黙り込んでいるのが、不思議になったらしい。

稚い仕種で、彼が首を傾げた。

「突然のお申し出に驚いています」

「このあいだ、俊房の言葉を聞いていたからな」

「そうではありません。あなたは一国の主だ」

「おや、おまえが人倫を説くのか？」

からかうような口調に、かえって背筋が冷える。

「私もそなたと同じ。見たいものは人の世の終わりだ。それこそが幼いときからの我が望み。観相家に占われたとおり、私もまた凶相の主なのだ」

無邪気で美しくしなやかな生き物は、白い息を弾ませて楽しげに告げる。

「貴将」

そっと手を伸ばした晩成が、その冷たい指先で貴将の手の甲をつっと辿る。

愛くるしい素振りの中に、貴将はあやしげな艶めかしさすら見出した。

この男は、やはり昨日までの晩成とは違う。

「倫など、私の国にはいらぬ」

いったいどうして、晩成に悪意がないと思い込んでいられたのだろう。

寧ろ、無垢で純然たる悪意が、晩成の心に息づいている。これこそが、変わらない晩成の本質に違いない。

貴将によって変えられた部分は国主としての気構えのみで、あとはまるで揺らがなかった。

貴将によって、晩成の秘められた本性が解き放たれてしまったのではないか。

貴将が生み出したのは、この国に君臨するしたたかな魔性の王なのだ。

「どのような滅びが欲しい？」

微かに触れたまま、晩成が貴将に問う。

あまりにも甘美な誘惑に、くらりとする。

晩成を玉主にしておけば、必ずやこの国は滅びるだろう。それは確信だった。けれども、それは晩成の破滅にも繋がるはずだ。

「今は、破滅などいりません」

「私の与えるものなどいらぬと申すか？」

「いいえ、ただ、共に生きていただきたいのです」

晩成は眉を顰め、淋しげに視線を落とした。

そっと手に力を込め、貴将を押しやる。

「私は呪われし身。共に生きるために、おまえは何を犠牲にしても厭わぬというのか？」

「呪いとは、昨晩おっしゃったさだめと関係があるのですか？」

「そうだ。我が呪いは、決して満たされぬ欲」

晩成の言葉は端的だが、すぐには理解しかねた。

「今、何と？」

「生まれながらに、我が肉は貪欲。どれほど情を注がれても満足できず、絶えず飢え、渇き続ける。何人と交わろうと、変わることがない」

たとえどんなに深い情愛をもって肉体を重ねたとしても、それでも満たされぬ。

愛しても愛されても、砂を嚙むような淋しさだけが残る。心は満たされても、躰は満たされない。

それは確かに、孤独の呪詛《じゅそ》に相応しい。

「でしたら、昨晩はいかがでしたか？」

「そなたは、あたたかかった」

昨晩の濃密な契りを思い出したのか、晩成が微かに頰を染める。

「だから、そなたの子孫はこの先千歳にわたり孤独に呪われるのだ。そなたは私の心を奪い、我が肉を愉悦にて穢す。誰であろうと許されぬ罪業だ」

「私は邪法の贄……なるほど、確かに抱けば抱くほどあなたを穢してしまう」

顎に手を当てた貴将は、大きく頷く。

「末世となれば、この先そなたの一族に降りかかる呪いも消えよう。そのほうがよいのではないか？」

呪いから逃れ得ぬのなら、一族どころかこの世を滅ぼすとは、神仏をも恐れぬ大胆な策だ。ぞっとするよりも、思わず笑みが零れてしまう。

「つまり、あなたの心は私のものなのですか？」

「ほかの誰に渡せと？」

　暁成は幼子のように首を横に倒す。

「ならば、子孫の破滅こそ本望。人にあらざる身で、どうして今更呪いを恐れましょうか」

　貴将は笑みを浮かべたまま、逆に自分から暁成の頬を指先で辿る。

「呪われた血を二つ混ぜて、呪われた一族をつくりましょう。二人分の宿業を負わせればいい」

　貪婪で多情な肉、理も倫もない心。

　これでは二人共が現世に厄災をもたらす穢れと言われても、致し方ないだろう。

「それに、ひとたび心が通じた今は何もかもが遅いはずです」

　それを耳にした暁成は、「嬉しい」とやわらかな声で告げた。

　この人は、生まれたばかりの赤子のようなもの。

　貴将とて立場は大して変わらぬが、それならば二人で学んでいけばよい。

　人として擬態し、人のように愛し合う術を。

　それもまた、一興だ。

「貴将。この先も、共にあると誓うか？」

「御意」

　頷いた貴将は、暁成の手を取って恭しく頬に押しつける。

　この契りと引き替えに、自分の子孫たちがどれほどの悪意を生み出すのだろう。それはぞくぞくするほどの昂奮を呼び覚ます、歪な夢だった。

「そなたの言うとおりだな。どうせ滅ぼすのであれば、最も美しく華やかなときがよい」

　謳《うた》うような調子で、暁成は言う。

「だが、常世《とこよ》はまだ美しさが足りぬ」

「美しさが？」

「そうだ。どうせならば、貴族どもには至上の栄華を見せてやろう。それからの滅びも悪くはない」

　空恐ろしい言葉を、暁成は平然と告げる。

「御主！」

軽やかな足音と共に蔵人が現れ、貴将を目にして一礼する。

忠峰《ただみね》はまだ、御所には参上していないらしい。

「どうした？」

「露草宮様から文が届いております」

「寄越せ」

文を手渡された暁成がそれを眺めるあいだに、近侍は姿を消す。

手紙を一読するうちに、暁成の唇が綻びた。

「露草が懐妊《かいにん》したのだと」

「懐妊……ですか」

さすがに思いが通じたすぐあとでは気まずいが、暁成は気にせぬ様子で笑む。

「案ずる必要はない、貴将。これは露草の願い。私にとっても、喜ばしいことだ」

「はい」

躊躇いつつも、貴将は頷いた。

こうして自分は、暁成と同じ罪を分かち合うのだ。

「慶事に際し、そなたに名前をやろう。吉水《よしみず》を離れ、新しく一族をなすがよい」

「名前とは、どのような？」

「清潤寺《せいかんじ》」

さらりと告げられた名は、馴染《なじ》みのない音で構成されていた。

「清潤寺……？」

清潤とは、確か清らかな流れという意味合いの言葉だ。それを名にいただくとは、随分皮肉だった。

「まずはその名の寺と社《やしろ》を建てよ」

暁成は淡然と告げる。

「我々が踏《ふ》み躙《にじ》ってきたものを弔い、これから我らが踏み躙るものを慰めるために。神仏の加護があれば、いつか……一族もさだめから逃れられるかもしれぬ」

神仏の加護など信じてはおらぬくせに、暁成はそう嘯《うそぶ》く。

人を救うのは人だ。神でも仏でもない。

「そうは思わぬか？」

艶やかに笑った暁成の顔には、やはり稚さの欠片《かけら》はどこにもない。

　そこにいるのは、魍魎《もうりょう》よりもあやかしよりも、無論貴将よりも遥《はる》かに質の悪い、淫蕩な魔物だった。

　無垢で無邪気で、冷酷で残忍。

　穢土《えど》の王に相応しい、人にあらざる美しい魔物。

「御意。我らに相応しい、美しい名です。場所は、嵯峨野あたりではいかがでしょう。あそこには俊房も住む。いろいろ便宜を図ってくれましょう」

「ああ」

　立ち上がった暁成が、階《きざはし》を下りて裸足《はだし》で雪上に下り立つ。

　このままでは彼を見失いそうで、貴将は急いで彼の姿を追った。

　音もなく雪を踏みしめて歩く、暁成の薄い背中。

　彼の髪に、白い雪が落ちる。

　数歩進んだ暁成は、やがて静かに振り向いた。

「――私はずっと……おまえを待っていた」

　鼓膜を擽る声は、何よりも冥く甘い。

　自ずと跪《ひざまず》いた貴将に近寄った暁成は手を差し伸べ、そっと上を向かせる。

　彼の口許には、蠱惑的な笑みが浮かぶ。

「言祝《ことほ》ぎを、貴将。我らが生み出す呪われし血統に」

　世界を白く満たす雪は、この世の穢れをすべて覆い隠すかのようだ。

　狂おしい愛に溺れた一夜が明け、この雪の朝、何もかもが生まれるのだ。

　暁成も、貴将も、そして、新しい血族も。

　貴将から離れた暁成はまるで刻印を押すように、裸足で雪を踏み分けていく。

　千年の孤独を定められた一族というのも、悪くはない。

　微笑した貴将の目の前で、雪の重みに耐えかねた紅梅がふわりと落ちる。

　白い雪の中、梅花の紅が目を射るように鮮やかだった。

狂おしい夜を重ね

一

「暁成《あきなり》様」

御帳《みちょうだい》台の外に置かれた燈台《とうだい》の仄《ほの》かな光に、清潤寺《せいかんじ》貴将《たかまさ》の艶《つや》やかな面差しがぼうと照らし出されていた。

つくづく麗しい男だと心中で嘆息する暁成の心を知ってか知らずか、貴将は器用な手つきで暁成の直衣《のうし》を剝《は》いでいく。

「手際がよいな」

茵《しとね》に組み敷かれた暁成がそう言うと、束帯姿の貴将がふと笑った。

「私が、ですか？」

その手つきを見るたびに、貴将はほかにどれだけ多くの男女と膚《はだ》を重ねてきたのかと思いを馳《は》せてしまう。暁成が知るのは時広《ときひろ》と時正《ときまさ》の二人だが、稀《まれ》にほかの者もあの穢《けが》れた戯れに加わった。それを思い返すと嫌な心持ちになり、暁成はむっと唇を嚙《か》み締める。悔恨と嫉妬とが綯《な》い交《ま》ぜになり、胸の奥をちくりと刺すのだ。

「……そうだ」

躊躇《ためら》いがちな返答を耳にした貴将は唇を綻《ほころ》ばせ、

「可愛《かわい》いことを」とやわらかく囁《ささや》く。

「可愛い？」

「ういういしく世慣れず、私の腕の中で可愛らしく囀《さえず》る」

間近で身を屈《かが》めた貴将の息が直《じか》に膚に当たり、こそばゆい。

「それではまるで子供のようだ」

「いえ、十二分に大人ですよ。あなたはこの国の主《あるじ》。依光《よりみつ》様がおられなくとも、立派にやっていける」

囁きながらも、貴将は露《あらわ》になった暁成の薄桃色の突起を軽く押し潰した。

「あ！」

いきなりのことに、思わず唇を震わせて甘い声を零《こぼ》してしまう。それを耳にした貴将はそこに顔を寄せ、赤子のように乳首にしゃぶりついた。

つきりと痛みが走り、反射的に暁成は身を捩《よじ》る。

「んっ…待て……」

「痛いですか？」

「うん」

昨日、貴将にたくさん弄《いじ》られたせいで、乳首が張り詰めたように痛む。その事実から二日続けての訪《おとな》いだと意識し、これでは夫婦《めおと》のようだという照れに暁成の頬はより熱くなった。

「傷はついていないようですが」

感慨深げに呟《つぶや》きながら、貴将は暁成の乳嘴《にゅうし》を子細に検分し始める。この男が医師であると、すっかり忘れていた。そこを冷徹な目でつぶさに見られるのは、いくら何でも恥ずかしい。

わずかに捻《ひね》られただけなのに、乳首は濃き色に染まり、まるで食べ頃の木の実のようだ。

「ン……」

舌先を往復されれば刮《こそ》げ取《と》れそうで、ゆるやかな刺激が波のように何度も押し寄せた。それだけで息が乱れ、躰の芯まで張り詰めてくる。

「すみません、少し堪《こら》えてください」

「え？」

貴将は掌に何かを垂らし、それを暁成の尻に押しつけた。

「ひっ！」

「冷たいですか？」

「ぬるぬる、する……」

驚きに暁成がか弱く訴えると、貴将は「ええ」と平然とした調子で返す。

「膝をお持ちください。蹴られては困ります」

貴将を蹴っては一大事と、暁成は急いで自分の両脚を抱えた。

それを見届けた貴将は、長い指を肉と肉の狭間《はざま》にそっと差し入れる。

「うぅ…ッ…」

ぬめぬめしたものが少しずつ躰《からだ》の中に入り込む異様な感覚に、思わず暁成は呻《うめ》いた。

「御身に傷をつけぬよう、調合しました」

「そ、そなたが……？」

「はい。昨晩、随分苦しそうでしたので。こうしてじっくり解《ほぐ》しますから」

「え…っ……？」

そうでなくとも官能を刺激する才を持つ貴将が、襞《ひだ》と襞のあいだに塗り込めるように指を動かすせいで、躰がかっと火照りを帯びる。それ以上に痺《しび》れるような感覚が起こるのは、薬の作用ゆえか。

「ああっ、あっ…は…っ」

関節を曲げ伸ばしされるたびに、襞に薬が塗《まぶ》されていく。

気持ちがいい……。

「……あ…あ、ァ…ッ…」

次第に呼吸が乱れ、躰に力が入らなくなってくる。

指もいいけれど、本当は身の内に貴将を迎え入れたい。貴将を体内に受け止め、その充溢《じゅういつ》で貫かれるとき、暁成は至福を覚えるためだ。

しかも、昨日も交わったのでそこは最早《もはやほど》解けているはずだ。一刻も早く串刺しにしてほしいのに、貴将は焦《じ》らしているのだろうか。

「貴将…早う……」

すっかり夢中になってねだる暁成に、貴将が困ったように「まだですよ」と耳打ちした。

「…でも……」

欲しくて欲しくて、蕾《つぼみ》がじくじくと疼《うず》いている。たまらなくなって腰を左右にうねらせると、貴将が「指もいいのですね」と感心したように呟いた。

「否《いな》と…言って…」

「認めてくださっていいのです。あなたの躰が感じやすいのは、私も知っていますゆえ」

「そ、じゃ…っ…」

そうじゃない、のに。

卑猥《ひわい》な音を立てて緩慢に蜜壺《みつつぼ》を掻《か》き混《ま》ぜられ、暁成は短い呼吸を繰り返した。

唾液がとろりと口の端から溢れると、顔を近寄せた貴将が舌で拭《ぬぐ》ってくれる。

「早く…」

「こちらも吸ってからですよ」

「あッ」

ほどよく濡《ぬ》れて熱い粘膜に花茎《かけい》を包まれたせいで、晩成は一際高い声を上げた。

「ん、あっ…指が…あぁ、あっ…」

水音を立てて性器を舐《な》められ、そこから肉が蕩《とろ》けていく気がする。おまけに狭い蜜壺は彼の指で丹念に解され続けているのだ。淫らすぎる二所《ふたところ》への責めに溺れ、己の膝から手を離してしまった晩成は、喘《あえ》ぎながら躰を左右に捻《ねじ》る。

気持ちはいいけれど、やはり焦れったい。

すぐにでも躰を繋げてほしいのに。

「貴将…それでは……出る…っ」

「出してくださいませ」

一度顔を離した貴将がそう告げると、もう一度強く吸い上げてくる。同時にぬめった音をさせながら指を蠢《うごめ》かされると、もうひとたまりもない。

「あ、あ、…ッ…!」

嬌声を上げて達した晩成が肩で息をしていると、貴将がそれを飲むのが気配で伝わってきた。


「そなた、また……」

嫌だと前も言ったのに、再度味わうとは。

「今日も濃き味がしますね。昨日もしたのに……あなたの躰はつくづく貪欲だ」

指が引き抜かれ、貴将が漸く己の衣を緩める。

「あ……」

途端に今し方の羞《は》じらいを忘れ、嬉《うれ》しさにじわりと口中に唾液が湧く。舌先で上唇を舐め、うっとりと見入った。これが欲しかったのだ。貴将を受《う》け容《い》れたかった。早く深々と貫いてほしい……。

「ゆっくり挿《い》れますから、怖がらなくていい」

「怖がって、ない……」

じっくりでなくていい。一息に刺し貫いて、晩成を蹂躙《じゅうりん》してほしかった。

「焦らすな……」

晩成の両脚を抱えた貴将の熱が直截《ちょくせつ》に窄《すぼ》まりに押しつけられ、胸が一杯になる。既に昂奮《こうふん》から躰が瘧《おこり》のように震え、どこにも力が入らなかった。

「あー……」

身の内に肉茎《にくけい》を捻《ね》じ込まれる感覚が心地よくて、鼻にかかった声が漏れた。

「暁成様、お辛《つら》いですか？」

「ち、が……」

違う。気持ちよくてたまらないだけだ。

楔《くさび》を押し込まれ、襞を擦られるだけで達してしまいそうなほどに、躰は昂《たかぶ》っている。

「はあ、あ…あァッ…」

自《おの》ずと声が溢れ、暁成は抱えられた足を無意識にばたつかせた。

それも苦にせずに貴将の逞《たくま》しい張《みなぎ》りが、肉の隘路《あいろ》を通って更に奥へと入り込む。

「んぅ、ん、んっ……んあっ、はっ…」

貴将の動きがすぐさま切実な律動に変わり、暁成は切れ切れな声を吐き出すほかなかった。

もう、保たない。達ってしまう……。

「……っ」

やがて小さく呻いた貴将が、暁成の中に精を放つ。どくどくと熱い淫液で体内を穢される至純の快楽に、暁成は自身もまた高みに引《ひ》き摺《ず》られる。

「貴将…っ…！」

白濁を吐き出して荒く息をついていると、貴将がそれを引き抜いてしまう。手近な布で躰を拭き、始末をしようとするので、暁成は「やめてしまうのか」と詰《なじ》る調子で口にする。

「ええ、お互い愉しみました」

「おまえは冷たい……滅多に会えぬくせに」

行為のあいだも、終わってからも、貴将はずっと落ち着き払っている気がする。

「ですが」

躊躇《ためら》うような貴将の肘を摑《つか》み、暁成は「私に頭を下げよと命じるのか」と拗《す》ねた口ぶりで告げる。すると貴将は苦笑し、そっと額にくちづけてきた。

「あなたには敵《かな》いませんね」

「それで、よい」

ここでやめられるほうが、暁成には辛い。

「ですが、あなたは明日も政務があります。もう一度だけですよ」

「うん」

一度だけなのは淋《さび》しく、暁成は渋々首肯する。

そもそも、貴将は暁成の躰を拓《ひら》くのに時間をかけすぎるのだ。

かつて暁成を嬲《なぶ》っていた時広たちは、暁成を高めたりはまるでしなかった。寧《むし》ろ、暁成に奉仕させるのに嬉々《きき》とし、暁成の快感など顧みなかった。

だから、貴将の行為には悦《よろこ》びのみならず羞恥《しゅうち》と違和感を抱いてしまう。どうして彼がこんなに丁寧に自分を高めようとするのか、わからない。おまけに、貴将は自分の悦楽より暁成を優先している。

「苦しくありませんでしたか」

行為のあとに優しく貴将に問われ、暁成は「平気だった」と答えた。

「それならよいのですが……」

そこで言葉を濁したきりの貴将に対して首を傾《かし》げ、暁成は眉根を寄せる。

「お辛いときは、いつでもおっしゃってください」

「ん」

貴将はなぜそんなことを気にするのだろう……？

よく考えれば、この頃いつもそう聞かれる。

意図を問い質したかったが、抱き合った疲労からか急速に眠気が押し寄せてくる。

とろりとした眠りに引き込まれながら、暁成はその疑問を消し去れなかった。


朝餉《あさがれい》の間には、既に二人分の食事が用意されていた。公的な行事がないときの主上《おかみ》独特の着こなしである御引直衣《おひきのうし》姿の暁成は、まだあまり食欲がないようだ。ぼんやりとした様子で、先ほどから白湯《さゆ》ばかりを飲んでいる。

「お疲れでございますか、暁成様」

給仕をしていた忠峰《ただみね》の気遣う声に、暁成は「そんなことはない」と空元気で答えるのが聞こえた。

「本日はいつにも増してお疲れのご様子。侍医《じい》がそばにいながら、何とも嘆かわしい限りです」

一頻《ひとしき》り嫌味を放ったあとに、忠峰が不意に真顔になった。

「暁成様。本日こそ、藤壺《ふじつぼ》にお渡りくださいませ」

忠峰の言葉を聞いた途端に、暁成が渋い顔になる。

「……あまり気が進まぬ」

「夜にもお呼びしていないのですよ。せめて昼、お渡りいただかなくては、蓉子《ようし》様も淋しがりましょう。中宮《ちゅうぐう》に恥を掻《か》かせてはなりません」

「ならば、貴将を連れていってもよいか」

それを聞いた忠峰は、言葉を失う。

「お待ちください。私は遠慮いたします」

「構わぬだろう。診察の代わりだ。それとも、私が藤壺に行かずともよいか？」

「いいえ、藤壺の女御とは仲睦《なかむつ》まじくしていただかなくてはなりません」

「貴将、おまえもそう言うのか」

素直な暁成は少し落ち込んだ様子だったが、ここで本心を口にするわけにはいかない。

「仕方ありません。貴将殿、御主の顔色も悪いですし、付き添いを兼ねて同席をお願いいたします」


忠峰も苦い反応を示したものの、貴将が一緒でなければ暁成が承知しない様子なのを見て取り、彼は不承不承同意した。侍医に昇進した貴将は女官たちの診察もするし、口実にはなるだろう。

「かしこまりました」

貴将には暁成の求めに応じ、いつもよりも長く抱き合ってしまった負い目がある。自分は年長者として臣下として、暁成を守らなくてはいけない。気遣っているつもりはあったが、ひとたび暁成の肉体に触れてしまえば我慢が利かなくなるのだ。

暁成の四肢は魔物と呼ぶに相応《ふさわ》しい、淫蕩《いんとう》な肉でできていた。どんな雄でも咥《くわ》え込んで酔わせるであろう甘やかさを備え、なおかつ暁成自身も貪欲で積極的に快楽を欲する。しかも、本人はそれに対する羞恥が一切ないのだ。

かつては凜々《りり》しく可愛らしかった暁成の容貌は、この一年半のうちに大人の色香を増し、蕩《とろ》けるような艶やかさを備えるようになった。

それもこれも政《まつりごと》に率先して関わるようになり、

ついに正式に后《きさき》を立て、心身共に充実しているからであろうと公卿たちは噂《うわさ》する。

尤《もっと》も、貴将と暁成が自由に逢瀬《おうせ》を重ねられたわけではない。暁成は公務と己の足固めに忙しかったし、貴将も同じだった。

昨年、貴将は露草宮《つゆくさのみや》の安産を祈願し、嵯峨野《さがの》に小さな寺と社《やしろ》を造営した。住持《じゅうじ》に俊房《としふさ》の知己の僧侶を招いたが、もとより一族を守護するための寺だ。露草の産む子らが、いずれ入ることになっていた。

神宮寺の名を暁成に贈られた縁から貴将は『清潤寺』と呼ばれるようになり、二月前の蓉子立后の慶事に際し、正式にそれを名乗るよう命じられた。また、露草との婚姻を正式に認められ、侍医でありながら従五位下《じゅごいのげ》に昇進した。位階については典薬頭《てんやくのかみ》並の待遇になってしまうと問題視されたが、暁成が珍しく自分の意思を貫いたのだ。

朝餉《あさげ》を終えた二人は、藤壺に渡った。

「まあ、暁成様だわ」

暁成と貴将が連れ立って歩く様を、女房たちが御簾越しに見守っている。

「すっかりお美しくなられて」

「貴将様のお姿も一段と輝いておりますわ。いずれ劣らぬ貴公子ぶりですのね」

藤壺の局では先に報《しら》せを受けた女房たちが、思い思いに着飾り待ち受けていた。

「待ちかねておりましたわ！」

「久しぶりだね。今日は何をして遊ぼうか」

藤壺の中宮の名は蓉子。御年十二、后として嫁いだとはいえ遊びたい盛りだろう。暁成にとってはまだ妹のような存在らしいが、女性に対しては概して淡泊な暁成が珍しく優しく接するのを見ると、どうしようもなく心が騒いだ。

だが、彼女と不和だと噂になれば、貴族たちはほかの女を送り込むに違いない。暁成の権力の地盤が固まるまでは、蓉子のほうがましだ。暁成が彼女に手を着けなくとも、幼いせいだと言い訳ができる。

「囲碁で勝負しましょう、暁成様」

未《いま》だ遠慮を知らぬ姫が生き生きと言ってのけたの

で、周りの女房たちが明るく笑う。廂《ひさし》に足を踏み入れた暁成と離れ、貴将は簀子《すのこ》に控えていたが、ここからは暁成の優しい面差しを見つめられた。

「そうしよう。それにしてもこの部屋の調度は素晴らしいな」

暁成は感心したように、ぐるりと局を眺めた。

「そうでしょうとも、暁成様」

「姫君のところにはたくさんの宝物がありますわ。たとえば、あの名品として有名な唐《から》の龍笛《りゅうてき》……」

「龍笛？」

女房の何げない言葉に、暁成が食いついた。

「それはよい。後ほど貴将に吹かせてもよいか？」

「ええ、勿論《もちろん》ですとも」

「暁成様、早う勝負をいたしましょう」

姫に急《せ》かされ、暁成は「そうだね」と頷いた。

局が美しい調度や珍しい絵で飾られているのは、滅多に後宮を訪れない暁成の関心を引くためだ。

依光が失脚した一件は、宮廷の勢力図を大きく書き換えてしまった。

春宮《とうぐう》の元恒《もとつね》は依光の影響が大きすぎる。従って、彼を担ぎ上げるのは得策ではないと思う貴族も多く、そういう連中が暁成にすり寄り始めているのだ。暁成にとって初めての正式な妻である藤壺の女御が中宮として入内《じゅだい》したのも、そのためだ。暁成は意外にも彼らを上手《うま》く束ね、政局はおおむね安定していた。

「これでどうかしら、御主」

碁石を手にした姫の利発な声が、少し離れた場所に伺候する貴将の耳にも届く。

「姫は本当に強くておられる。私など敵いませんね」

「そんなことないわ。もう一勝負しましょう」

まるで本物の兄妹のように、彼らは仲睦まじい。

今は男と女の匂いはしないが、こんなに愛くるしい姫御に一心に慕われたら、暁成とて悪い気はしないはずだ。おまけに、後宮という魑魅魍魎《ちみもうりょう》の世界においては、玉主以外に后を守れる存在はないと、暁成が庇護欲に駆られる可能性もある。我ながら想像が逞しいが、自分は暁成のすべてを理解したわけではない。不安は尽きなかった。

まさか己がこんなに過保護で嫉妬深いとは、知らなかった。以前の淡泊さが嘘のように、貴将は暁成を気にかけ、慈しんでいる。

「今度は貴将、そなたが相手をしてちょうだい」

「私が、ですか」

中宮のお顔を目にするのは恐れ多いと、貴将は簀子で平伏する。貴将は狼狽《ろうばい》したものの、暁成は気にせぬ様子で鷹揚《おうよう》に笑む。

「よい考えだ。来い、貴将」

彼女が扇を手に自分の顔をそっと覆うが、貴将は「しかし」と遠回しに拒む。

「ならば、まず私が貴将と勝負をしよう。私に勝てば、次は貴将が姫と勝負をする権利をやろう」

囲碁はかつて慈春《じしゅん》に仕込まれ、腕に覚えはある。上手に負けるのも難しくはなかった。

「もっと近くで見ていたいわ」

「よいからこちらに、姫様」

姫がそっと女房たちと几帳《きちょう》の後ろに隠れたので、貴将は廂に上がり、暁成と碁盤を挟んで向かい合う。


「暁成様、勝ってはいけませんわ。私、貴将様と勝負してねだりたいものがありますの」

蓉子の衣の裾が几帳の端から覗《のぞ》き、それが幼くとも艶《なま》めかしい。

「おや、姫には欲しい品があるのですか？」

からかうような暁成の声に、姫は「あら」と几帳越しに手を叩いた。

「おねだりしてもよろしいの？」

「勿論ですよ、姫。貴将に頼んでみるといい」

「でしたら、貴将。主上をくださいな」

胸を衝《つ》かれるような言葉に、貴将は目を瞠る。

「私を？」

反射的に尋ねた暁成に、姫は快活に同意した。

「はい。お二人はとても仲がよろしいのですもの。私だって、もっと御主と一緒にいたいわ」

「それでしたら、姫。賭などするまでもないでしょう。暁成様は姫を娶られているのですから」

応える己の声が、上擦ってはいないだろうか。

「ふふ、そうでしたわ」

几帳の向こう、この愛くるしい姫はどんな顔をしているのだろう。

嫉妬に狂う般若《はんにゃ》のような形相ならば、まだよい。

そうではなく勝ちを確信した女の顔をしていたら、この少女を呪うかもしれない。

今でさえ、蓉子が暁成の后となったのに対し、言い知れぬ思いを抱えているのに。

「私に勝てるか？」

「あなたがかかっているのですから」

「大人げない男だな。だが、私を勝ち取ってくれ」

「かしこまりました」

当然だが、暁成を姫に渡すわけにはいかない。この麗しい若君は、貴将のものだ。

負けるが勝ち、か。

貴将は艶然たる笑みを浮かべつつ、腹の中で暁成に負ける方法だけを考えようとした。

「旦那。吉水《よしみず》の旦那ってば」


雑踏の中で声をかけられた貴将が顔を上げると、すっかり日焼けした魚売りの鈴虫《すずむし》が佇《たたず》んでいる。

今はその名でないので聞き流すところだった。

「どうしたのさ、ぼんやりして」

「すまぬ、少し暑うてな」

「どこか具合が悪いんじゃないのかい。医者の不養生ってね」

陽気に軽口を叩かれて返す気力もなく、貴将は「そうかもしれぬ」と曖昧に頷いた。

暁成と朝まで睦《むつ》み合《あ》った挙げ句、囲碁の真剣勝負にずっとつき合わされたのだ。疲れるのも道理だろう。結局、龍笛を試す機会はなかった。

「ま、いいさ。薬草はこいつだよ」

「ああ」

新しい薬草が届いたとの報《しら》せに葛葉小路《くずのはこうじ》に来たはいいが、折からの熱気に頭がぼんやりとする。

「しかし今日の旦那はまた、一段と綺麗《きれい》だねえ」

「私が？」

顔を褒められるのは慣れているが、一段とという言葉がつくのは解せない。

「そうさ。色竇《いろやつ》れっていうのかい？　どこの姫の許《もと》に通ってるんだい？」

さも興味ありげに問われて、貴将は苦笑した。

「特にはいないよ。私が思うのは仕事だけだ」

竇れた原因は容易に想像がつく。

何もかも、あの愛らしい君主がいけない。

貪婪《どんらん》で淫猥《いんわい》、かつ甘い肉を持つ暁成が可愛くてならず、貴将は清涼殿《せいりょうでん》に足繁《あししげ》く通っていた。

女も男も、寝る理由は愛ゆえでなく利用するためだった。なのに、今の自分は違う。

暁成を一夜抱くごとに愛《いと》しいと思ってしまう。

人としての心を得ると、こんなにも心境は変わるものなのか。

「嘘ばっかり、すっかり脂下《やにさ》がってるくせに」

後ろから声をかけられ、貴将は苦く笑った。

抱いても抱いても、暁成を理解しきれない。

だからこそ、貴将の飢渇は未だに癒されなかった。

貴将が闇なら、暁成は虚だ。


貴将は生来悪徳を好むが、暁成にはそもそも善悪の別がない。無論、彼には善悪を判断できるし常識も備わっている。しかし、彼が行動の基準にするのは忠峰や貴将に嫌われたくないという単純な事柄で、そこに善悪が介在する余地がなかった。

けれども、だからこそ暁成が可愛かった。

つくづく、末恐ろしい国主がいたものだ。

この一国を末世に導くのすら厭《いと》わぬ愛らしい魔物に、貴将は心を奪われていた。そして、それゆえに彼との日々を重ねるのが楽しいのだ。

貴将は己の人生において初めて、生まれた喜びを味わっていた。

貴将の心が豊かになり人としての自覚を増すごとに、暁成もそう近づいているように思えたからだ。

だが、一つだけ懸念がある。

暁成は貴将を欲してはくれるが、その思いを言葉にしたことがない。

人一倍貪欲な彼にとって、自分は何なのだろう。

時として、その点が無性に心配になるのだ。

謁見《えっけん》のために暁成が清涼殿の昼御座《ひのおまし》に姿を現すと、藤原《ふじわら》時広と時正の兄弟は手をついて頭を下げた。

「御主におかれましては、ご機嫌麗しゅう」

「前置きはよい。今日は何用だ？」

特に約束もないのに時広が訪れたのが、面倒でならなかった。今日は文章博士《もんじょうはかせ》による侍講《じこう》の予定があり、暁成は楽しみにしていたからだ。彼らとて多忙な合間を縫って来てくれるのだから、益もない謁見につき合って時間を無駄にしたくない。

「寄進をお約束した念仏堂の件でございます」

「……ああ」

さも気がなさそうに答えた暁成に対し、彼らは追従の笑みを絶やさない。

「もうすぐ完成するとの報せがありました。完成の折りには一度、おいでいただきたく存じます」

「そうだな、そなたたちの折角の贈りものだ」

ならば完成してから報告すればいいのに、いちいち進捗《しんちょく》状況を教えて恩を着せようとするところがこの二人の小ささの表れだ。

「嬉しゅうございます」

依光という大物が隠居すると、時広たちの力量では貴族の不満を押さえるのは難しくなり、彼らは公卿の制御に四苦八苦していた。

成長した暁成では扱いづらいと元恒に譲位させれば、傀儡《かいらい》にするつもりだと再度他家から反発されるのは目に見えている。こうなった今は暁成に世継ぎがいないのがまずいと漸く悟ったらしく、彼らは暁成が中宮と子をなすように懸命に仕向けている。

政も駆け引きも、暁成にはどうでもよい。

だが、より華やかな滅びを目にするため、今は彼ら藤原家を肥やしてやると決めたのだ。

そのほうが、より面白い。

貴族たちの内側にある富や地位への希求と、末法の世への恐れ。

それらを糧に、貴将も暁成も生《い》き存《なが》えるのだ。

——貴将に会いたい……。

心は思い人で占められ、一杯になる。

彼の膚に触れ、その精を啜《すす》りたい。

昨日会ったばかりなのに、もう恋しくなっている。

この醜い男らを見ていると、貴将との違いをまざまざと思い知る。

遠慮がちに自分に触れる貴将と時広たちの違いは、いったいどこにあるのだろう。

それが原因で暁成はむっつりと難しい顔になり、控えていた忠峰が咳払《せきばら》いするまで、時広たちが退室の時機を測りかねているのに気づかなかった。

二

「このところ浮かないご様子でしたが、今日はお元気になられてほっといたしました」

牛車《ぎっしゃ》の中で忠峰《ただみね》に言われ、暁成《あきなり》は薄く笑む。通常であれば付き添いは副車《そえぐるま》に乗るのだが、派手な真似を嫌う露草宮《つゆくさのみや》の許に賑々《にぎにぎ》しく出向くのはどうかと思い、忠峰に同乗を許した。

今上の妹姫には相応しくないと、今更ではあったが露草たちは便利な六条《ろくじょう》に居を移していた。

「露草に会うのは久しぶりだからな」

暁成が公務の合間を縫って露草に会いたいと言ったので忠峰は難色を示したものの、最終的には滅多にない我《わ》が儘《まま》を認めてくれた。

常より宮中行事はかなり多く、籠鳥檻猿《ろうちょうかんえん》の暁成が自由になる時間はじつは限られていたからだ。

藤原《ふじわら》氏の力は相変わらず強大だが、この頃では政《まつりごと》にも慣れ、暁成も己の意見を通す術《すべ》を身につけていた。暁成がどのように貴族と信頼関係を築き、どれほどの味方をつけられるかが肝要だ。

暁成が力を持つにつれて忠峰の権力も強化されるせいか、彼はすこぶる機嫌がよい。何よりも、暁成が時広《ときひろ》と時正《ときまさ》に嬲られるのを拒絶したのに、安堵《あんど》している様子だった。代わりに貴将《たかまさ》を寝所に引き入れるのに一言あるようだが、我慢しているようだった。

「元気がないようだったので、心配していたのです」

「すまぬな、忠峰」

暁成は心ここにあらずの様子でそう言った。

貴将と露草宮のあいだにできた男児が生まれてから、もうすぐ六月《むつき》になろうとしている。

己の共犯者ともいうべき妹に会ったら、是非聞きたいことがあった。

無論、貴将についてだ。

聡明《そうめい》な妹宮であれば、暁成の惑いに必ずや答えを出してくれるはずだった。

露草宮の住まいに着くと、すぐに女房が取り次いでくれる。

「ふふ、若君ったら」

明るい笑い声が聞こえて暁成がそちらへ足を向けると、簀子に腰を下ろし赤子を抱いた露草がおかしげに笑っている。

「露草」

「兄君」

こちらを向いた露草はぱっと顔を輝かせた。

「ようこそいらっしゃいました。兄君」

「久しぶりだな」

「さあ、若君を抱いてください」

「うん」

気圧《けお》されつつも手を出して赤子を抱き締めると、ずしりと腕に重みがある。

抱き込んだ赤子は泣きもしない代わりに笑いもせず、暁成の腕の中で眠ってしまった。

この子が呪われた血の始祖となるのだ。

「だいぶ大きくなりましたでしょう」

「ああ、貴将に似て目許が涼やかだな」

ひとまず暁成が褒めてやると、露草は口許を袖で押さえて上品に笑った。

「まあ、わかったようなことをおっしゃるのね」

未だに少女めいているが、露草はもう十八。子供の一人や二人いてもおかしくない年代だった。

「貴将は、来ているのか？」

「時折」

暁成の胸中を知ってか知らずか、露草はほんのりと笑みを浮かべる。

「……そうか」

父親なのだから、和子《わこ》の生育が気になるのは当然だった。おまけにこの若君こそが、呪われた血の始祖となる。暁成と貴将の罪ゆえに千歳《ちとせ》の呪いを受ける身の上なのだ。自分たちの我が儘の犠牲にしてしまうのだから、暁成は精一杯甥《おい》を可愛がってやるつもりだった。

「そんな顔をなさって、貴将様が恋しいのでしょう」

「恋しい……？」

「あら、まだお気持ちに名をつけていないのですか？　名づけてしまえば楽になるものですよ」

それを糸口に話をしようとしたが、唐突に赤子が火が点いたように泣きだしたので、暁成はぎょっとした。

「何だ？　どうしたのだ」

「襁褓《おしめ》は先ほど替えましたから、お腹が空いたのかもしれませんね」

そう言った露草が唐突に自分の衣の胸元を広げようとしたので、暁成は慌てて腰を浮かせた。

「な、何をする！」

如何《いか》に仲のよい兄妹とはいえ、さすがに若い女性がこのようなところでする行為ではない。

「何とは、乳の時間です」

暁成とは正反対に、露草は泰然としていた。

「そなたが乳をやるのか？」

「ええ」

「乳母《めのと》がいるだろう」

いったい何のための乳母かと呆《あき》れかけた兄に対し、

露草は悪びれずに澄ましていた。

「乳が出過ぎて辛いのです」

直截な言葉に、暁成は赤面するほかない。

「さあ、おいで」

わずかに身を捩って暁成の目を避け、露草は己の乳房を赤子に含ませる。

「兄君、何か用があったのではございませんか」

「あ……いや」

子育てに必死な露草に、恋路の質問をするのは躊躇われる。おまけに、思う相手は彼女の夫なのだ。

「では、後ほどにしましょう。今日はお泊まりになるとの話、御馳走を用意させました。楽しんでいってくださいませ」

「そうなのか?」

御簾の向こうに控えている忠峰が、「ええ」と楽しげに同意を示した。

「おまえの家も、我が家と大して変わらぬな」

貴将の言葉を聞き、嵯峨野《さがの》――かつて賀茂《かも》を名乗っていた俊房《としふさ》はにやりと笑った。

「荒屋《あばらや》でないだけいいだろう? 仕事で忙しくてな。家どころではない」

「なるほど」

貴将が微笑みを浮かべる。

陰陽師として更に評判を上げた俊房は、仕事が増して忙しいようだ。

「それでどうしたのだ、今日は」

「明日から少し留守をするのだ。おまえには暁成様をお任せしたい」

「もう任されているであろう」

「重ねて頼んでいるのだ」

むっとした様子の貴将に、俊房はしてやったりと言いたげな表情になった。

「おまえはそのような顔も綺麗だな」

「おや、おまえは私の顔が好きなのか」

「誑《たぶら》かされていると言わなかったか」

からかうつもりが思いがけず真顔で返され、貴将は「そうであった」と苦い顔になる。

「おまえに襲われなくてよかったよ」

「そうだな。おまえが男で助かった」

要するに、女であれば襲われていたのか。

俊房ならばやりかねないと、貴将は心中で胸を撫《な》で下《お》ろす。

「いや、男でもよいかもしれぬな」

ずいと俊房が身を乗り出してきたので、貴将は右手で彼をいなした。

「よせ、我らの友誼《ゆうぎ》にひびを入れるつもりか？」

「おまえの友誼などあてにならぬ」

「先ほどから矛盾しているな」

貴将がからかってやると、俊房は肩を竦《すく》めた。

「おまえが間怠《まだる》っこしい真似《まね》をしているからだ。早く末世を見せてくれねば、俺も退屈でならん」

芯まで貴将の思惑に染まっているのか、俊房は干物を囓《かじ》りながら平然と告げた。

「少し待て。どうせなら絢爛《けんらん》な世を作ってから滅ぼすのがよいと、暁成様は仰《おお》せだ」

「すっかり尻に敷かれているではないか」

俊房を睨《にら》み、貴将は咳払いをする。

彼の戯《ざ》れ言《ごと》を取り合っていては、なかなか話が進まない。

「ともかく、おまえには一つ、頼みがある」

「頼み？」

「これから所用で吉野山《よしのやま》まで行かねばならぬ」

「吉野山とは懐かしいが、随分遠いなあ」

貴族たちが出かけるといっても、せいぜい宇治《うじ》や石山《いしやま》まで。物詣《ものもう》ででも大和国《やまとのくに》の長谷《ながたに》くらいで、吉野山はかなり遠い部類に入る。

「時正様に頼まれたが、須磨《すま》の受領《ずりょう》が崇敬する法師が急な病だそうだ。私が行くべきではないが、内裏の修理に当たって金を出していただいたので、どうしても行ってほしいと」

貴将が苦い胸の内を告白すると、俊房は「そいつは面倒だ」と気の毒そうに頷いた。

優秀な医師は地方にも配されているので、診療は彼らに任せるのが筋だ。だが、貴族の生活は地方の収税を担う受領からの賄賂《わいろ》で成り立つ面もある。彼らとの関係を円満に保つために腕利きの医師を送りたいと、時正がわざわざ頭を下げてきたのだ。これは一つ貸しになるし、拒むのは惜しかった。

頼むだけ頼んで俊房の許《もと》を切り上げた貴将は、翌朝早くに出発した。

「玉主はおいでにならない、と？」

「はい」

都を出る前に内裏を訪ねた貴将に告げられたのは、蔵人のじつに素っ気ない返答だった。

行幸《みゆき》かとも考えたが、早朝から暁成が留守とは考えられないし、共寝を隠しているのではないか。

疑念から、胸が騒ぐ。

あのときの藤壺《ふじつぼ》の姫に対する優しげなまなざしを、わけもなく思い出した。

頭では、わかっているのだ。

暁成はこの国の主、子をなし一族を繁栄させなくては血統は絶えてしまう。貴将とて同じ思いから、おそらくこの先も露草を孕《はら》ませるだろう。

なのに、この苛立《いらだ》ちは何なのか。

「でしたら、後ほど文を持たせます」

ここで文を書く時間はなかったし、今は出発するほかない。

こうなるのであれば、昨日のうちに彼の許に来ておくべきだったと貴将は密かに後悔していた。

貴将の留守のあいだ、暁成と蓉子《ようし》は更なる親交を深めるのだろうか。

……嫌だ。

胸中に生まれた暗い感情、これは嫉妬だ。

暁成を誰にも渡したくない。誰にも触れさせたくない。男であろうと女であろうと、今後一切の接触を許したくはない。

「…………」

口中で小さく呻《うめ》いた貴将は、己の昂る気持ちをせめて片隅に追いやろうと試みたが、無駄だった。

ささやかな墨痕のように、嫉妬の黒い染みが心にできる。それがあっという間に広がって心を蝕《むしば》んでいくのを、貴将は忸怩《じくじ》たる思いで見守るほかない。

胸を掻《か》き毟《むし》るほどに狂おしい思いを抱え、旅立たなくてはいけなかった。

「御主、またおいでくださったのですね」

藤壺の局を訪れると、暁成のやった猫の尚 侍《ないしのかみ》と戯れていた姫の表情がぱっと華やいだ。

折りから吹き込む初夏の風は、熱気を孕《はら》んでいる。

「姫、元気でしたか」

本当は弘徽殿《こきでん》にも行かねばならないのだが、あの勝ち気な女御が苦手で、つい足が遠のいてしまう。それがわかっていて歌合わせをしようだの貝合《かいあわせ》をしようだのと誘いがあるのが、また面倒だった。物合《ものあわせ》をするには準備が必要なので、すぐには渡れない。親交を深めていずれは中宮の座が欲しいのだろうが、暁成としては揉めごとの種を増やしたくなかった。

「今日は双六《すごろく》をしましょう」

「そうしよう、姫君」

暁成に纏わりつく蓉子は、姫の女房装束の襲《かさね》の色も若々しく嫌味がなく、下げ髪は濡れたように艶やかだ。露草のように共犯者めいた匂いはなく、本当の妹に近い存在だった。

「貴将はまだ帰りませんの？」

「え」

虚を衝《つ》かれた暁成が胡乱《うろん》な反応を示すと、姫はくすくすと笑った。

「女房たちが皆、気にしていますもの。貴将が来ると後宮がぱっと華やぐと。なのに、この頃顔を見せないと皆が心配していますのよ」

女官たちが慌てている気配が漂うものの、意に介さずに暁成は笑みを浮かべて先を促す。

「貴将はよく来るのか？」

「近頃はそうでもないらしいですけど、前はしょっちゅう顔を見せたそうですわ」

ころころと笑う姫の表情には他意はないようだ。

「あれは今、所用で吉野山に行っているとの文をもらった。当分は戻らない」

「まあ、そうですの。残念ですわ」

彼女は子供っぽく唇を尖《とが》らせる。

「でしたら、碁の勝負も次の機会を待たなくてはなりませんわね」

「まだ賭けるつもりか？」

「ええ。勝つまで続けるわ」

貴将と暁成の関係を知る者の数は少ない。内侍司《ないしのつかさ》の女官には知る者もいようが、男色自体は珍しくもないし、貴将の麗しさなら納得もされるだろう。

「そなたは父御《てて ご》たちとあまり似ていないようだな」

「どういう意味ですの？」

「私を普通に扱う」

そう、時広たちはどこかで暁成を恐れているのだ。

この躰に流れる物狂いの血を。

蔑《さげす》みは恐れの裏返しだと、暁成は最近になって気づいた。

「だって、暁成様は暁成様ですもの」

毛ほども気にしておらぬ様子で、姫は笑った。

「次はきっと貴将を連れてきてくださいね」

「わかった」


貴将のあのあやしいまでの美しさが女性の心を惹きつけるのは知っていたが、ひどく癪《しゃく》に障る。

「そうそう、女房たちが噂しておりましたの。都には何でも売っている市場があるそうですね」

「葛葉小路《くずのはこう じ》か？」

名前だけであれば、聞いた経験がある。

「はい！　そこでは珍しい品を売っているそうですね。私も欲しいものがありますの」

「何か？」

姫が内緒だというように薫物合《たきものあわせ》で使う香料の名を口にする。おそらくこっそり手に入れて女房たちを驚かせたいのだろう。

「誰かに頼んでおこう」

「ええ！」

一旦は貴将に頼もうかと思ったが、葛葉小路なる市場は飛び抜けて人も多いそうだ。そこでも彼が女性たちの目を引くに違いないと思うと、不用意に行かせたくない。

貴将を誰かに取られるとまでは思っていないけれ

ども、万が一の場合がある。

今回の旅も、暁成の耳に入っていればあらかじめ阻止できたのに。いやに長い旅だが、もしかしたら女性のみならず、男性をも虜《とりこ》にして帰るに帰れなくなっているのではないか。

貴将の場合は、男相手でも油断ならないのだ。

現に陰陽師の俊房が貴将に夢中なのは、暁成も知るところだった。俊房とて本人は隠しているつもりだろうが、心の奥深いところを貴将に蝕《むしば》まれているのは明白だ。

露草がこの思いにつけた名は、正しいのだろうか。

これは恋しさというものなのか。

どうしようもなく淋しさが募り、暁成は白い碁石を握り締めて俯《うつむ》いた。


——眠れない。

御帳台でむくりと起き上がった暁成は、茵を這いだして廂へ向かう。

腥《なまぐさ》い風のせいで几帳がさらと音を立てて捲《まく》れ、暁成は微かに瞬《また》きをする。

「誰かいるのか」

護持僧《ごじそう》であれば、耳が遠いので返事をしない。

「……ここに」

さざめくような密《ひそ》やかな低音。

張りのある声には覚えがあった。

このような夜更けにまるで幻のように内裏に入り込める人物は、そう多くはない。

「俊房か」

「はい」

ぬっと姿を現したのは嵯峨野俊房だった。

賀茂家から独立した俊房は陰陽師としてその地位を確立し、貴族たちに重用されている。

暁成はこの男の昇殿を許していないが、そんなことはお構いなしでいつの間にか内裏に現れる。忠峰《ただみね》に知られぬように入り込むこの男の身勝手さと不躾《ぶしつけ》さが、じつはさほど嫌いではなかった。どうせ俊房も、貴将に心を奪われた同志だからだ。

「どうしたのだ、斯様《かよう》な夜分に」

「貴将が戻らず、お暇だと思いましてね」

相変わらず不遜《ふそん》な物言いで、俊房は人を人とも思わぬ無礼さがある。彼は許しも得ぬのに、どかりとその場に腰を下ろした。

「よもや、貴将に何かあったのではあるまいな」

「それはないでしょう」

表情を曇らせた暁成とは対照的に、俊房はあっさり答えた。

「なぜわかる？」

「あれは優秀な医師ですから」

「予期せぬ疫《えやみ》にかかる場合もあろう」

「昔から貴将は病気一つしたことがない。病のほうからあいつを避けていきますすよ」

懶《もの》げな面持ちで暁成は「そうか」と頷き、それからふと思いついたことがあって顔を上げた。

「時におまえ。確か相当の色好みであったたな」

「まあ、人並みには」

暁成の言葉に、俊房は鼻白んだようだ。


「ちょうどよい。教えてほしいことがあるのだ」

忠峰のはからいで一泊しておきながらも、露草にはどうしても聞けないことがあった。

「御主が直々《じきじき》にそうおっしゃるとは珍しい。いったい何ですか？」

「その……」

自分の疑問のくだらなさに気づいているので、暁成はつい言い淀む。しかし、意を決して口を開いた。

「た、貴将と閨《ねや》を共にするのだが」

「ええ、存じております」

それがどうしたのかとでも言いたげなつまらなそうな声に、暁成はほっとする。

「あの男は何かと、丁寧なのだ」

「何がですか？」

「つまり……その……」

言いづらい。閨房《けいぼう》の秘めごとを口にするのは、斯《か》くも厄介なことであったか。

「口籠《くちご》っていてはわかりませんな」

「一つになるまでだ」

晩成は早口で述べた。

「一つ？」

「だから、私に挿《い》れるまでが！」

思わず声を張り上げてから、しまったと思って口を塞《ふさ》ぐ。これでは宿直している連中を起こしてしまいかねない。

「ここは結界を張ってありますゆえ、少々騒いでも問題ありません」

「そうであったか」

晩成はほっと安堵してから、「そうではない」と俊房を軽く睨んだ。

「私が気にしているのは、人が来ることではない」

「こいつは失礼。どうぞ、続きを」

俊房は見上げるように晩成の顔を窺《うかが》った。

「で、貴将が丁寧なのが何か問題でも？」

無遠慮な口調だったが、そのくらいざっくばらんなほうが晩成も話しやすい。

「――私に……不満がないかと」

「は？」

「言葉どおりだ」

ふむ、と俊房は唸った。

「貴将は俺ではなく、あなたを選んだんだ。不満があれば、俺がもらい受けますよ」

「そうではない」

呻くように、晩成は喉から言葉を絞り出す。

「わ、私の躰は貧相で、あの男にはつまらぬのではないかと思うのだ。だから、それなりに愉しめるよう時間をかけるのではないか？」

「………」

晩成が漸《ようよ》う皆まで吐き出すのを聞いた俊房は眉間に皺《しわ》を刻み、険しい顔で押し黙った。

「どうした？」

「いえ……」

思いの丈をぶつけたせいで気持ちがふっと楽になるが、再びしどろもどろに戻ってしまう。

「あとは……狭いのではないかと……」

「狭い？」

「だから、その……」

「ああ、道がですか」

漸く合点がいったらしく、俊房は納得顔で頷いた。

「まあ、そういうことだ」

こうした話をするのに慣れてはいないため、暁成はぼそぼそと歯切れが悪く続ける。

「貴将はあの美しい顔で……立派だし……」

「要は貴将の逸物《いちもつ》に比べて、御方の道が狭いのではないかとお思いなのですな」

「そうなのだ！」

暁成が勢い込んで同意を示すと、俊房は顎を撫でながら暫し考え込んだようだ。

「何かよい手はないか」

「寺の稚児なら、慣らすのに薬やら器具を使うものです。市でも買えますすよ」

「器具？　それはどのようなものだ？」

世の中にそんな便利なものがあろうとは。

「つまりですね」

「ふむ」

「ですから、その……ああもう七面倒臭い！」

声を荒らげた俊房は不意に真顔になり、大胆にも暁成に一気に詰め寄る。

「俺が確かめましょう」

「何を？」

「味に関しては、あなたは大納言たちのお墨つきでしょう。でも、あなたの道が狭いかまではわかりません。俺が試して、器具が必要かどうか判断しますよ」

「な……」

暁成はそれきり絶句した。

俊房に対して恋情がないのに身を任せるのはどうかと思うが、男色を政に利用する者は多い。

それで疑問に対する答えを得られるのなら、いいのかもしれない。

「――よいだろう」

考えた末に暁成は毅然《きぜん》と答えると、目を瞠《みは》った俊房の双眸を見つめ返した。

「おや、いいんですか？」

どこか意外そうな声だった。

「おまえが言い出したのだろう」

晩成は彼を見据え、口を開いた。

「さあ、来るがよい」

「では、遠慮なく」

俊房が晩成の肩を摑み、茵に引き倒す。

烏帽子《えぼし》を被《かぶ》った男がずいと顔を寄せる。彼の大きな掌のぬくみが単衣《ひとえ》越しに伝わってきた。

少し緊張したが、どうということはない。

これで貴将の秘密がわかるのだ。

「………」

俊房がふっと息を吐き出すと、そこで顔を背けた。

「どうしたのだ、俊房」

「いえ……もう結構です」

「何が」

「いくら俺でも、貴将を怒らせるのは避けたいんですよ。この程度で殺されるのは割に合わん」

意味がわからずに、晩成は眉を顰めた。

「貴将がそなたを？　友人なのに、なぜだ？」

「あなたも鈍いお方だ」

主《あるじ》を捕まえて鈍いとは、臣下のくせに大した言いぐさだった。仮に晩成がより苛烈な性格であれば、今頃俊房は勅勘《ちょっかん》を受けていただろう。

「どういう意味だ？」

「一つだけ忠告させていただきますが、言葉にしなくては通じぬこともあるんですよ」

「意味が、わからぬ」

「……でしょうね」

頭を掻き、俊房は今度は大きなため息をつく。

ともあれ、彼は晩成の肉体についてこれ以上関わる気はないようだ。俊房が協力せぬのであれば、自分なりに解決策を探すほかない。

「ならば、これから私の言う品を用意せよ」

「何をでございますか？」

俊房が怪訝な顔つきになった。

三

嵐による足止めと方違《かたたが》えの必要性から、貴将《たかまさ》は当初の予定に反して十日以上も都には戻れなかった。

そのせいで、やけに気が急《せ》く。

自宅に戻って身を清めてからすぐに、貴将は内裏へと出向いた。

侍医として無事の帰還を報告する義務があるだけでない。会いたくて会いたくて、いても立ってもいられなかったからだ。

寝所に忍び込むにしてはまだ早く、積もる話もできるだろう。宿直を装い今日は衣冠姿だったが、それでも人目につきたくなかった貴将は、あえていつもと違う門を使った。

馬を下りて淑景舎《しげいしゃ》の近くをひたひたと歩いていると、前方から、むしのたれぎぬ姿でやってくる女性が目についた。頭に大きな笠《かさ》を被り、垂《た》れ絹《ぎぬ》で顔を隠すのは、高貴な女性の外出着だ。

だが、このような時間に女性の一人歩きとは珍しい。帝や後宮の身の回りを司る役所である内侍司《ないしのつかさ》に所属する女官だろうが、不用心には変わりない。

背格好と躰の線に見覚えがある気がした。いったいどこの局の女人だろうか。失礼とわかりつつも、貴将はしげしげとその女性を見つめてしまう。

貴将の視線に気づいた女は、数歩手前でふと足を止めた。それも一瞬で、歩きだした女性はそそくさと貴将とすれ違おうとする。

「もし」

貴将のすぐ隣で、再度彼女が立ち止まった。

「…………」

「もし、そこのお方」

返答がない。

不思議に思いつつも彼女の顔を垂れ絹越しに見やった貴将は、ぎょっとした。

甘やかで神秘的な美貌は露草宮《つゆくさのみや》のものだった。

否《いな》、露草が内裏を自由に出入りできるわけがない。彼女は内裏を好まないし、乳飲み子を乳母に任せてまで外出するとは思えなかった。

しかし、他人のそら似にしては露草に似すぎている。女嬬《にょじゅ》はばつが悪そうに目礼し、その場を過ぎようとしたので、貴将は反射的に動いた。即《すなわ》ち、垂れ絹を押さえる彼女の右手を衣越しに摑んだのだ。

「ッ」

彼女はどきりとしたように息を呑むが、あえて払いのけようとしないのは、垂れ絹が落ちるのを避けるためだろうか。

「露草様、斯様なところにおいでとは」

貴将は思い切って鎌をかけてみた。

「ん」

もごもごとした声で返答があるが、露草であればはっきりと肯定するはずだ。

妙だ。露草ではないならば、彼女に一番似ている人物ではないか。

――まさか。

貴将が胸中に抱いた疑念が、突如として大きく膨らんでいく。馬鹿馬鹿《ばかばか》しいと思いつつも、否定しきれない。

「こちらへ」

たじろぐ彼女が手を振り解こうとしないのをいいことに、貴将は手近な局に導く。

人気のない桐壺《きりつぼ》は、かつて暁成《あきなり》が無体な真似をされていた場所だ。

さして抵抗もなく薄暗がりに連れ込まれた女は、ここで初めて怯《おび》えたように後退《あとずさ》った。

骨張った足首を見れば、やはり誤魔化しようがなく男のものだ。

これは、暁成だ。

「どこへ行くおつもりでしたか、暁成様」

「えっ」

暁成が声を上擦らせたので、貴将はため息をつく。

「私には見抜けぬとお思いでしたか？」

「こ、これは……」

彼が口籠ったが、追及の手を緩めるつもりはない。

「さあ、お知らせくださいませ」

すぐに観念したらしく、暁成は市女笠《いちめがさ》を被ったまま俯いた。

「——葛葉小路《くずのはこうじ》に行きたかった」

「あんなところに、何故《なにゆえ》に？」

「…………」

「暁成様」

一語一語切るように名を呼ぶと、暁成が渋々口を開いた。

「——欲しいものがあったのだ」

「おっしゃってくだされば、私が買ってまいります。何が欲しかったのです？」

「そなたには関係ない」

強い調子で突っぱねられ、貴将は眉を顰める。

「もしや、藤壺の女御に何か頼まれたのですか？」

「！」

笠を被ったままの暁成が顔を跳ね上げる。

図星だったのか。

貴将にしてみれば、わざわざ女の格好で一人で市場へ行こうとするなど、とんでもない愚行だった。確かに暁成は一国の主に相応しくない破滅的な思考の持ち主だが、それとこれはまた別だ。

藤壺の女御のためなら、誰が考えても愚かと断じられるような真似も平気でできるのか。

突如として激しい怒りに駆られた貴将は、思わず暁成の市女笠を乱暴に剝ぎ取った。

「あっ」

薄い垂れ絹がびりっと音を立てて破れる。

「…………」

髪文字《かもじ》をつけた暁成は白粉を叩《はた》き、唇には紅を差し、はっとするほどに艶やかだった。

斯様に美しいと余人に気づかれれば、無事に内裏に戻れはしまい。途中で男と知れたところで、これほど美しければ問題視されないはずだ。

なぜそれが、暁成にはわからないのか。

「——そのなりで葛葉小路に行けば、どうなるのか教えてあげますよ」

「どう、とは？」

晩成の肩を突き飛ばし、その衣を掻《か》き分《わ》ける。女の衣であれば、どのみち犯すのは楽だ。

すぐに指先が小さな蕾《つぼみ》を捉《とら》えた。

「ッ」

慣らしてやろうかと思ったが、野盗たちはそんな親切な真似はしないだろう。指の腹で更にそこを探ると、怯《ひる》んでいるのか、あるいはこれだけで発情したのか、晩成が「あっ」と掠《かす》れた声を発した。

そうでなくとも、晩成の肉体は感じやすいうえ、雄を酔わせる生来の淫蕩さを備えている。

今も、誘い込むように震える蕾がいやらしい。

「私でなくとも、いいのでしょう？」

「なに…をっ……」

暫く触れていなかったせいで、その甘い声音が貴将の獣欲を煽《あお》った。


どうしよう……。

夕暮れ時でまだあたりを識別できるとはいえ、灯《あか》りが一つとしてない、荒廃した局は不気味だった。

だがそれ以上に怖いのは、普段は優しい貴将をなぜか怒らせてしまったという事実だった。

「貴将……」

どうして彼が怒っているのか、わからない。

葛葉小路で本当に欲しい品を口にするのは恥ずかしかったので、咄嗟《とっさ》に藤壺の姫を大義名分にした。蓉子《ようし》にも香料を頼まれていたし、何よりも彼女と仲睦まじくするのは、貴将も望んでいることのはずだ。

「た、貴将」

小袖の裾を捲《まく》り上げられ、晩成の足が露になる。

「このままであれば、麗しい女性《にょしょう》に見えますよ」

両腕は頭上にて腰紐《こしひも》できつく結わえられ、身動きできない。腕に紐が食い込み、痛くてならなかった。

「乳房はありませんが、それもよい」

貴将は晩成の胸元をくつろげ、平かな胸に触れる。ぐいっと乳首を捻られると、千切れてしまいそうだ。

だが、貴将はそれすらも頓着《とんちゃく》しない。

晩成の両脚を抱えるようにし、貴将は前から強引に雄蘂《ゆうずい》を突き込んだ。

「ー……ッ」

反射的に口を噤《つぐ》んだため、暁成の悲鳴は押し殺したものになった。

痛い。貴将はどうしてしまったのか。彼はどこかがおかしくなったのではないか。

けれども、助けを求めて叫べば、誰かにこの浅ましい光景を見られてしまう。

女の格好で惨めに縛られ、転がされ、臣下に犯されているところを。しかも、暁成が出かけようとした事情が、あまりにも情けない理由なのだ。

そう思うと、躰が燃えるように熱くなった。

「ひ、う……」

入口は慎ましやかで狭いせいか、肉塊《にくかい》を押し込まれた衝撃でめりめりと引き裂かれそうだ。息もできそうにないのに容赦なく腰を進められ、耐えきれずに掌に爪を立てる。

それが苦痛だと解するのに時間がかかるほどに、激しい痛みは暁成の感覚を麻痺《まひ》させていた。


「う、うう、うく…ッ…」

こんなにきつくて、やはり自分では狭すぎるのだと、二重の意味で苦しくなる。いつも貴将につらい思いをさせていることに、胸が張り裂けそうだ。

「きついですよ。緩めてください」

「むり……無理…だ…」

「いくらあなたでも、無理強いする男は受け容れぬと？　どうせ、すぐによがるくせに」

精一杯躰の力を抜こうと試み、実践しているつもりだ。しかし、圧倒的に大きな貴将自身が内壁を押し潰そうとしており、上手くいかなかった。

「…ん、ぐ、ひっ…ひぅう……」

痛苦ゆえに、無様な声が喉から漏れ出す。

「ああ、違いますね。必死になって私に絡《から》んでいるのか……本当に浅ましい肉だ」

胸を抉《えぐ》られるような、酷薄な言葉だった。

時広《ときひろ》たちに抱かれていた頃はどの女よりも淫らだと嘲《あざけ》られたが、貴将は今まで一度だってそんなことを口にしなかった。

「やだ……うう……ーッ……」

何故《なにゆえ》にこんなに詰《なじ》られるのかわからず、ぽろぽろと涙が零れる。

「すべて納まりましたよ。こんなに締めつけて、乱暴にされるのが相当嬉しいようですね」

違うと言いたいのに、腹が苦しくて声が出ない。

「よもや、外に男を漁りに行く途中でしたか？」

「ちが……ふ…ぅう…ッ…」

泣きながら浅く呼吸を繰り返してみても、未《いま》だに貴将の楔は馴染《なじ》まなかった。

「今日は私を拒む……動いたらきっと裂けますね」

「よせ！」

「いいえ」

短く断言し、貴将がいきなり抽挿《ちゅうそう》を始める。

乱暴な律動は、暁成の肉を突き破りかねない。

「破れたら私が治して差し上げますよ、何度でも」

「ひぅ、う、く、くう…ん…」

辛《かろ》うじて息はしているのだが、それ以外は何も思いつかない。唾液を呑み込むのさえ忘れて大きく貴将に揺さぶられる。意識して緩めているうちに漸く少しずつ慣れてきたが、突かれるのはまだつらい。

「痛い、待…て…」

太く逞《たくま》しい男根で擦られると、躰の奥からじわじわと熱が湧いてくるようだ。下腹部を満たす感覚を追いかけ、ほかが疎《おろそ》かになる。

髪文字がずれて見苦しいのではと思ったが、貴将は気にしていなかった。彼は憑《つ》かれたように腰を動かし、暁成の深奥《しんおう》を征圧してかかる。

たとえ無理やりであっても、貴将が情熱をぶつけてくれているのだ。

そう思うと、今度は躰が火照ってくる。

「あ、あっ……あふ……」

無理やりされているのに……快《よ》くなってきた。

こうなると、暁成は鼻にかかった声で甘く喘《あえ》ぐほかない。

「だいぶ反応が緩い。感じてきたようだ」

昂奮の滲《にじ》む声で指摘されても、意味がよくわからない。ただ、こうしてぬるんだ場所を抜き差しされ

ると躰が痺れて、そそり立つ部分から先走りの蜜がとろりと溢れるのが感覚でわかる。

出したい。もっと勢いよく。

「相変わらず、はしたない躰ですね」

貴将に責められ、暁成は唐突に現実に引き戻された。凌辱《りょうじょく》に感じてしまえば、時広たちのときも悦んでいたと誤解されるかもしれない。あまつさえ達すれば、貴将は暁成の淫らさを蔑むはずだ。

このままでは貴将に嫌われかねないという怯えが、暁成を恐慌に駆り立てた。

「や、やめ…よ…もう……」

歔欷《きょき》する声がか細く、淫哇《いんあい》のようで惨めだ。

「つくづく、淫らな肉をお持ちだ。臣下に犯されて斯《か》くも悦ぶ……」

「やだ……いや、貴将…やだ…」

いつしか暁成は啜り泣いていたが、貴将は許してくれなかった。

「いいえ。私はあなたを穢すさだめなのでしょう? 穢し尽くすまでやめません」

貴将自身も汗を滴らせ、息を弾ませながら、冷酷な言葉を紡ぐ。

「これでは男に快楽を与えるための器ですね、あなたの肉は。おまけに誰が相手でも悦び、そのような浅ましい色声を上げる」

誰が相手でもいいわけでは、ない。

なのに、それを言葉にできない。

「もう、やだ……やだっ」

暁成をまるで慮《おもんぱか》らない貴将の動きが性急になり、がくがくと大きく躰が揺さぶられた。

「ん、ひっ…や、やっ、やめ、や……いや…ッ…」

「出しますよ」

親切心なのか暁成を辱めているのか、貴将がいやに冷淡な声で宣告する。

「よせ、あ、あ、あっ」

舌を嚙みそうなほどの勢いで突き上げられる。

「…ふ……あッ…あん…だめ…出すなっ……」

中で出されたら、きっと、堪えきれない。

なのに、しまいにはぐっと腰を引きつけられ、体内に熱いものをどっと注ぎ込まれた。

あたかも種付けをするような執拗《しつよう》さで、貴将がじっくりと時間をかけて暁成の内側を汚していく。

「や、あ、あ……ーっ！」

その熱い迸《ほとばし》りに感応し、暁成も達してしまう。

ひくひくと痙攣《けいれん》しながら体液を放出したが、常のような甘い幸福感は皆無だった。

繋がったまま貴将は暫くその楔で暁成の襞を入念に掻き混ぜ、精を塗り込める。

炯々《けいけい》と光る目で射竦《いすく》めるように見下ろされ、暁成はいたたまれずに瞼《まぶた》を閉じた。


気づくと暁成は、清涼殿の局に用意された茵《しとね》に横たわっていた。

貴将が運んでくれたらしく、衣服は先ほどの女物の小袿《こうちき》だったが、一応は整えられている。

「お目覚めですか」

暁成がのろのろと身を起こして伸びをすると、貴将は不機嫌な顔つきでこちらを見やった。

「白粉と紅は落としました。忠峰《ただみね》様に見つかったら、不都合がありますから」

夜更けのようで、あたりは暗い。

「皆の者は？」

尋ねると喉が痛くなり、暁成は何度か咳《せき》をした。

「まだ眠っておられます」

「そうか」

暁成がほっとしたのを見咎《みとが》めたらしく、貴将は目を吊《つ》り上《あ》げる。

「侍従たちに、私の薬を使ったのですね」

「ああ、あの香はよい効き目だな」

「こんなことのためにお渡ししたのではありません」

薬効を褒めれば少しは場が和《なご》むかと思ったが、貴将はかえって厳しく叱責《しっせき》した。

先ほどの仕打ちといい、まさかここまで怒られるとは思ってもみず、暁成はさすがにむっとする。

「そなたこそ、あのような無体はどういうつもりだ」

「時広様たちに比べれば、大したことではないでしょう」

しかも時広を引き合いに出すところが憎らしい。

「なぜそんなに怒るのだ」

喘ぎすぎて声が掠れ、惨めさが募る。再び涙が滲み、暁成は潤んだ目で貴将を睨んだ。頼りない灯りの中、貴将の影がぼやけて揺れる。

「……おわかりにならぬと？」

「わからぬ」

貴将が一瞬眉を吊り上げかけたものの、肩で息をつき、暁成の頬を両手で包み込んだ。

「あなたはご自分の美しさに気づいていない」

きょとんとして暁成は首を捻《ひね》る。

美しいのは、貴将のほうだ。

今も鬼神すら魅了するような貴将の美貌に目を奪われ、見惚《みほ》れてしまうのに。

「そなたの美しさに敵《かな》う者などおらぬ」

「私を引き合いに出すのはおやめください」

そう言われたところで、困ってしまう。暁成が基準にするのは、やはり貴将しかいない。

「露草宮様を思い出してください。あの方は美しいでしょう」

「母に似ているのだから、当然だ」

暁成はわけもなく胸を張る。

「ならば、血を分けたあなたが女性の格好をなさったとき、人からどう見えるかはわかるはずです。あなたはこの国の主。何かあれば忠峰様やほかの方々が咎を負う」

そこまで言ってから、彼は「いえ」と呟いて首を横に振った。

「何よりも私の心が張り裂けかねません」

「そなたの？」

「あなたに何かあれば、平静ではいられない。それこそ、この国を滅ぼしてしまうかもしれない」

普段は取り繕い、澄ましている貴将から熱く迸る本音。それが暁成の胸を勢いよく叩く。

「おまけにあなたの行動は、藤壺の女御のためだとか。あなたがあの可愛らしい姫君を娶ったことでさえ、政のためでなくては許し難いのに……あなたは

「何も知らずに私を逆撫でしようとする」

貴将の声に滲む後悔の色と、そして姫に対する複雑な思いの吐露に、暁成は凝然とした。

「――まさか、そなたは妬《や》いているのか？」

「当たり前です」

「信じられぬ……そなたほどの男が？　妬くのは私の役目ではないか」

誰もが羨《うらや》む涼やかな美貌。美しい声。医者としての才能。才能など役に立たぬはずの貴族社会で、貴将は己の腕一つで上り詰めようとしている。そんな煌《きら》びやかな男が、悋気《りんき》を見せるのだ。

その事実に胸が苦しくなる。

「すまぬ」

暁成は素直に謝り、貴将の二の腕を摑んだ。髪文字が外れて髷《まげ》が見えてしまっていたが、相手が貴将であれば恥ずかしくはなかった。

「姫が香木と引き替えに、唐渡りの龍笛をくれると言ったのだ。そなたに吹いてみてほしかった」

言葉が途切れた。


「そうでなくとも、長くそなたがいないのは、淋しうて敵わぬ。一人では気が紛《まぎ》れなかったのだ」

淋しくて、恋しくて、つらかった。

この思いに恋と名づけたせいで、淋しさは募った。

「……そうでしたか」

貴将の声に、やっと優しい色が滲む。

「会いたかった」

「私もです、暁成様。申し訳ありませんでした」

穏やかな声が鼓膜を擽《くすぐ》り、安堵が暁成の小さな胸を満たした。

「ですが本当にそれだけのために、無茶をなさろうとしたのですか？」

畳みかけられて、暁成は返す言葉に詰まる。

「香が欲しければ忠峰様に頼めば済むはずです。頼めぬものも欲しかったのではありませんか？」

「――もとはといえば、そなたが」

「私が悪いのですか？」

探るようなまなざしで、貴将に間近からじっと見つめられる。

「……そうだ。そなたが、その……」

はしたない言葉を口にする自覚があったので、暁成は口籠った。閨《ねや》ではいくらでもあられもない言葉を口にするのに、行為を終えると恥ずかしい。

「……私に触れるとき、その……」

「触れられたくないのですか？」

「そうではない！　そなたは優しすぎるのだ」

貴将が意外な理由だとでも言いたげに、目を瞠る。

「どういう意味かお教えください」

「もっと乱暴にしてもよい。なのに……」

「先ほどのように乱暴にしてほしいと？」

彼の口調が険しくなったので、暁成はゆるゆるとかぶりを振った。

「あれは、嫌だ」

情の欠片《かけら》もない媾合《こうごう》など、苦しくてならない。もう二度と御免だった。

「ならば何が嫌なのです？」

「そなたが私にとても丁寧に触れるので、あちこちが狭くて満足できぬのではないかと思ったのだ。先ほどもとてもきつかっただろう？　すまぬ、貴将」

それを聞いたせいか、貴将が押し黙る。それきり彼が何も言わないので、暁成の不安は増した。

もしや図星だったのだろうか。

「——あなたは、思い人を大切に扱いたいと望む私の気持ちも通じぬのですね」

困ったような貴将の言葉に、暁成は顔を上げる。

「そう…なのか？」

「大事だからこそ、あなたを傷つけたくない。できるだけ長く触れていたいのです。一つになるだけでは営みはすぐに終わってしまう。狂おしいほどにあなたを思っていても、堪えなくてはいけません」

「貴将……」

胸が一杯になり、暁成は思わず彼の首にしがみついた。貴将の躰は、あたたかい。このところ疑心暗鬼になっていたのが、馬鹿馬鹿しく思えてくる。

「そなたの思いを疑って悪かった」

「いいえ。わかるように伝えなかった私もいけないのです」

優しく裸の背中をさすられ、その艶めかしい動きに一気に体温が上がるように思えた。

「それに、御身は素晴らしく美味なのですよ。狭いのはひとたび味わえば溺れずにはいられぬ、傾国の器の証。時広様と時正様は、それゆえにあなたを手放さなかったのでしょう」

「知らなかった」

肉体を詰《なじ》られることはあったが、そのような事情だったとは。

「ええ。あなたは人一倍房事に溺れる質なので、私がどれほど酔《よ》い痴《し》れているか、お気づきにならぬのでしょう。私もまた、溺れすぎてあなたを壊さないように気をつけていましたから」

貴将はくすりと笑い、改めて暁成の髪を撫でる。

「――今度は私にさせてくれ」

暁成はそう訴え、貴将の顔に鼻を擦り寄せた。

欲望が迫《せ》り上《あ》がり、我慢できなくなったのだ。

「何をですか?」

「そなたを溺れさせたい。可愛がらせてくれ」

「あなたは我が君。この心身を捧《ささ》げているのに、どうして拒めましょうか」

貴将が頷いてくれたので、暁成はほっとする。

「ならば、まずは私に脱がさせよ」

「御主自らとは光栄です」

彼をその場に立たせると、暁成は己の手で衣を脱がせる。装束を身につけるには人手が必要で、元どおりに彼を着付けできるか自信はなかったが、貴将の体温を全身で感じたい。

「すべてを見せるがいい。これは命令だ」

「御意」

貴将が冠を脱ぐ。貴族にとってそれは裸になるよりも恥ずかしい行為とされていたが、髪文字の外れた暁成も同じだった。

何も隠すものがない状態で、生のままの彼と交わりたいのだ。

「これでよいですか」

「ん。ここに座れ」

「はい」

向かい合わせに腰を下ろし、茵に腰を下ろした貴将の膚に舌を這わせ、ぬらぬらとした唾液の筋を残していく。汗の味がするのは、先ほどの交わりの余韻だろうか。擽ったそうに笑った貴将であったが、暁成の愛撫《あいぶ》に身を任せてくれる。

美味《おい》しいのは、貴将のほうだ。どこもかしこも、甘美な味がしてならない。この匂いも、味も……何もかもが愛おしかった。

暁成は上体を倒し、腰の回りから背中にかけてを音を立てて吸っていく。

やがて意を決してその場に身を屈め、男の性器に直《じか》に指を絡めた。

「そちらに悪戯《いたずら》をなさるのですか？」

揶揄《やゆ》するような声音は、どこか甘い。

「そうだ。さんざん私を翻弄したのだ。そなたも覚悟せよ」

とくとくと脈打つ塊にくちづけたところ、「く」と貴将が微かに呻いた。その顕著な反応が嬉しい。

「舐めるぞ……」

「どうぞ」

表面に無造作に舌を押しつけると、先ほどの精液の味が残っている気がした。でも、もっと濃い味が欲しい。これでは物足りない。

「んむ……ん、んっ」

幹に沿って上下に舌を這わせていくうちに、自然と唾液が溜まってくる。舌で唾液を掬《すく》ってなすりつけていると、卑猥《ひわい》な音が生じてしまう。貴将の下腹で頭を前後に振り、暁成は懸命に奉仕に耽《ふけ》った。

そうしているうちに、暁成もまた反応していく。じくじくと疼くような感覚が体内で渦巻き、熱く全身を痺れさせせているのだ。

「ふ、ふ……んくぅ……」

肘を突いて貴将の前に這いつくばると、ちょうど反応しきった部分が床に擦れて息を呑んだ。

少し擦れるのが、気持ちいい……。

してはいけない。恥ずかしい行為だとわかっているのに、腰が勝手に揺れる。肉体が昂るままに躰をくねらせ、衣に先走りをなすりつけてしまう。

貴将に触れると、すぐにこうなるのが常だ。

己の立場も身分も忘れて臣下の貴将に傅《かしず》き、奉仕に夢中になる。それも時広のように強要されるのでなく、己の欲望に抗《あらが》えぬゆえに奉仕に耽るのだ。

「む、ん、んっ」

性器が口の中で膨らみ、やわらかな粘膜を擦る。それが、たまらなく快《い》い。

「暁成様、お苦しいのですか？」

「う、ううん、きもちい……」

雄を咥えたまま不明瞭に告げて顔を上げると、その場に座した貴将が安堵したように笑んだ。

「それはよかった」

「いい……これが、んく、んむ……んふぅ……」

貴将は十分猛《たけ》り、既に口中には納めきれない。

「ふぅ……」

飲みきれずに垂れた唾液が、その場に敷いた貴将の衣に染みを作る。

「……だして……」

「暁成、様」

堪えるように呟く貴将の額には、既に汗が滲む。

「口に、出して……おまえの……」

子種を直截にねだると、貴将は諦めたらしく暁成の頭に手を添え、ぐっと腰を押しつけてきた。

「んぐっ」

喉を嘔吐《えず》かれたあと、口中に淫精の味が広がる。遠慮なく注がれた体液は、まだ濃く粘りけがあった。

「ふ、…美味しい……」

息ができるうちに喉を鳴らして淫精を飲み干したが、物足りない。もっと欲しくて幹をさすり、括れたあたりをくるむように舌を動かした。

「貴将、美味しい…美味しい…おいし…んむっ…」

小さな孔《あな》に溜まった精液まで吸い出そうと四苦八苦していると、貴将が笑いながら頭を撫でてくれた。

「これで終わりにするのなら、もう一度口に出しますが」

「……ならぬ」

のろのろと身を起こした暁成は自らの衣を脱ぎ捨て、向かい合わせに貴将の逞《たくま》しい腿《もも》に跨《また》がった。

「暁成様？」

こうするのは初めてだったが、おそらく、できるはずだ。しかし、暁成が積極的な体勢になったので、貴将は訝しげな反応だった。

「私の好きなように、させよ」

「構いませんが」

「そなたはたまらぬ美味。躰のどこもかしこも旨《うま》くてならぬ。貪らせよ、貴将」

一息に囁いた暁成は貴将の首に歯を立て、唇が当たった部分を吸った。同時に、先ほどから頻りに蜜を滴らせるものを、貴将の下腹部に押しつけた。

再度力を持った貴将の尖端《せんたん》が尻を叩いたので、暁成はお返しに己の双丘《そうきゅう》をそれに擦りつける。

「ふふ……固くなったな」

「戯れはやめてください」

窘《たしな》めるような声に、確かな欲望が滲んでいる。

貴将が自分を欲してくれているのが、嬉しい。

「悪戯ではない。そなたを可愛がっている」

「これで？」

「そうだ。入りたいか、私の中に」

貴将はすっかり張り詰め、固くそそり立っている。聳《そび》え立《た》つ杭《くい》がぶつかるとそれに呼応し、暁成の秘蕾《ひらい》が絞り込むように蠢《うごめ》いた。

「ええ。あなたの中は……口よりもずっと心地よいのです。いつも繫がっていたく…」

不意に貴将の声が途切れたのは、暁成が蕾を雄根に押しつけたせいだ。

「ふ、ぅ……う…入る……」

入る。

つい先ほどまで繫がっていたはずなのに、肉の門はまたきつくなっているのか。それとも貴将が大きくなりすぎているのか、肉と肉の隘路を破るようにして貴将が乱暴に入り込んでくる。

「た、貴将ッ…」

「まだ、ですよ。すべてを…あなたの中に導いてください……」

耳許で囁く貴将の声も、次第に昂奮に掠《かす》れていく。

「あ…あっ…太い……」

完全に兆した貴将の性器は、尋常ならざる充溢《じゅういつ》ぶりだった。自然と涙が零れ、額から噴き出す汗と混じり合う。それでも何とか全部挿れた暁成が息をついていると、貴将が「動きますか？」と問う。

「いや……私が……」

貴将の首に腕を回し、暁成は自分の腰を前後に揺すった。

「あ、あ、……ああ……」

肉と肉が擦られ、引《ひ》き攣《つ》りそうだ。その振動すら、甘い刺激に変わる。

生理的な痛みはあるのだが、すぐに快楽がそれを凌駕《りょうが》した。

「……いい…」

うっとりと呟いた暁成は、今度は左右に腰を振ってみる。

「ん、んふ……ん、んっ……んあっ」

横も、いい。

無心になって縦横に腰を振っていた暁成だが、すぐにその単調な刺激が物足りなくなってくる。しかし、どう動けばいいのかわからずに、貴将に凭《もた》れたまま身を震わせた。

「どうしましたか？　お辛いのですか？」

気遣う貴将の声に、暁成は首を横に振った。

「も、もどかしくて、ならぬ…」

圧迫感に喉まで塞がれるようで、舌が縺《もつ》れる。

「でしたら、上下に動けますか？」

「こう……あァッ…！」

こうか、と聞くまでもなかった。

貴将の腿のちょうど後ろ側に足をつき、膝を立てる。わずかに身を倒してくれた彼の首にしがみついて体重をかけ、まずは伸び上がってから思い切って腰を落とした。

「…ふ、あ、あァ、あ、ああっ！」

暁成はすぐにその淫らな遊戯に夢中になった。

逞しい楔が蜜壺をぐちゃぐちゃに掻き混ぜる。よくて、よすぎて、もう何も考えられない。

「あ、あっ、いいっ」

気持ちよさから瞬間的に絶頂に達し、暁成は白濁を吐き出す。

「きつい…」

感極まって呻く貴将の声が、愛しい。

それを聞くうちに、また、快楽が背筋を駆け上がり、露を含んだ花茎が頭を擡《もた》げてくる。

「まだです、暁成、様…」

「あ、そこ…そこ、…いい……！」

暁成の唇から、歓喜の色声が溢れる。

「いい、いいっ……いいっ……」

凄まじい快楽にすぐに絶頂に導かれ、暁成は貴将の腹に向けて射精してしまう。

「もっと…もっと…貴将…ッ……」

こんなに感じているのに、悦楽には果てがない。

「ええ、私がまだですから」

際限なくねだれば呆れられるかと不安になったが、貴将も快感を貪っているらしい。汗に濡れた美貌には懊悩《おうのう》の色が濃く、それもまた蠱惑的《こわくてき》だ。

「暁成様、ここはいかがですか」

「…ああっ、あ、あっ、はっ…」


貴将が片手で腰を支え、もう一方の手で乳首を乱暴に捻《ひね》る。遠慮のない仕種《しぐさ》に、思惑どおりに貴将も溺れているのだとわかって昂奮が募った。

だが、暁成自身もそろそろ限界が近づいている。

その証に、動くのもつらい。

「た、貴将、動いて…」

「そのほうが感じますか？」

「ん、尻、いい…よくて…動け…ない…」

最早自分が何を言っているのか、わからない。

呂律《ろれつ》も回らなかった。

断続的に蜜を垂らす暁成の花茎が、貴将の引き締まった腹に触れて白い線を描く。

「突いて…もっと、強う……」

全身が火照り、貴将の腿に自分の膚がぶつかるたびに、汗が飛び散るような気がした。

「こう、ですか」

ずぶずぶと深く突き上げられ、穿《うが》たれ暁成は顎を跳ね上げる。自分本位で動くのもいいが、貴将の好きに弄ばれるのもまたいい。

「あ…熱い…蕩《と》ける……」

口を閉じてられず、ひっきりなしに喘ぎが溢れた。

「おまえ…は……？」

「たまらない……搾られて、壊れそうだ」

「ふふ…」

嬉しい。

貴将と一つになれて、こんなふうに抱き合えて。

壊れもののように扱われるのも、壊れそうなほどに抱き合うのも、どちらもたまらなく幸せだ。

「出して…中、出して……」

熱く濃い精液で、孕ませてほしい。

「ええ。では、あなたが動いてください」

「んん…ーっ…」

ぐちゅぐちゅと音がするほどに激しく暁成は腰を振り、貴将の唇を求めて舌をきつく絡ませる。

くちづけは甘く、どこまでも濃密だった。

「出しますよ？」

「ん、出して……だして…っ…」

浅ましく身をくねらせながら、暁成はねだる。動きを合わせた貴将が暁成の細腰を摑んで自分に引きつけ、一際深く貫く。凄まじい一撃に身を震わせる暁成の肉体に、彼は遠慮なく精を注いだ。

「ーっ！」

自身も絶頂に引き上げられて甘い悲鳴が溢れ、暁成は躰を撓《しな》らせる。

目の前が真っ白になり、暁成は意識を失った。


どこまでも白い雪の中を、暁成は裸足で歩く。

……これはつかの間の夢だ。

魂の交歓の果てに見る、夢幻。

静謐《せいひつ》に支配された世界は建造物も何もなく、ただただ一面の白。

唯一の手がかりは、転々と落ちた椿《つばき》の赤い花で、それがまるで道しるべのようだ。

その最果てにあったのは、小さな池だった。

これほどの寒さの中でも、凍らぬのだろうか。

好奇心に駆られて水鏡を覗き込んだ暁成の目に映

るのは、やはり銀世界だ。

雪に埋《うず》もれるようにして眠る、紅《くれない》の袴《はかま》を身につけた幼子。

——ああ。

おそらく、この子もまた、幾歳《いくとせ》もの孤独を溶かすぬくもりを待っているのだ。

かつての暁成と同じように。

恐れずとも、いつか見つかるだろう。

暁成は呪いによる孤独の末に、この愛しい男を見つけ出した。

貴将は暁成にぬくもりと優しさを与え、今まで知らなかった感情を教えてくれる。

だからきっと、この子も……。

「……ん……」

頬に触れる誰かの指が、心地よい。

目を覚ました暁成がそっと身を起こすと、貴将は既に着替えを済ませていた。一人で束帯を身につけるのは難しいだろうに、つくづく器用な男だ。

「暁成様、起こしてしまいましたか」

「うん」

躰のあちこちがぎしぎしと軋《きし》むようだ。

「申し訳ありません。熱があるのではないかと心配に思いましたので」

「構わぬ」

朝ぼらけの光が、清涼殿に入り込んでいる。

まだぼんやりしていると、彼がその場に腰を下ろし、両手を突いて頭を下げた。

「昨晩の非礼、お詫《わ》び申し上げます」

「いいのだ。そもそも、自覚もなしに出歩こうとした私が悪かった」

いくら貴将について思い悩んでいたとはいえ、己一人の問題だ。自分に何かがあれば、周囲の者に迷惑をかけてしまうのに、恋に目が眩《くら》んですっかり忘れていたのだ。

「改めてお伺いいたします」

欠伸《あくび》をし、「何だ？」と暁成は目を擦る。

「葛葉小路で何を買いたかったのです？　あなたに丁寧に触れるのが原因とまでは伺いましたが……」

問いのおかげで、一気に目が覚めた。

「どうして今更、あえて問うのだ」

「あなたから言葉を引き出すためには、口にするしかないと思ったからです」

あからさまに問われると恥ずかしくなるが、隠し立てしてもいいことはないだろう。

俊房《としふさ》もそう話していたではないか。

「——道具だ」

意を決した暁成は、極力あっさりと告げた。

「道具？」

「俊房に聞いたのだ。世には、稚児を慣らすためのよい道具があると」

「……なるほど。あの男もくだらぬ入れ知恵をするものだ。その衣も俊房が寄越したのですね？」

「私が頼んだ。俊房を怒ってくれるな」

このままでは俊房の身に災いが降りかかりかねないと、暁成は急いで貴将の衣の裾を引いた。

「私の一挙一動であなたが乱れ、懊悩するのを見るのがたまらなく幸福なのです。それを邪魔しようとするとは、つくづく無粋な男だ」

貴将の発言には、静かな怒りが滲む。

「しかも女の格好でそんな品を買いにいけば、よけいに危険になります」

「よかれと思ったのだろう。あれはそなたの友人だ。私とそなたの仲を、常に心配してくれる」

「わかっていますよ。でも、私にはあなただけがいればよいのです」

「私もだ」

世を乱し滅ぼすのは、いつでもできる。

だが、平和な世を作ることで貴将と共にいられるのであれば、それもまた一興。この平穏に飽きたときにこそ、無常と破滅を味わえばいいのだ。

「あなたが私を、人にしてしまった。私はあなたのおかげで苦しみと喜びを知る……」

独自めいた貴将の言葉が、しみじみと胸に沁《し》みていく。

「私も、そなたが愛おしい」

「え？」

恋しさは、いつしか愛おしさに変わっていた。誰にも教わらずとも、暁成はその摂理を知ったのだ。だからこそ、それを貴将に伝えたかった。

「欲しいという思いは、愛しいということなのだな。そなたがいないあいだに、そう気づいた。少しずつ変わっているのは、私も同じだ」

それを耳にした貴将は、いきなり暁成の華奢な肩を力強く掻き抱く。

息も、できない。

「そのとおりです。あなたが愛おしい……とても」

胸中を満たすこの優しい感情が、貴将が普段から自分に注いでくれているものなのだ。

胸が痛いのに、苦しくはない。

それどころか、優しくてあたたかくて……なんと幸せなのだろう。そして己もこの思いを貴将に注げるというのは、どれほど嬉しいことか。

今の自分は、とても満たされている。

狂おしいほどの夜を重ね、愛を深める喜びに。

「貴将、そろそろ侍医は辞めよ。そなたの秘薬ならば、貴族も欲しがる。十分に身を立てられるはずだ。今のままでは典薬寮の者に気を遣うだろう？」

「はい」

身を起こした貴将は微笑み、決然と告げた。

「この清潤寺《せいかんじ》貴将、永久《とこしえ》に御身にお仕えいたします。私のすべてを暁成様に捧げましょう」

秘技秘薬をもって仕え、呪われし一族の魂をすべて捧げると貴将は誓う。

「そなたは永劫《えいごう》に私のもの。血の一滴、髪の一筋も誰にも渡さぬ」

「お心のままに」

貴将は暁成の躰を抱き寄せ、恭しく唇を重ねる。

幾千幾万もの孤独を重ね、二人の契りは千歳に続く——その血脈が連なる限り。

あとがき

このたびは『狂おしき夜に生まれ』をお手にとってくださり、ありがとうございました。

本作は清潤寺家《せいかんじけ》シリーズの外伝です。これまでにシリーズ中で「千年の孤独のさだめ」というフレーズを出してきたので、それがどこから始まったか、また、清潤寺家の始まりについて書かせていただきました。

あえて第一部を意識した箇所も多いのですが、この作品だけでも楽しんでいただけるようにしたつもりですので、第一部を未読の方にも読んでいただけますと嬉しいです。

雰囲気としてはどろどろしたお伽噺《とぎばなし》を目指しました。いろいろ調べたのですが、あくまで平安風なので何かと拙《つたな》いところがあったり史実などを無視しているところもありますが、そのあたりはどうかご寛恕《かんじょ》ください。

雑誌掲載してから時間が経ったこともあり、大幅に改稿しました。はまってしまってかなり長いこと弄っていたのですが、いかがだったでしょうか。また、書き下ろしの短編ではせめてこれくらい愛に溢れていてもいいかなあ、となるべく糖度を高めにしてみました。

ぜひ、ご感想をお聞かせいただけますと嬉しいです！

最後に、今作でもお世話になった皆様にお礼の言葉を。

本作でも挿絵を担当してくださった円陣闇丸《えんじんやみまる》様。いつもながら美麗なイラストをどうもありがとうございました。晩成《あきなり》が凜々しくも可愛いうえ、貴将《たかまさ》が美人すぎてクラクラしました。これなら俊房《としふさ》の気持ちがわかるなあ、と納得です。

雑誌掲載に引き続き校正を担当してくださった、A様。本作品ができあがるまでおつきあいくださった担当さん及び編集部の皆様にも、心より御礼申し上げます。

そしてもちろん本作をお手にとってくださった読者の皆様にも感謝の気持ちを捧げます。

清澗寺家シリーズは、次は第二部を新書でお届けする予定です。

ここまで読んでくださって、どうもありがとうございました。

どうかまた次の本でお目にかかれますように。

和泉《いずみ》　桂《かつら》

初出
狂おしき夜に生まれ ――――――――2008年・2009年 小説リンクス12・2月号掲載作品を大幅に改稿
狂おしい夜を重ね ――――――――書き下ろし

この本を読んでの
ご意見・ご感想を
お寄せ下さい。

〒151-0051
東京都渋谷区千駄ヶ谷4-9-7
(株)幻冬舎コミックス　小説リンクス編集部
「和泉《いずみ》 桂《かつら》先生」係／「円陣闇丸《えんじんやみまる》先生」係

リンクス ロマンス

狂おしき夜に生まれ

2012年5月31日　第1刷発行

著者……………和泉《いずみ》 桂《かつら》
発行人…………伊藤嘉彦
発行元…………株式会社　幻冬舎コミックス
〒151-0051　東京都渋谷区千駄ヶ谷4-9-7
TEL 03-5411-6434（編集）
発売元…………株式会社　幻冬舎
〒151-0051　東京都渋谷区千駄ヶ谷4-9-7
TEL 03-5411-6222（営業）
振替00120-8-767643
印刷・製本所…共同印刷株式会社
検印廃止

ISBN978-4-344-82528-4 C0293
Printed in Japan

幻冬舎コミックスホームページ　http://www.gentosha-comics.net